·阳台物语
·家山情深
·童年记忆
·全师琐忆
·病中散记
·随笔杂谈

青竹居杂俎

黄基竹⊙著

哈尔滨出版社
HARBIN PUBLISHING HOUSE

图书在版编目（CIP）数据

青竹居杂俎 / 黄基竹著. — 哈尔滨 : 哈尔滨出版
社, 2022.12
　　ISBN 978-7-5484-7003-8

　　Ⅰ. ①青… Ⅱ. ①黄… Ⅲ. ①散文集 – 中国 – 当代
Ⅳ. ①I267

中国版本图书馆CIP数据核字（2022）第242418号

书　　名：**青竹居杂俎**
QING ZHU JU ZA ZU

作　　者：黄基竹　著
责任编辑：李金秋
装帧设计：北京和衷文化

出版发行：哈尔滨出版社（Harbin Publishing House）
社　　址：哈尔滨市香坊区泰山路82-9号　　邮编：150090
经　　销：全国新华书店
印　　刷：北京建宏印刷有限公司
网　　址：www.hrbcbs.com
E – mail：hrbcbs@yeah.net
编辑版权热线：（0451）87900271　87900272
销售热线：（0451）87900202　87900203

开　　本：880mm×1230mm　1/32　印张：10.5　字数：244千字
版　　次：2022年12月第1版
印　　次：2023年2月第1次印刷
书　　号：ISBN 978-7-5484-7003-8
定　　价：69.80元

序 何物是斜阳

李正熟

　　基竹又要出他的第四本书了，书名《青竹居杂俎》。此前他已经出版了《竹箫横吹》《五凤溪琐忆》《竹箫抗癌日志》三本。《竹箫横吹》主要收录他写的一些散文随笔，美篇佳句多，星光闪烁，令人目眩。《五凤溪琐忆》回望他儿童时代在家乡的种种往事，其间光影让人流连。《竹箫抗癌日志》记述了他罹患鼻咽癌及至痊愈的历程，叫人动容。《竹箫横吹》和《五凤溪琐忆》展示了基竹过人的才华，《竹箫抗癌日志》则再现了他此前的英勇，三本书都受到广大读者的重视。人们先是欣赏他的才华，接着又祝贺他终于战胜鼻咽癌，基竹也凭此加入四川省作家协会，实现了自己当作家的梦想。

　　奇才命多舛。基竹是奇才，他出生于四川省金堂县五凤镇的一个小山村里，少时读书刻苦，十八岁就师范毕业当上了公办教师，再后来与妻子相识相知相爱，相携走过多年贫病的岁月。关于他的妻子，他曾在《家有病妻》中写到："跋山涉水访良医，家中有病妻。旧疴新疾自心知，恐无康复期。勤劳作，细操持，偷闲赋小诗。至情至性不违时，病欺天不欺。"金庸先生在《书剑恩仇录》里说"情深不寿"，基竹的妻子不幸应了这句谶言。前年，基竹鼻咽癌才愈，儿子才成人，妻子就到底坚持不住，撒开了他和儿子的手，托体山阿。今年，基竹又一次身染癌症，手术、化疗，让文友们天天关注。但他却在住院期间打电话给我，说要出第四本书，新书名叫《青竹居杂俎》。这就是基竹！

基竹长期担任学校中层干部，妻子是只上了几年班就下岗，下岗不几年就长年多病的人。后来本人也患了癌症，抱病的基竹一个人上班，要高质量完成学校的工作，那是他的事业，是全家安身立命的根基，不敢动摇；要赡养父母，养育幼子，那是他为子为父的责任；要一个人长年侍候多病的妻子，要一直在妻子面前装出好状态、好心情，那是他为夫的情义；要经常写出有着明亮意境、有着向上向前情绪的作品，那是他为文的初心。基竹真是一个好教师、好儿子、好父亲、好丈夫、好文人。曾有文友写了一篇文章，用了"伟大"一词来定义基竹，要在我负责编辑的刊物上发表。基竹来电坚决要求删去"伟大"一词，我坚决不同意，坚决予以保留！一个平凡家庭中的患病男人，在注定庸常的岁月里，在多次荣获"优秀教师""优秀作家"称号的同时，还能写出那么多激励人心的优秀作品，还能够对多病多愁的妻子几十年如一日地不离不弃，俯就呵护，生前仁至义尽，身后祈祷缅怀，这样深具悲悯情怀、性格沉毅坚定、百折不改其志的人，还不伟大么！对基竹，我是由衷地敬重和爱惜的。所以，我把他嘱我为新书作序的要求当成一件光荣而郑重之事，措辞标点，必正襟危坐。

这本《青竹居杂俎》共七辑，分别是"阳台物语""病中散记""童年记忆""金师琐忆""家山情深""人物速写""随笔杂谈"。总共17万多字，87篇，篇什都小，大都在2000字以内，属于微言微义而有趣味的小品文。基竹家事多艰，按理，基竹的文集里应该充斥悲情，或至少有忧郁气质，但本书的每篇作品却都如他所引用的袁枚的"苔花"一样，自带笑声和春色，自己给了自己一份春天，同时也把这份小小的春意呈献给所有爱他的人。即使是《家有病妻》这样怀念妻子的作品，在痛彻遗憾之中，也显出与命运和解后的通透、豁达的气质，让我佩服并欣慰。

读基竹的《青竹居杂俎》，就是回顾我们自己人生所有的小确幸，温馨，淡定，会不由自主地把自己的嘴角悄悄上扬，并随着文字的悄然前行轻声祝福，祝福自己、亲人、朋友和那些陌生的人。

清代袁枚为青苔写过两首诗，因为地理位置和本身寿命，袁枚先生的"苔"一辈子没见过斜阳，"青苔问红叶，何物是斜阳"，斜阳是平常物，是很多人与物生命中最平常的宁静、温馨。袁枚的"苔花"没有见过斜阳，我们的基竹应该见到，并在他广阔的光辉与自由中得到幸福。

序罢伫立，正是立冬时节，白雪的冬天已经来临，鲜花的春天也在路上。这是我们的时代，愿与基竹共享！

目　录

qingzhujuzagu

青竹居杂俎

目录

人物速写

随笔杂谈

阳台物语

　　2020年春节后，我因疫情静在家中。家中空间狭窄，幸好客厅外有一满是花草的尚算宽大的阳台，时时到阳台上走走、坐坐、看看……也聊可打发时间。时间稍长，我还是有一种置身于牢笼的感觉，索性拿起笔来，将一些早就想写又一直未曾动笔的、与我这阳台上的物事的对话固化下来。

聚花台

说到我家的阳台，我会自然而然地流露出自豪乃至自恋之情！当初选定这套住房时，主要看中的就是这面积达五六十平方米的露天阳台——这儿是二楼，楼下是商铺，主体楼往后缩进了十多米。有了这个阳台，我便认真规划设计，安排工人精心施工。阳台地面是用不规则的花岗石块铺成的，还用小鹅卵石铺设了两条小径——虽然不能曲径通幽，也不能走向远方，但也可按摩脚底，遥想远方。步出客厅，左右两边是花台，左边是两个小长方形花台，右边倚墙是一个长条形花台，对面临街中间建有一个鱼池，两边角落各有一个扇面花台。

至于种些什么，首先想到的是脑中储备的曾经让我心动的那些诗词文章、歌曲中提及的花木。

由"宁可食无肉，不可居无竹"、《井冈翠竹》等想到种竹；由"莲，花之君子者也"、《采莲曲》《荷塘月色》等想到种莲；由"有情芍药含春泪，无力蔷薇卧晓枝"想到种芍药、蔷薇；由"昙花一现"想到种昙花；由《紫藤萝瀑布》想到种紫藤……

阳台上的花草树木品种繁多，草本、木本、藤本齐全。草本有一年生草本植物和多年生草本植物；木本则只是灌木，因为乔木太高大，不适合种在楼房的阳台上。既有落叶的，也有四季常青的；既有开花的，也有不开花的；既有开花结果的，也有只开花不结果的；既有水生的，也有陆生的。有花有刺，既栽花，也种刺。说到它们的来历，更是五花八门。

有的是朋友送的，如三角梅、非洲茉莉、人参榕、发财树、棕竹、水竹、云竹、金橘、刺绣球……

有的是从五凤溪老家移来的，如君子兰、海葱、月季、玉树、观音莲、樱桃树……

有的是从山上挖来的，如野百合、野葱、黄荆树、金弹子树……

有的是从花鸟市场上买来的，如佛手柑、春兰、文竹、橡皮树、葡萄……

有的是从淘宝网购的，如蔷薇、紫竹、金镶玉竹、滴水观音、紫藤、碗莲、水仙、多肉植物……

有的是我向朋友索要来的，如蕙兰、双色茉莉、炮打四门、迎春花、曼陀罗……

无论是何种来历，它们都与我有缘，汇聚到这方寸之地。有的与我缘深，在此生存繁衍下去；有的与我缘浅，不久就从这阳台上消失了。

真个是缘聚缘散，无须嗟叹。

链接：

阳台雅筑小记

田园牧歌，寄情山水，余梦寐以求之生活也。然身处高楼林立之喧嚣闹市中，梦亦梦耳！今吾终得一方寸之阳台，岂能不精心雅筑之！

左右筑花台，植兰、竹：春兰、箭兰、蕙兰、君子兰，兰香袅袅；云竹、紫竹、文竹、金玉竹，竹韵悠悠。更有那一现之昙花、三弄之梅花。

前砌一鱼池，睡莲、碗莲，出淤泥而不染，三五尾各色锦鲤嬉戏于莲叶间。池中矗假山，层峦叠翠。泉喷似箭、如线，蔚然壮观。

上搭花架，遍布藤蔓：蔷薇、葡萄、三角梅、紫藤萝。

月影斑驳，竹叶扶疏，置一小几，沏一淡茶，躺一藤椅，捧一黄卷，虽无红袖添香，亦有兰竹相伴。

凡尘琐事意阑珊，偷得浮生半日闲。

鸟之缘

一杯茶，一张几，一本书，一躺椅……时光暂停在阳台上这融融的暖阳里。

这宁静，却被头顶篷布上时不时传来"可可可"的鸟儿脚步声和它们的扑腾声、鸣叫声所打破。有些区域的篷布从钢架空格处凹陷下来，蓄积了一凼一凼的雨水，也许鸟儿们正在上边嬉戏喝水吧！以前，篷布一旦蓄积了雨水，我便想方设法把水顶下来，再想方设法将它拉直抻平，因为我担心经常积水会影响篷布的使用寿命。直到有一天，当我看到一只鸟儿在饮那凼中之水后，便再也没有那样做了。

因为与鸟方便是我所喜欢的。有时候，我还故意为它们提供方便。2014年秋，我从老家移栽了一株已能挂果的樱桃树栽种在阳台，第二年就开满了花。我还请了几个好友来饮酒赏花，甚是愉悦。本拟当樱桃成熟时，再约他们来饮酒尝果，却未能如愿。因为在樱桃有点微红时，就有鸟儿来啄。其实我早已发现，只是不忍心驱赶，最后只有几粒樱桃孤零零地挂在枝头。我精心培育的葡萄树，从去年开始挂果，也全部了鸟儿们的腹。今年，有位朋友提醒我，可用纸袋套在葡萄串上，这样鸟儿就无法啄食了。我想何必呢，只要鸟儿们喜欢，就让它们来啄吧！

甚至我挂在阳台上的腊肉、香肠，鸟儿们也经常窥视着，相机而动。一是我疏忽，二是更多源于我的仁慈，我不想凶巴巴地驱逐它们，久而久之香肠和腊肉上都是被啄得窝窝点点。如今肉价居高，妻见状自是心疼不已，誓言买药毒之。我赶紧哀求于妻，反正都是吃，我们吃是吃，鸟儿吃也是吃，资源共享嘛！妻伸出拇指戳了戳我的脑袋嗔怒道："你是老糊涂咯！"

记得有一次，蔷薇的嫩叶和花蕾上长满了燕虫，我正准备喷药灭之，突降几只蹦蹦跳跳的鸟儿，它们全然无视我的存在，竟然围着蔷薇啄起虫来。见这情境，我这大老爷们却优柔起来：我是"灭"还是"不灭"呢？那一刻，我联想到著名的"两难诗"《寄征衣》："欲寄征衣君不还，不寄征衣君又寒。寄与不寄间，妾身千万难。"我也仿作了一首："欲灭燕虫鸟不来，不灭燕虫花难开。灭与不灭间，郎心实难裁。"最后我干脆悄悄退后，不想惊扰它们了。

看着这几只可爱的精灵，我心里生起无限的柔情，思绪再次纷飞……

那是2018年暮春时节，我的阳台上枝繁叶茂，蝴蝶翩翩，鸟儿飞鸣，一派莺歌燕舞景象。偶然间，我欣喜地发现，位于阳台角落的一株非洲茉莉的枝叶间有一鸟巢，凭借我少时掏鸟窝的经验，知道这是鸟儿搭起的住所。为了不影响它们的生活，我平时只是远远地观察，发现一对麻雀在那枝叶丛中经常进进出出。我偶尔轻手轻脚拨开枝叶瞧瞧窝内，期盼着什么。忽一日，看到一枚鸟蛋乖乖躺在鸟窝内。我已经几十年未见到这情景了，内心当然激动无比。第二天两枚，第三天三枚。过了一段时间，三个小生命就神奇地诞生在这喧嚣城市的一角，它们安静地躺在阳台上的枝叶丛中的巢内。我拨开枝叶去瞧它们时，三个还未睁眼的肉嘟嘟的小家伙以为是父母喂食来了，小脑袋一致地努力向上伸，张大嘴"叽叽"地鸣叫。一天天过去，它们睁眼了，长绒羽了，长粗羽了……阳台上，多了一分它们叽叽喳喳的鸣叫，那是生命之歌啊！

忽一夜，狂风暴雨降临，那晚我出差。等两天后回家时，我急匆匆奔赴阳台拨开茉莉的枝丫，发现鸟窝已然破败不堪，哪里还有那一家子的踪影呢！我焦急地在阳台地面四处寻找，最终一无所获，无比怅然。它们去了哪里呢？是被大风刮跑了，还是被猫、鼠、黄鼠狼之类的叼走了……也许，是暴风雨到来之前搬家了。总而言之，它们从我的世界里消失了。此后，我很是伤心了一段时间，总是自责没有照顾好它们。

我一直默默祈祷：它们是在暴风雨来临之前，及时搬家了！

居有竹

我与竹有缘，平生爱竹。

我名"基竹"，乳名"竹娃儿"，绰号"竹圪篼"，朋友爱称"竹哥"，笔名"竹箫"，自号"青竹居士"，网名"竹箫横吹"，网上文集名"竹本无心"，书斋名"青竹居"，QQ空间名"松梅之友"，且烦请友人治有一枚"松梅之友"印章，松、竹、梅被人们誉为"岁寒三友"，松梅之友者，竹也。

苏东坡诗云："宁可食无肉，不可居无竹。"我贪念较重，既想"食有肉"，更想"居有竹"。

年少时在五凤溪老家，房前屋后沟垄河岸到处都是竹林盘，慈竹、黄竹、芦竹、斑竹……更有那众多的竹制生活用品：背篼、箩篼、箢篼、筲箕、撮箕、簸箕、竹篮、竹椅……还有许多自制的竹哨、竹笛等竹玩具。那时，我与发小们常到竹林里玩耍：捉迷藏、掏鸟窝、捉笋子虫……捉到笋子虫后，我们用干竹叶烤了来吃，也曾用笋壳毛欺负小女孩。我们还用斑竹枝制作钓鱼竿到河边钓鱼，用慈竹制作篾子到河里捉鱼，然后将所获之鱼装在竹制的笆篓里。那时的生活，实可谓"居有竹"也。

读初中时，袁鹰的《井冈翠竹》一文中那个"竹叶、竹枝、竹鞭、竹根"的排比句给我的印象极为深刻，至今还记

得，文中所表达的竹子的那种宁折不屈、坚忍不拔的精神至今还鼓舞着我。凡遇到与竹相关的古诗词，我必细细品读。遇到与竹相关的图画，我也会多看两眼。清代郑板桥擅画墨竹，他那首著名的题画诗《竹石》写道："咬定青山不放松，立根原在破岩中。千磨万击还坚劲，任尔东西南北风。"这首诗描写了竹坚劲顽强的精神。它深深地立在脚下的土地，不管风吹雨打，却依然坚挺。

当我拥有一个阳台时，首先想到的就是在阳台上种上竹子。阳台规划设计时，我首先想到种竹的位置，出客厅右边，沿隔墙脚砌了一长条形花台。当这花台初步成形时，我不惜影响其他装修工程，急找人运来沃土填入花台。至于种什么样的竹子，肯定不能种老家那类高大的竹子，只能种些观赏性的矮小竹类。至于种苗从何而来，最初想的是到哪儿去"顺"点，竹类生长能力强，只要和主人说清楚，分享点应该没问题。于是我就到处留意：公园、路边、别人家的花台，但都无从下手。然后我又到花鸟市场去看了几次，却未见有出售的。最后想到万能的淘宝网，一搜索，果然如愿，便从网上购了十多株紫竹、金镶玉竹。当竹子运到时，急忙种入花台中，经过精心管理，全部成活了。当竹笋破土而出、拔节生长之时，自己心中的那种喜悦，是无法用语言表达的：初生、新奇、生命力、向上、如箭……如今，它们虽然被禁锢在靠墙一带的花台内，却俨然是一片竹林了。

阳台上另外还有几盆竹子——文竹、云竹、棕竹、水竹，郁郁葱葱，还有两个长满多肉植物的绿意盎然的竹坯笾。

我的青竹居中悬挂有两幅墨竹图：一幅是胡志刚先生画的，画中还有南北朝刘孝先的《咏竹》诗："竹生荒野外，梢云耸百寻。无人赏高节，徒自抱贞心。"装裱时，我把汤文俊先生为我题写的书名"竹箫横吹"组合上去，显得和谐而美好。另一幅是《竹影清风》图,墨竹是但红能先生画的,画名是廖继礼先生题的。书斋中的书架是楠竹的,笔筒是竹制的,连我读书、写作的座椅,也是一把跟随了我几十年的竹椅,虽几经搬家,但一直舍不得丢掉它。当我写久了、坐酸了时,就伸伸腰,听听它"吱吱嘎嘎"的声音,然后又安下心来继续敲击键盘。

每当生活疲累时,只要一见到书柜上那尊挚友所赠的竹制弥勒佛,他的笑容、他的大肚,瞬间就令我对生活又充满了乐观和希望。

伫立阳台,在朦胧的月光下,看竹影婆娑,听竹叶簌簌,"居有竹",确实惬意!

竹圪篼遇上多肉

　　我喜欢制作根雕，每到乡下，必到别人房前屋后转悠，到山坡沟垄闲逛。几年前，回五凤溪老家，在一邻居屋后发现一大型竹圪篼，它不像一般竹圪篼那样成团成簇，而是呈长方形的，估计是生长的泥土很浅，下面是石头底子之类的，竹鞭、竹根只能向四周发展。当时也看不出能雕成什么，只是觉得有特色，想到纵然不能雕成什么东西，把它依原样打磨出来也是一件好东西。于是我便去和主人商量，他很爽快地答应送给我。于是我请朋友用车拉到金堂的家中，左看右看，无从下手，于是就丢在阳台暂不管它。

　　搬新居时，我又把它搬到了新居的阳台上，也没有闲心去打磨它。一日，见到阳台上盆盆罐罐里那些郁郁葱葱的多肉植物，眼光瞄到那躺在角落里的竹圪篼，我灵机一动：既然不能雕成形，何不拿来在上面种些多肉。看了看，想了想：这个长约110厘米、宽约80厘米的竹圪篼上有二三十个砍竹子时留下的茬口，有的虽有点凹陷，但也盛不住泥土，根本无法直接种多肉，只能用工具掏坑打洞，填装泥土，才能种植多肉。幸好我有根雕工具，于是就拿出电钻，找出钻、铣、掏、挖、削的工具，依势就形，从这些被砍了竹子的茬口处入手，进行钻、掏、挖，尽量钻深些、掏空些，好更多地填装泥土。洞掏好后，填装泥土，然后栽种许多知名和不知名的多肉植物，也选了些芦荟、刺绣球、观音掌等耐旱的植物种上。由于泥土较少，刚开始时长势不好。时间长一点后，我淘汰了些不耐旱的多肉。如今，每每看到这充满生机的多肉竹圪篼，内心充满了自豪，真心感觉自己是化腐朽为神奇。试想：这竹圪篼，如果没遇上我，就只是填了主人家的灶眼发点热而已；这竹圪篼，如果没遇上多肉，还躺在阳台的角落里纳凉呢。

2018年7月11日，金堂遭遇百年难遇的洪灾。洪水稍退，我踽踽来到毗河边，河水肮脏浑浊，河岸淤满垃圾，一片狼藉。这时，我看见淤泥中躺着一段楠竹，连竹篼约有四五米长，也不知曾做什么用途。见到这无主之物，猛然想到可以弄来种多肉植物啊！于是打电话约两位朋友，笑着请他们来帮助清运河边淤塞的垃圾。我们费了九牛二虎之力才把它弄到我的阳台上。

放置了一段时间后，准备动手处理它。面对这庞然大物，我初步决定裁为三截：两截横放，带竹篼的一截竖放。于是我拿出锯子，先锯了两截120厘米长的。将带篼那截立起来看了看，觉得还有点高，想了想，决定再锯一小截下来，到时立着绑在这竹篼处，也更有层次感。于是我用卷尺量了量，再锯下40厘米的一截，剩下的连篼有130厘米高。拿出我的根雕工具，给楠竹开窗口。横放的，去掉向上的三分之一竹片，如两端没遇到竹节，就用削下来的竹片将端口堵上，然后填装泥土，就能种植多肉了；两端也可用铁丝拴住，随意挂在阳台的隔墙上、护栏上。竖放的要麻烦一点，横放上边一截，我锯竹子时就想到了，避开了竹节的，可直接装泥土。其他的，以一竹节为单位，在靠上方开一窗口。竹篼处，也有两三处砍竹子时留下的茬口，我又用工具从茬口处钻、掏、挖，形成一定容量。再把那截短的靠近竹篼绑在一起，然后用一些竹片想办法让它能站稳，这样就可以填装泥土了，然后种上多肉。

说起竹圪笾遇上多肉，想起了我小时候被小朋友们叫的"竹圪笾"的绰号，当初我遇上多肉时，无端地就喜欢上了它。这要追溯到十多年前，那时，头脑中还没有"多肉植物"这个概念。一次回五凤溪老家，见到侄女种有一盆萌萌的蛮可爱的花草，胖嘟嘟的叶子或淡绿或碧绿或黄或橙或红，问侄女，她说这叫虹之玉，是一种多肉植物，多晒太阳，会长得更好看。至此我就特别关注多肉了，当时家中还有一种叫玉树的，叶片也是肉嘟嘟的，连枝条也是肉肉的感觉。还有观音莲，犹如观音菩萨的莲座，那叶片也是肥肥的厚厚的。侄女说，这些多肉很好栽，很好养，只需折点枝，随便插在土里就活了。我临走时，她每样都分了几枝给我。从此，我就注意上了多肉，常到网上、到花市购买。以前只是知道多肉植物可以通过枝条扦插繁殖，后来听说叶片也可以繁殖，于是我就试着插了几片，却没有反应。询问了朋友才知道，不是将叶片插在土里，而是让叶片睡在湿润的泥土上面。于是我就从多肉上摘下几片叶片，将它们横放在花盆潮湿的泥土上。没几天，叶片的分离处就长出了些须根，须根自然地往土里扎，又过一段时间，还是从这分离处长出嫩芽，嫩芽努力向上生长。这情境，让我想起了读书时老师教我们做的黄豆发芽试验，只不过黄豆是放在瓶中，豆粒一半浸在水下，一半露出水面，而这多肉，是放在泥土上面。但黄豆的生根发芽与这多肉的生根发芽如出一辙。每当看到别人的多肉时，如果发现自己没有的，就总想索来点。也常主动向朋友、同事推荐分享自己的多肉，相互探讨多肉的养护、培育经验。

当竹圪笾遇上多肉时，它会变废为宝，会化腐朽为神奇，会相得益彰；当我遇上多肉时，生活也变得更温馨、更乐观、更美好了！

情系野百合

老家五凤溪的山上，生长有一种喇叭形花朵的野花，我们叫它老鸹花。老鸹是当地对乌鸦的别称，为什么叫这名字？我问了许多长者、智者，他们也说不出个所以然。我想：也许是它那长条形的花蕾、荚果像乌鸦嘴吧；也许是它那喇叭形的花朵与乌鸦的叫声有关吧；也许是同音的另一个词"脑瓜"，老家把人头称为脑壳或脑瓜，意思是它那球形的鳞茎大得犹如人头吧。每当见到它，无论是它的嫩苗、茎叶、花朵、荚果，还是它的球形鳞茎，都会令我激动不已，总想挖走据为己有。后来我知道它还有个学名叫野百合，当罗大佑的《野百合也有春天》唱响大江南北后，我对它更是心心念念。

少年的我，曾将它从山野移栽到房前院坝边，默默地看着它发芽、生长、开花、结荚。长大后，我总想把它带在身边，只因它不适合室内生长，要不我定会将它种进花盆，放在我的客厅、饭厅、书房、寝室。当我拥有这一个阳台时，就马上从老家挖了两株野百合，将它请进我家阳台上的花台之中。

每当到山上参观或爬山游玩之时，我都会在山野间寻觅它的身影。无论是春天、夏天，还是秋天，我都能在万花丛中、漫山碧绿中一眼找到它。冬天却不易发现，此时，它的地表部分已然枯萎，只留有埋在泥土之中的球形鳞茎。

2014年夏天，我曾有幸到位于转龙镇的鲜花山谷参观学习，到现在，对山谷主打的一百多个品种的蜀葵已无多大印象，但对那一片盛开的野百合花却印象深刻。朝阳下，远望，洁白与碧绿错杂；近观，那些喇叭形的花朵在微风下微微颔首；细看，那丝丝花蕊在阳光下闪烁。

近几年，几次上过五凤溪的白岩山，每次都有意外收获：树苑、野果、野花草，其中就有野百合。我常向同行的文朋诗友们介绍野百合，卖弄对野百合的一知半解，炫耀自家阳台上的野百合。每当我的手伸向野百合之时，虽不能说有负罪感，但至少有一种负疚之情：人家在这里自然地生长，自由地生活，你却要破坏自然生态，将它野蛮地带离这山野怀抱。但有时我又常常自我安慰：就算我不挖，别人看见了，也会挖走的，说不定还不似我这般"怜香惜玉"呢！慨叹一声"好花堪折直须折，莫待无花空折枝"，狠心地下手开挖。一次，我发现了两株紧挨着的野百合，迅速跑过去，小心翼翼地徒手清理它周边的泥土，掘起，捧在手心。这可爱的野百合吸引了众人眼光，当看到朋友们艳羡的目光时，油然而生一种自豪之感，心情一高兴，便将其分享。到手的，喜笑颜开；想要而未得到的，眼神、言语不无遗憾。于是我赶紧承诺，如有缘再挖到时，就分享给他们。或者，待我家阳台上的野百合长大后，就分两株给他们。还有一次，主人带我们一群文友参观他的山庄、花木，我见路边有一株野百合苗，就欢天喜地地扑过去，同行的一位老者说可能是主人栽种的，我赶紧住手，抬眼望了望旁边的主人，虽见他不置可否，但我还是从他的眼神中看到一抹不舍，于是尴尬地直起身子，顾左右而言他。

我也曾给家乡政府提过建议，将这野百合挖来种成一片，就像鲜花山谷那片野百合花一样，一定会吸引四方游客的眼球：春天，可将它们用小花盆种上，这萌萌的野百合花苗，肯定会成为游客们离开五凤溪时能带走的最美好记忆；夏天，可将花枝剪下来，就像花店中的百合花一样售卖，这野百合花，比那些香水百合之类的，不论是花形花色，还是花香，都要强许多倍；秋冬季节，可售卖种球，那球形的鳞茎，一见便会生出喜爱之情。

去年重阳节，我陪老妈去三学寺，从登山步道上山途中，看见路边有株野百合，我马上就想伸出"负疚"之手，于是让老妈在石梯上休息一会儿。我拨开草丛，发现泥土干硬，手中没有合适的工具，于是从旁边折了截灌木枝，拨弄了几下，只是松动了地表面上的点点泥土，野百合周围还嵌有许多乱石块，本想在附近找块尖锐的硬石片做掏挖工具，却未能如愿。猛然间我想到身上的钥匙串，于是摘下来找了枚粗硬的防盗门钥匙，连刨带挖，虽然费了许多周折，但当看到手里的硕大的球形鳞茎时，感到一切付出都是值得的。

我家阳台上有三四株野百合。初春时节，一见到那破土而出如竹笋般的嫩苗，我就想到一个词"茁壮"，一天一个样，真的是"茁壮成长"。每当我在教学中遇到"茁壮""茁壮成长"时，就会和学生分享野百合嫩苗的图片或视频，分享野百合的知识。它茎干亭亭玉立，叶片青翠娟秀，喇叭似的白色花朵平伸或微微下垂，花姿雅致，黄色花蕊微微颤动，花蕊顶端成棕色，散发出缕缕清香。荚果呈长条形，有棱有角。

野百合给我的不只有初春的茁壮成长，还有春夏的绚丽灿烂，更有秋冬的丰硕收获。它静静地伴我读书，伴我写作，伴我入眠，伴我余生。

昙花殇

　　初识昙花，那是在读书时学到"昙花一现"之时。当时惊叹于它花期的短暂，入夜才慢慢开放，到子夜时盛开，第二天早晨就枯萎了。当见到昙花的图片时，更惊艳于它的洁白，想到它的生命如此短暂，总觉得这洁白，不是什么纯洁、白璧无瑕之类，而是一种惨白。此后每遇有关昙花的图片、视频、文字，我都会多留意几眼。直到 2006 年秋天，我才第一次见到真正的昙花苗。记得我当时在五凤镇九年制学校上班，受邀到一同事家中做客，见其阳台上有一盆似曾相识的植物，树不似树，草不似草，叶片歪歪扭扭，向主人打听，猛然醒悟，这就是昙花。听他说是一朋友剪了一枝送给他的，已好几年了，尚未开花，可能是放在室内的原因吧！据说这花不适合种在室内。

　　当我拥有露天阳台之时，就想到一定要在这上面种一株昙花。2014 年春天，我的新居正在装修，所以我闲逛时总是有意无意地"瞄"别人家的花花草草。一日晚饭后散步，我猛然见到同小区另一栋楼下有一盆昙花蓬乱地长着，有些枝叶直接耷拉到地上，好像没人管理似的。打听了两三天也没有找到主人，也许是哪家养在室内快不行时移到这楼下的吧！最后我决心趁散步时用剪子去"分享"一枝，刚准备动手剪时，却见花盆边沿育有两株小苗，于是就用剪刀撬了一株。其时我新居的阳台还没有打造好，我就把它移栽到阳台上一个花钵内。

2016年秋，我惊喜地发现昙花长花蕾了，共有五朵，有两朵大些，另有三朵稍小些，花托较长，微弯，花蕾顶端部分如秤钩一般。自从发现这五朵花蕾后，我随时关注它们，总想亲见"昙花一现"。当那两朵昙花含苞待放时，我就寸步不离地守在花盆边，到"昙花一现"时，当时就边看边拍边晒朋友圈。

2017年春末夏初，我被确诊患了鼻咽癌，于是住进华西医院肿瘤病房，进行半年以上的治疗，先要进行三个疗程的化疗，再进行33次放疗。

化疗期间，我也偶尔回家。

一个傍晚，我来到阳台上，见有朵昙花含苞欲放，估计今晚就会完成生命的绽放。前几天开过一朵，我因在成都住院，回来时，它已然枯萎，本来第一批共有三朵花蕾，中途夭折了两朵。第二批就只有这一朵，还好，另外还有五朵小花蕾正在生长。

入夜，我坐等花开。20：30，花萼慢慢打开，花朵已开口两三厘米。我把阳台上的灯打开，把客厅的灯全部点亮，放一张椅子，静静地坐在昙花旁边，将手机的照相功能调至闪光状态随时抓拍。这时天空飘洒下来零星雨滴。21：00，花朵口开到4厘米，花瓣上沾着星星雨滴，在灯光的照射下晶莹剔透。22：00，花朵口开到5厘米，花萼努力地向后仰，洁白的花瓣、玲珑的花蕊、晶莹的雨滴，伴随着飘来一股浓郁的芳香，构成一幅优美的情境。这时，一只蚂蚁来到花朵上，匆忙地爬来爬去。23：00，花朵完全绽开。这种洁白的美，给人一种惊艳的震撼，无法用语言表达其万一。

本想再坚守两三个小时，看它慢慢枯萎，但确实不忍心。还有医生也要求我注意休息，想到自己的癌症，再看看这一现

之昙花，不由自主地感叹：

> 人生一世！
> 草木一秋！
> 蝴蝶几日！
> 昙花一现！

第二天早晨起床，见那朵昙花已然萎谢，想着它短暂的一生，我打算为它举行一个隆重的"葬花仪式"。大家都知道，"黛玉葬花"是《红楼梦》中的经典片段。我最初接触的是20世纪80年代的小人书《黛玉葬花》，后来几次阅读《红楼梦》这一章节时，都会怦然心动。林黛玉最怜惜花，觉得花落以后埋在土里最干净，说明它对美有独特的见解。它写了葬花词，以花比喻自己，成为《红楼梦》中最优美的诗歌之一。每次听到1987年版电视剧《红楼梦》插曲《葬花吟》时，我都会产生某种共鸣。

> 花谢花飞飞满天，红消香断有谁怜？
> ……
> 尔今死去侬收葬，未卜侬身何日丧？
> 侬今葬花人笑痴，他年葬侬知是谁？
> ……
> 试看春残花渐落，便是红颜老死时。
> 一朝春尽红颜老，花落人亡两不知！

见它还未完全枯萎，为让它在枝头多存在一段时间，时近中午我才动手。我先用剪刀轻轻将它从昙花叶片上分离（昙花是开在叶片边缘的），将它放在清水里，轻轻漂洗三遍。然后我将花朵撕成一丝一丝的，花蕊楚楚动人，把花柄也撕开，花柄处流出些许黏液，继续将它浸泡在清水中。

当汤锅中的肉圆子快熟时，我将昙花丝轻轻放入锅中。

很快，一锅美味的昙花汤就做好了，品尝一下，入口滑腻爽口。至此，整个"葬花仪式"遂告结束。想想这"昙花一现"，想想自己身患绝症，于是"口占一绝"《昙花殇》：

> 子时惊艳布幽香，
> 白玉无瑕愧见光。
> 质本洁来还洁去，
> 自伤却假此花殇。

像只鱼儿在你的荷塘

我的老家在龙泉山脚下，比邻沱江，村庄位于沱江与它的支流石板河形成的夹角上。正因为有了这大小两条河，那时，只要有可能，我成天都泡在水里，在水里扑腾，所以我从小便与水结下不解之缘。每当见到江河湖海，甚至是沟渠塘堰中的水时，我总想与之亲近，真的是见水辄喜。

在县城拥有第一套住房时，装修时我就在进门的鞋柜上设计了一个放鱼缸的位置。别人家的鱼缸内清澈透亮，而我的鱼缸内有鹅卵石、河沙、水草之类，水也时浑时清；别人养的是一些名贵的漂亮的观赏鱼，而我养的是一些泥鳅、鲫鱼，最好的就是锦鲤了，这是因为金鱼太娇贵，无心侍候；别人喂鱼用专门的鱼饲料，时常消毒杀菌，是娇养，而我喂的是米粒、碎面条，顺其自然，是贱养。

当拥有新宅这宽大的阳台之时，我想到要在阳台修一个鱼池。鱼池位于阳台临街一面，长200厘米、宽近100厘米、高46厘米，外沿是弧形的。鱼池虽然不到两平方米，但我却赋予了它丰富的内容。池中用太湖石砌成一座假山，当初网购这块太湖石时，我还曾质疑这石头咋这么贵，他们说主要是石头重、快递费用高。如今，假山上生机盎然，有虎耳草、芦荟、灯笼花、梳子草、苔藓等栽种或野生的知名或不知名的花花草草。假山背后有喷泉，时时喷水，既美化鱼池，又浸润了假山上的花草。假山旁立有一巨型鹅卵石，是我费了九牛二虎之力从毗河边弄到这阳台上来的，记得当时搬这30多公斤重的石头上楼时还把腰闪了。假山和鹅卵石前边还放置有一个"宝贝"，这是一截亿万年前的树木化石——硅化木，它直径20余厘米，长不足30厘米，却重达十几公斤。这是老家五凤溪的一位朋友分享给我的，他在沱江里挖沙时意外收获的。

沏一杯茶，放鱼池沿上，有意无意地品着；躺一张椅，捧一卷书，有心无心地翻着，偶尔还将脚跷到池沿上。

看池中睡莲花开花闭，碗莲花开花谢。在这里，我也终于搞清楚了睡莲何以叫"睡莲"，就是因为它的花瓣早晨张开，到了傍晚，花瓣又合拢来，收成一个个花骨朵，开始"睡觉"了。这与夜合树叶白天张开、夜晚合拢的情境差不多。池中莲花虽然不多，却让我联想到了朱自清的"荷塘美景"："有袅娜地开着的，有羞涩地打着朵儿的；正如一粒粒的明珠，又如碧天里的星星，又如刚出浴的美人。"这莲花，能在这鱼池里"出淤泥而不染，濯清涟而不妖"，也是几经波折的。鱼池刚开始使用时只养了鱼，我也曾保持水质清澈见底，池底是没有杂质的，更不要说淤泥了。既然有了这一方鱼池，我肯定不会只停留在养养鱼而已，要想种莲，必须有淤泥，如果池底布满淤泥，那么会不会影响水的清澈？会不会影响水质？会不会散发恶臭？会不会影响到鱼儿的生长？考虑到这种种情况，最终我选择了一个折中的办法：先将睡莲种在花盆中，然后再将花盆沉入池中。睡莲生长正常，到了夏天，也开了一两朵莲花，但心里总觉得有点别扭。后来，为了使鱼池中的莲、鱼儿自然和谐的生长，索性到河边用蛇皮口袋拉了几口袋淤泥倒进鱼池，把花盆中的睡莲解放出来，直接种入池中的淤泥里。头两天，池水浑浊，也见不到鱼儿的影子，还常散发出阵阵泥腥味。后来池水渐渐地清亮起来，鱼儿又在水中欢快地畅游了，

再也没有什么怪味飘出来了。

看几尾锦鲤在水中游弋，在莲叶间嬉戏，这"鱼戏莲叶间"让我眼前幻化出一片江南荷塘的景色："江南可采莲，莲叶何田田。"这池中鱼儿，主要是锦鲤，但也曾有其他鱼类入住。一次，我见一渔翁的野生鲫鱼好，想到家中有鱼池，就多买了几条，回家后，放养了几条在鱼池中，想着以后要吃的时候随时来捉。但第二天早晨一看，池中鲫鱼全翻白肚了，还有两条锦鲤也死翘翘了。也许是鲫鱼带有某种病毒，也许是鲫鱼不适应这洁净的清水，我赶紧把池中水换了。这也是促使我后来弄些淤泥在池里的原因之一。有淤泥后，我也曾在池里放养几条泥鳅。还有一次，我在鱼摊上见到一条小乌鱼，于是决定买来放养到鱼池里，虽然想到乌鱼要吃鱼，但考虑到它还小，可能对这些锦鲤还无可奈何。可接下来几天全是一池浑水，原因是乌鱼本能要吃鱼，它在池中把鱼追得满池跑，搅得池中昏天黑地。我真的是弄巧成拙，好心办坏事，如果放任下去，整个鱼池将永无宁日，真的是难得清静，也难得清净。想除去它，又无法将其捉拿归案，这可害苦了我。最后我干脆把池中之水全部放完，将那乌鱼除之而后快。

这池中鱼儿，虽不似其他富贵人家的鱼儿享受华居美食，只是偶尔食一些米粒、碎面条，但它们的住处自然，有淤泥鹅卵石相伴，有莲花荷叶相伴，有一种"家"的感觉。想着想着，意识逐渐模糊起来，别人是庄周梦蝶，或是蝶梦庄周，而我梦到的是鱼，此时，远处飘来一缕歌声："像只鱼儿在你的荷塘……"

"苔花"赞

　　我的阳台虽不大，却也繁花似锦，一年四季鲜花不断。春有迎春、蔷薇、百合、兰草、紫藤……夏有睡莲、碗莲、三角梅……秋有菊花，冬有梅花。有时在大街上，远远地就能看见那些伸出、攀出墙外的黄色、白色、紫色的花朵，我常指着那簇簇花朵不无自豪地告诉朋友："那就是我家的阳台。"

　　但真正令我自豪的，既不是映月清冷的昙花，也不是出淤泥而不染的莲花，更不是隐逸清高的菊花，而是那些一点也不起眼的闲杂的有名或无名的小花草。每当我看到这些小花小草从它们那令人意想不到之处长出花托、形成花蕾、绚丽绽放之时，总有一种莫名的惊喜。套用那句"野百合也有春天"，就是"这些小花草也有春天"。那满身是刺的刺绣球，人们常用"多栽花，少种刺"来排斥它，它也会从球形身体的刺丛中开出喇叭形的花朵。那海葱也会从顶端开出一串穗状花。许多多肉植物也会开花，像观音莲、情人泪、条纹十二卷、鼠尾掌……有的含蓄静美，有的清新雅致，也有的热情奔放。

　　一日，我静坐鱼池边埋头看书，偶然间，看到假山上的苔藓表面长出一些细如发丝的孢子，犹如一个个细小的倒立的黄豆芽。我猛然意识到：我的苔藓也"开花"了。这一点也不起眼的"苔花"，就是苔藓繁殖的方式。这时，我想起了清代袁枚的诗《苔》：

白日不到处，
青春恰自来。
苔花如米小，
亦学牡丹开。

阳光到不了的地方，苔藓茂盛地生长着，苔藓的"花"虽然只有如米粒般细小，但却像和牡丹一样"开放"。它身上表现出小人物那种顽强的奋发向上的精神。袁枚的《苔》一共有两首，上边这首是大家比较熟悉的，还有一首：

各有心情在，
随渠爱暖凉。
青苔问红叶，
何物是斜阳？

两首诗都将"苔花"与另一物相比，第一首与"牡丹"相比，第二首则与"红叶"相比。而我更喜欢第二首，它所表现的是"苔花"那种适应能力和乐观的精神，各爱"暖凉"，正如人们常说的那样："你走你的阳关道，我过我的独木桥。"苔藓因为生长在潮湿阴暗处，几乎看不到阳光，但也有自己的活法，有自己的喜好，阳光未必是它所追求的，而只是一分好奇而已。在拟人化的问答中，我所感受到的是诗人对世事沧桑的感叹。

这些无名的花，悄然地开着，不引人注目，更无人喝彩。就算这样，它仍然那么执着地开放，认真地把自己最美的瞬间，毫无保留地绽放给了这个世界。生命有大有小，生活有苦有甜。人生的进程中，有完美，也有残缺。我生活在这苔藓般

的社会底层，但我也有如这"苔花"般的顽强与乐观，也来
胡诌一首：

纵如苔藓贱，
亦将春来盼。
待到盛开时，
孰不叹惊艳。

口福浅 不浅

《增广贤文》有言："牡丹花好空入目，枣花虽小结实成。"这句的意思是说华而不实的牡丹花尽管好看，但只能使人饱饱眼福，解决不了早已饥饿的肚子问题；这枣花虽然小，不惹人眼，但结出的枣子却能食用。这些都是物资匮乏、温饱问题尚未解决时候的观点。如今，物阜民丰，温饱早已不成问题，人们不仅要追求物质享受，更要追求精神享受。我虽经历过食不果腹的物资匮乏时期，但也不至于会焚琴煮鹤，也不会拔了花草种蔬菜，但对凡是能入口的也基本不会轻易放过，会让它们最大化地发挥作用，既能养眼，也能养胃。

当我拥有这一个阳台之后，就尽量发挥它的怡情养性的功用，也从不轻易放弃它所能产生的滋口养胃的作用。

我曾在阳台上栽瓜种豆。那时我刚搬入新居，趁阳台上的花草竹树藤蔓尚未成势，就在它们的空闲处栽瓜种豆。我曾种过两株金瓜苗，成活了一棵，开了几朵花，也结了一个果，遗憾的是那瓜未长大就掉落了——瓜未熟，蒂已落。我还种了几株四季豆，收获了一些豆荚，用它煮了两顿菜稀饭，虽然收获不多，但总算没白忙活。收获最大的是那一窝龙爪豆，有人叫它毛根儿豆（那豆像龙的爪子，也像小姑娘的辫子，四川话把辫子也叫作毛根儿）。我记得摘了三四次，估计有近十公斤。每次摘下来后，我先把它放到铝锅里煮，煮的时候一定要掌握好火候，以利于剥皮，去皮后用清水漂洗，目的是除去豆中所含毒素，换两三次水后才能弄来吃，可干煸，可炒肉，味道巴适得很。此后，花草长势稍好点儿，就再也没有种过什么瓜瓜豆豆了。只是偶尔在花台里、花盆边插过几头香葱，也种过几粒花生，但都因管理不善，没有多大收获。

阳台上也有果树，但时至今日，尚未有一个果子入口。我曾从老家五凤溪移来一株一握粗细的已挂果的樱桃树，栽在阳台上竹子旁边，樱桃快成熟时，就被鸟儿一一啄食了。后来因为要照顾竹子的生长，我就忍痛将它铲除了。也精心培育了葡萄，从去年开始挂果，也全部果了鸟儿的腹。有朋友建议用纸袋套在葡萄串上，我想何必呢，只要鸟儿喜欢，就让它们来啄吧！有朋友送了我一盆砂糖橘，我也到花市买了一盆金橘，这砂糖橘、金橘都挂果了，但我一个果子也舍不得摘，都是让它自然脱落，落果归根。正因为这样，我才有幸欣赏到花果同树的奇观。我还种了株佛手柑，已两三年了，至今尚未挂果。无论是樱桃，还是葡萄、砂糖橘、金橘，于我而言，真的没有口福，口福太浅了。

阳台上种过泡水喝的薄荷，也种过叶子可用来下面条、煮汤的野三七，但后来由于种种原因都从我的阳台上消失了。阳台至今还种有味道比香葱更清香的野葱。葱头可用来炖肉，特别是炖肚条或炖鸭子，味道更巴适，据说还有很高的药用价值。葱叶可用来拌凉菜、调汤。

"世间百草皆可入药"，我的阳台上还专门种有可治病的花草。一种是肺心草，老爸有慢性支气管炎，在老家听人说这草泡水喝或炖肉吃能治这病，就索要了几株来栽种，有时就摘了叶片给老爸泡水喝。我还种了芦荟和刺绣球。2017年春夏之交，我查出得了鼻咽癌，朋友听说芦荟和刺绣球炖肉吃对治疗很有好处，还有芦荟的浆液可以滋润放疗引起不适的皮肤，就给我送来了一大蛇皮口袋刺绣球和几株芦荟，当时我就将这二十多个大大小小的"刺绣球"小心地恭恭敬敬地请进阳台，把芦荟也种在花草的空隙之处。此后，我也用刺绣球和芦荟炖过好几次肉。我至今还未到阎王爷那儿去报到，说不准还真有它们的一份功劳呢！不过，那芦荟汁确曾给我减轻过许多痛苦。放疗中后期，颈部皮肤皲裂、脱落，我就经常将芦荟叶片折断，将断口处流出来的汁液涂抹在颈部，确实能稍减皮肤的干裂、疼痛。

这阳台所产之物，入口最多的还是花朵。我曾在竹子边种过黄花菜，它的花也叫金针菜，我曾用它下过面条、烧过汤。在竹子长起来后，黄花菜就被自然淘汰了。我还吃过刺绣球的花。我吃得最多的还是昙花。我的昙花是2016年秋天开始开花的，因从未亲见"昙花一现"，第一批花开之时，我就时时刻刻守在花盆边，感动于"昙花一现"，当时就边看边拍边晒朋友圈。第二天到学校后，听看过我朋友圈的同事说，那花是可以吃的，烧汤、下面条都可以，且味道不错，据说还有药用价值。记得当时听了心里觉得很不舒服：这昙花，那么纯洁，生命又如此短暂，却还要被这些贪婪的人一饱口福，这也未免太残忍了吧！太亵渎它的纯洁了吧！第二批花开的第二天早晨，见那花朵耷拉着，中午我就试着摘了一朵烧肉圆子汤，味道确实巴适：入口爽滑，汤汁鲜美无比。心里想，摘了也好，免得看着它耷拉在那儿难受；那么灿烂的绽放，那么短暂的灿烂，吃了更好，如果不吃，就是暴殄天物，吃是对它的超度。《红楼梦》中有黛玉葬花，如今我也"葬花"。此后，每当昙花开后，第二天一早，我就小心地将它们摘下，或煲汤，或下面条，或暂存冰箱，或分享给友人。

在品尝美味的时候，我说："花草穿肠过，营养身上留。"大快朵颐，大饱口福。

瘪花生

独坐家中无事，浏览网页消磨时间，想到家中花生快吃完了，于是我进入"淘宝"看看上边的花生如何，看着看着，这花生激起了我对童年时代的美好而又辛酸的回忆。

我的童年时代缺吃少穿，更不要说零食了，而花生则是我的主要零食之一。有个谜语可以看出它在零食中的重要地位："青藤藤，开黄花，带起儿子钻泥巴。一角钱，买一抓，买起回去哄娃娃。"

要想吃到花生，我们也是想尽办法。

花生快成熟时，我们就去偷摘生产队的花生。我们偷花生不是把一整棵扯起来，而是把花生苗下面的土弄松，摘那已熟的花生粒，然后再把土复原。当然这得冒很大的风险，常常被守花生的人呵斥、谩骂，弄得鸡飞狗跳。如果被捉住了，就会连累家中大人被生产队长训斥，回家后难免会饱餐一顿"干笋子煎牛肉"——被爆扁。

生产队挖花生的日子，也是我们小朋友的节日。大人们在前边挖花生、摘花生，我们就在后边不远处用小锄头或小钉耙再次翻土，反反复复地扒拉土坷垃，从泥土里翻捡"漏网之鱼"。我们当时把这叫作"盘花生"，每当有收获时，我们就欢呼雀跃。生产队长则来回逡巡，害怕哪家大人把花生故意留在土里，时不时地威严地呵斥小朋友："隔远点！隔远点！"

有时，我们也反复去翻看已摘花生的花生藤，也许上边还有遗漏——去摘藤上那些还未长成的被遗弃的嫩花生。

家里分到花生后，一般都要保存起来，以备逢年过节或待客时用。大人们为了防备我们这些馋猫，可谓想尽办法。他们把花生装在箩筐里，盖上几层谷草，再用竹片或小树枝把箩筐口别好，然后将这箩筐倒悬在高高的房梁上。我们就用竹竿或树枝去捅那谷草，有时就会掉几颗下来。有的时候大人就睁只眼闭只眼，但也有因此而招致一顿训斥的。

虽然后来丰衣足食了，但我还是对花生偏爱有加。无论是新鲜花生，还是干花生，既可生吃，也可熟食，既可做零食，也可佐餐，还可下酒。花生既可以带壳一起享用，如煮花生、炒花生、盐焗花生、五香花生……也可以剥了壳壳吃米米，如凉拌花生、煎花生、卤花生、油酥花生……花生米还用来炖肉、烧菜、熬稀粥……可以说是，煎炒烹炸浑不怕，要留美味在人间。

去年初春的一天，正准备炒花生米时，我突发奇想：何不在阳台上种几粒花生？于是我选了几粒饱满的随意种在阳台上花台中的空隙处，也没怎么管它们。不久，居然有三粒花生芽破土而出，那探头探脑的神态萌萌的。后来，我终于又见到"青藤藤，开黄花，带起儿子钻泥巴"。虽然过了挖花生的季节，我也没去管它们，直到花生藤自然枯萎了，才去挖掘，还收获了七八粒花生。

从网上下了两单后，我猛然发现有"瘪花生"售卖，简直令我目瞪口呆！见此，立即下了一大单，心中充满了温馨。

老家五凤溪出产花生，家中每年都会种许多花生，什么花十一啦，什么天府2号啦，什么红花生、白花生啦，家里还种过黑花生。每次回老家，餐桌上虽有其他美味，但总少不了花生。当我们离开时，老妈总是大包小口袋地给我们装满土特产，其中也免不了会有花生。而我常有一袋其他兄弟姊妹所没有的独享，他们有时还笑着说："这是黄家大少爷的尊享!"那就是"瘪花生"，有时是连壳的，有时是去了壳的瘪花生米。也许有人会以为这是花生的一个新品种，说白了，这其实是收获花生时的次品，是属于要淘汰的、丢弃的。花生的果实是生长在泥土里的，收获时花生是一窝一窝地从土里挖出来，而花生果实的生长有先有后，花生被挖出来后，绝大多数已成熟，但还有少部分尚未完全成熟。这发育迟缓的，尚未晾晒干时我们叫"嫩花生"，而晒干后就叫"瘪花生"。家中每次挖完花生清洗了之后，先将这些嫩花生选出来，或煮或晒；而将那些成熟的花生晾晒干，便于保存。家中吃煮花生时，我总是让着弟弟妹妹们吃那些饱满结实的，而我总是挑嫩的吃，说得好听点是"让得人，把结实饱满的让给弟妹吃，自己吃嫩朽朽的、瘪的"，实际上是自己喜欢吃这嫩的，娇嫩爽口。有时候吃炒花生米时，我也挑那些小粒的瘪花生，且常常对这些嫩花生、瘪花生赞不绝口。久而久之，家中人都知道我这爱好，也都让着我。以至在买煮花生时产生矛盾心理：买的时候，总希望选那些饱满的、结实的，不然总觉得钱花得亏；吃的时候，却总想选那些嫩的吃。

记得有一次我到菜市场，见一老大娘在路边卖新鲜花生，我去买了几斤准备煮来吃。付了钱后，我才发现旁边有一堆卖家挑出来的、别人选剩下的瘪花生、嫩花生，我如发现珍宝似的指着问大娘："这花生多少钱一斤?"

她看了我一眼，笑着说："不要钱，你拿去就是了。"

"这怎么行，便宜点，钱，我肯定是要给的。"我说。

她又说："你刚才那么爽快，价也没还，而且也是随意捧，不要钱，不要钱。"

她说得也是，我买蔬菜和其他农副产品，凡是判断出是他们自产自销的，我一般都不会讨价还价，也不会挑三拣四。

我说:"我晓得你们种出来不容易,我也是农村出来的。"

她又说:"我拿回去也没多大用途。你拿去吧!"

这样争论下去也不是办法,我确实想买,可她又不想收钱。我见她那花生也剩得不多,估计只有 20 来斤,想到反正要买干花生,不如全买了,自家也有阳台,可以晾晒花生。

于是我就说:"你确实不收钱,那就这样,我把你这剩下的花生全买了。"

她高兴地答应了,称了称,说:"25 斤,算 23 斤。"

"那怎么行,是多少就多少啊!"我说。

她说:"这花生里有嫩花生,没有挑出来,少算点。"

我说:"那堆花生你又不收钱,这就不用少算了吧!要不然我就只好不买了。"见拗不过我,她也只好作罢。她高高兴兴地收拾东西,我也欢天喜地提着几口袋花生回家了。

说到这瘪花生,还有个美谈。以前,我特别爱喝酒,偶尔也在家中独酌,炒一小盘花生米,嘬一口酒,拈几粒花生米,尤其是那瘪花生米,焦香爽脆,简直不摆了。酒友也多,但多是在外边下馆子。偶尔也邀约一两个特别要好的朋友到家中饮酒,也炒花生米,但我是不会拿瘪花生米待客的,一是怕怠慢了朋友,二是自己也舍不得。一次,两位特别要好的朋友突然造访,本来还是想到楼下采买几样卤菜的,但朋友一再阻拦。想到既然这样,那就干脆不去买菜了,就炒个花生米下酒。酒倒是有好酒,前段时间一位友人送来了两瓶好酒,一直舍不得喝,正好拿出来与朋友分享。可花生米却没有了,一下子想到还有瘪花生米,不如炒来下酒。瘪花生米佐美酒,我们欢饮畅谈。

几年前,父母搬来县城与我同住,早已吃不到那让人魂牵梦绕的瘪花生了。如今,网上居然有这东西卖。等哪天,约三五个好友,炒一大盘瘪花生米,开两瓶美酒,围坐阳台赏月听竹,来个一醉方休。

"贼"惦记

　　上午，一诗友从乡下给我送来一盆叫"雪兰"的兰草。我喜滋滋地把它搬回阳台，仔细打量。兰草郁郁葱葱，已有三枝盛开，一枝似开未开，还有两枝处于花蕾期。静下心来，我便能嗅到缕缕幽香。这花，我已惦记近一年了，终于如愿以偿。去年春末，我因事偶过诗友雅居，见到数十盆各色兰草，我们一起谈诗论文说兰草。对他的兰草，我神色中、言语中满是艳羡之意。他也看出了些端倪，遂说道："合适的时候送一盆给你！"我心想：今天就合适啊！但嘴里却不好这样说，只是表示十分感谢！我阳台上也有两盆兰草，偶尔也开花，自从朋友许诺送我一盆兰草后，我也一直惦记着这事。此后也见过几次面，他却再未提及这送花之事，我本想提醒提醒他，但总觉得碍口，也许是他随意那么一说呢。今天上午接到他电话，说是有事要进城，问我在家没有，兰花已开，顺便给我送一盆过来。接着说，再过一段时间花谢后送给我就不妥了。这时我才明白，送兰草还有如此讲究，我真是以小人之心度君子之腹了。

　　俗话说："不怕贼偷，就怕贼惦记。"我"贼惦记"别人家的花草。此处的"贼"，更多的意思是表程度的副词：很、特别之意，也有一点点"小贼"的意思在里边。惦记别人家自己中意的花草，真的有一种寝食难安的、不达目的誓不罢休的那种感觉，犹如登徒子惦记邻家美女似的，有时甚至还有过之而无不及。

　　为了更好地装点我的阳台，为了慰藉我那爱花、怜花、惜花之心，我也曾采用过一些"非常"手段，将其"捡"回家，"顺"回家，甚至"偷"回家，并找出种种借口安慰自己，套用孔乙己先生的话："窃书，读书人的事，能算偷么"，对我来说，就是"顺花，爱花人的事，能算偷吗"，有的失败了，有的成功了，有的至今还在我的阳台生生不息，有的还成为这一方阳台的佼佼者。阳台上规划要种竹，于是我就到处留意竹子：公园、路边、别人家的花台，不是不适合，就是无从下手或不好意思下手，最后只好不了了之。打造有鱼池，我就准备栽种莲荷。我在晚饭后散步途中发现金海岸小区外几个池子中有睡莲，感觉许久没人管理似的，有些池子里的睡莲长得好些，有些池子里的水都干涸了，睡莲也长得稀稀拉拉，垃圾、淤泥裸露。于是我就在一次散步时，蹲下身，将"黑手"伸向"君子"般的莲花下腥臭的淤泥中，拔了两株睡莲的块根出来，它们至今还在我的鱼池中"出淤泥而不染"。我阳台上那长势繁茂、每年花开花谢四五茬的昙花，也是我从以前居住的小区里"顺"来的。一日晚饭后散步，我猛然见到同小区另一栋楼下有一盆昙花，蓬乱地长着，有些枝叶直接耷拉到了地上，好像没人管理似的。打听了两三天也没有找到主人，也许是哪家养在室内快不行时移到这楼下的吧！最后决定趁散步时用剪子去分享一枝。我刚准备动手剪时，却见花盆边沿育有两株小苗，于是就用剪刀撬了一株。

　　近年来，学校附近在大搞拆迁，我常到那些拆迁了的废墟处闲逛，还颇有收获。一株葡萄，已在我的阳台上两度开花结果了。一个"Y"字形的爬山虎藤桩，可惜的是我没管理好，与我缘浅，只是活了一季就干枯了。还有一个仙人掌树桩，当我小心翼翼地把它搬回阳台时，还被家中老人训了几句，"多栽花，少种刺"，"又不好看，又吃不得"，"小心点，别被锥到了"。但我还是执意将它种在阳台上了，也许是在原来的地方被遗弃过久了吧，也许是见我家老人不待见吧，总之，只冒了几片嫩掌之后，它就慢慢地枯萎了。

2014年夏，我被抽调到县委宣传部搞群众教育活动，经常下乡镇督查工作。一次，我到一镇政府大院，必须经过一布满藤萝的长廊，纵然是烈日当空，也没有炎热之感。多路过几次后，我心里想，要是我阳台上也布满这些藤蔓多好，于是就想能否剪点枝条回去扦插，但又不好开口。一次，无意中发现长廊边有一株藤桩，不知什么原因上边的藤蔓断了，桩上还长有一些新芽。心里想，要是把这藤桩挖到，就巴适了，可以做个藤桩盆景。就如前边所说的想剪藤枝一样，也不好开口，毕竟是代表县委县政府去乡镇督查工作的。一直到年底此项工作结束，也未曾开口，但心里一直留着这个念想，特别是对那藤桩的想法。又过了半年，这事在心里还没有放下，于是就给当时与我接触较多的一个办公室主任打电话，当我结结巴巴地把想法跟他说了后，哪知他很爽快地就答应了，说是准备亲自去挖掘，然后安排人送到我小区门口。几天后，我梦寐以求的那株藤桩，就安身在我阳台上的花盆当中了。

我有个挚友，家中有一花园，我常在他花园中流连，一是欣赏那儿的美景，二是打那些花草的主意。今天掰几瓣多肉，明天剪几枝梅花；今天分享几株棕竹，明天分享几株水竹；今天搬一盆兰草，明天搬一盆芦荟……

当然，我也很乐意将我阳台上的花花草草分享给朋友们。

过几天，我准备去乡下一趟，去年秋天我看上了朋友家的黄桷兰，他答应过要送我一株。

芳草祭

阳台已伴我五载有余，春去秋来，花开花落，缘聚缘散。有些花草，像紫竹、金镶玉竹、紫藤、昙花等，自始至终在这阳台上繁衍生息，而有些花草，在我的阳台上真的只是昙花一现，随后就从我的阳台上消失了。至于消失的原因，也是多种多样的。

有的花草是用来暂时补缺填空的。从一开始就注定了它短暂的使命，本来只是临时用来装点我的阳台而已，当阳台上花叶渐繁之时，它也就完成了使命，顺理成章地从这儿功成身退了。像当初种的四季豆、龙爪豆，后来就再也没有栽种了。

有的花草是遭自然淘汰的。阳台刚投入使用时，显得稀稀拉拉，特别是种竹子那个长条花台，裸露的泥土较多，我于是就在空白处随意栽种一些，如黄花、美人蕉等，后来竹子长势好起来后，物竞天择，它们就被自然淘汰了。

有的花草是被我主动放弃的。同样是那种竹的花台，当初看来比较稀疏，我就从老家五凤溪移了一株已挂果的樱桃树种在里边，还种了一株金银花。那樱桃树，也开花结果了；那金银花，也泡了两年的花茶喝。后来为了不影响竹子的生长，我忍痛将樱桃树、金银花移出了阳台。

由于管理不善，有的花草被干旱死了，如吊兰、曼陀罗、滴水观音……也有的被水淹死了，我阳台上本来有两株三角梅，一株是开大红色花朵的藤本，一株是开紫色花朵的木本。如今只剩下了木本的紫色三角梅了，另一株就是被水淹死的。记得那是2018年夏天，连续几天大到暴雨，因阳台排水不畅，造成内涝，后来才发现，那株浓密成荫的三角梅逐渐枯萎了。还有些多肉，老爸生怕它们干渴了，经常浇水，谁知它们是喜旱植物，有的就被"溺爱"致死了。

　　还有些是被不良之人害死的。我因被那"无力蔷薇卧晓枝"所惑，准备在阳台上栽种蔷薇，让它们攀爬遮阴。2013年秋，我想到年底新房就拿钥匙了，于是提前在淘宝网上拍了白色、大红、紫红三株蔷薇，与卖家交流时我一再强调一定要遵照我的要求按这三种颜色配货，他们也信誓旦旦地保证，让我放心。货到后，我先将它们种在花盆里。2014年春，阳台上的花台刚具雏形时，我就匆忙地将三株蔷薇移栽进去，且长势特好。第二年春天，三株蔷薇都含苞了，可我一看却失望极了，全是白色花蕾，但我心里总还有一线希望，也许开放之时才能分辨出颜色。待到花开时，方才确信自己被卖家忽悠了。此时上网去找那卖家，已杳无踪迹，但我还是宁愿相信是他们发错货了。过了两年，除去了一株，换种上一株葡萄。去年，我又开除了一株，在那位置上种上了一株黄桷兰。如今，剩下的那株依然枝繁叶茂。

　　一次到花鸟市场，我见一憨厚老实的大爷在卖花草，品种繁多，有些是植物桩蔸、块根，但配有精美的花卉图片。我见到一种名叫"大丽花"的，块根粗大，萌态十足，图片上的花朵也特别艳丽。于是我就向卖花的大爷了解了它的情况，觉得可以一种，就选了一株最大的块根，付款60元。种入花台后，我精心培育，它不久就长出了嫩芽，叶片越来越大，长势葱茏，可就是没有要开花的征兆。后来一朋友来访，我向他炫耀这花草，遗憾的是还没有开花的迹象。朋友一看，笑了：

"你这是啥子大丽花，就是河边的牛筋草，你娃上当了。"我这才恍然大悟，怪不得这草有似曾相识之感，于是我气愤地将其拔起，狠狠地扔掉。由此我反思自己的轻信，被那老头貌似的憨厚、被那块根的萌态所迷惑。

搬入新居之时，朋友们送来些花草，其中有个晚辈送来一盆高大精美的发财树。起初长势特好，可还不到半年，就慢慢枯萎了。在拔除枯树时才发现，原来商家在装盆时连那塑料盆一起装入的，这么好一株树是被活生生箍死的、挤死的。就算我再怎么善良，也不能只认为他们是单纯的"懒"吧！心中不由得狠狠地骂上一句："奸商！"

花草与人，也是要讲究一个缘分的。我至今还有一桩未了的心愿，那就是拥有一盆火棘盆景。我们这儿把火棘叫作"救兵粮"。童年时老家屋后的蒋家山上、读初中时上学放学途经的万家山上、工作时的四方山上，多得是这种救兵粮，它们顽强地生长在岩石的缝隙中、贫瘠的山坡上。我之所以牵挂它，不在于它的花朵，它的花朵犹如"苔花"般不起眼，白色的小花朵，一簇簇开满枝头；也不在于它名字的来历，传说太平天国时期，翼王石达开率部到达四川、云南之时，缺少粮草，就将这小小的红果实粉碎充作军粮，救了燃眉之急，所以民间把它叫作"救兵粮"（也听说过一个版本说是三国时的故事）；而在于它那成熟于秋冬时节的火红的粒粒果实。童年时，它慰藉了我那饥饿的小嘴；少年时，它抚慰了我上学放学途中的疲惫；中年时，它激发了我生活的勇气、奋发向上的斗志。尤其是雪后初晴，那一丛丛火红的火棘果在白雪的映照下，真是艳丽无比，这情境，在我的一首小词《减字木兰花·老牛坡雪景图》中有所展现。

梨花片片，飘入茫茫都不见。雪压青松，火棘丛丛白映红。

纵情雪战，老少轮番飞霰弹。兴尽余痕，车顶招摇堆雪人。

对这火棘，我还真的是情有独钟，总想在我的阳台上看到它的芳踪。阳台竣工之时，我就联系了一个居住在四方山上的同学帮我挖两三株火棘，同学很及时地挖了两株送来，可惜一株都未成活。过了一年多，我又请他帮我去挖火棘，这次他送来了三株，还好，成活了两株。第二年移盆之时，我又把两株都弄死了，可能是应该让它在花台里生长久一些再移盆。唉！看来今生与它是无缘了。但总是不死心，前几天，我又给那位同学打了电话，总惦记着这事，总还不死心。

阳台上的花花草草，它们将伴我喜怒哀乐、伴我酸甜苦辣，将伴我度过余生。这期间，也许有的还会离我而去，最终，我也会别它而往，"天下没有不散的筵席"。只是分别时，别留太多的遗憾。

"青竹居" 炼成记

在很多很多年以前，我就梦想拥有自己的书房，名字在20多年前就已取好，叫青竹居。我一直没有多余的房间来做书房，直到搬到绿洲国际这套新居后，才让我的梦想变成现实。这80多平方米的住房只有两室一厅，也没有多余的房间给我做书房，但我却打上了露天阳台的主意，在物业管理许可的情况下搭建了一间十余平方米的板房。这间房，就是我的青竹居。房有了，书却很少，称其为书房还名不副实。还好，书在源源不断的充实中，这青竹居，也越来越像书房了。

正如我在拙作《文摘·文裁·文拆》中这样写道：

后来，我就养成了逛旧书摊的习惯，低价买一些旧书报、旧杂志。再后来，发现了一条更好的途径，就是与拾荒者打交道，向他们收购一些自己觉得有用的旧书报。我也常到一些废品回收点，去翻那堆积如山的旧书报，挑选自己认为有趣的东西，纵然是臭气熏天、尘土飞扬，弄得满身臭烘烘、灰扑扑蓬头垢面的，也无怨无悔！这是一件双赢的买卖，他们能卖个更好的价钱，而我是更大赢家，真有一种"淘尽黄沙始到金"的"淘金者"的感觉。

……

我将自己剪贴的资料装订成册，自己设计了一张封面，题为《青竹居文摘》，现已有七本。为了便于翻看和检索，我重新编了页码，并按照不同的内容归类，分栏目编写了目录，栏目有"资料卡片""趣闻逸事""诗词联苑""开心辞典""隽永妙文""修身养性""生活之友""另类词语手册"等。

……

现在，我也陆续地添置了一些新书，但我还是常常翻阅自己的《青竹居文摘》，摩挲玩味，百看不厌，并在能保障其安全的情况下向朋友们推荐。

这些旧书和另类文摘，也是我青竹居书斋藏书的重要来源之一。另外还有从孔夫子旧书网和淘宝网拍来的二手书籍，也有从地摊上按斤两买来的盗版书籍——这原是我所不齿的行为，但经受不住书好和价低的诱惑，最终违心地认可了这种对书籍和读书人莫大侮辱的称斤卖两方式。而真正到书店购买的新书，在我的书房内却是寥寥无几。

书斋内更多的书籍是许多文朋诗友慷慨赠予的。

有些文朋诗友将自己的著作无偿赠予我，有的还题上赠言、签上大名。例如，李德富老师的《闲话古镇五凤溪》、杨源仁老师的《韩滩横笛》《晚钟流韵》、蔡淑萍先生的《萍影词》《蔡淑萍词钞》、卢道武老师的《道武诗画选》、杨益民先生的《飞瀑集》《路石集·杨益民卷》、尹全红的《飘落的黄叶》、余勖禾的《民国我家》、王恩普的《纳杂集》《回眸》、郭应循的《郭应循诗文选》、田永安的《岁月留痕》、吴春的《金堂文史集》、陈仲全的《开心鸟 美味儿歌》、陈道康的《蜀牛之声》、默鲜（喻仁恩）的《悄悄流过的时光》、周元伦的《兵动三叱》、王顺用的《走过四季》、熊梅的《花之语》、刘元兵的《邮仔乡愁》等。

也有些文友将适合我的书无私地赠予我。像杨源仁老师赠

给我的一些关于辞赋创作的书，如《诗韵合璧》《唐宋辞赋鉴赏词典》等，县志办孙成君先生赠给我的一盒七本线装《清·金堂县志》和两部现当代的《金堂县志》。现在我的书斋还缺《民国金堂县续志》，这事我还得惦记着孙哥哥。

还有些就是参加一些文笔诗会时接受的赠予图书。而我接受的最大一笔是蔡淑萍老师的慷慨馈赠，达数千册之巨。在拙文《英雄赠我以宝剑》中有这样的描述：

"初步清理，真是琳琅满目：既有古旧书，也有新书；既有平装书，也有精装本，还有珍贵的线装书、盒装书；既有袖珍的小册子，也有砖头般的大部头；多数是横排版的书，也有不少的竖排版书。仔细清理、分类、上架，更是种类繁多。

写诗填词的工具书和古诗词作品类：《中华诗词微型工具书·快速填词手册》（上、下）、《人间词话》、《随园诗话》、《词学》、《李清照评传》、《中华曲谱》（上、下）……

世界名著类：《大卫·考波菲尔》、《悲惨世界》、《欧也妮·葛朗台》、《格林童话全集》、《海明威文集》（上、下）、《罪与罚》、《红与黑》、《苏菲的世界》、《圣经》及其若干读本……

中国古典名著类：《红楼梦》《西游记》《水浒全传》《三国演义》《老残游记》……

现当代作品类：《老舍精品小说》（共21卷）、金庸的武侠小说系列、"三毛"散文系列、"二月河"的清代帝王系列（13卷）、王小波作品系列、莫言作品系列……

期刊类：《炎黄春秋》、《文史知识》、《随笔》、《岷峨诗稿》、《四川诗词》以及《书屋》（100册）、《诗潮》（40册）、《中华诗词》及合订本……主要是诗刊。

也有许多当今的热门、畅销书籍。有些是蔡老师文朋诗友赠送的有作者亲笔签名的诗文集、书画集，其中不乏当今文坛、诗坛大咖。

正如我在文中写的那样："蔡老师！是你让我的'青竹居'成为名副其实的书斋。"

书房中也有与自身相关的书籍。自己的作品集，如《竹箫横吹》《五凤溪琐忆》；自己编辑的书，如《我爱五凤溪》《人文三星》；我所主编的一些校刊，如金龙中学的《萌芽》、五凤学校的《凤麟》、松枝小学的《松针》、三星小学的《新星星》；载有自己作品的书刊报纸，如《成都市井闲谭》《四川散文大观》（第七卷）、《星星·诗词》、《九州诗词》、《四川散文》、《金堂史志》、《金堂文史》、《三江文艺》、《金堂文联》、《新金堂》、《韩滩声》、《成都金堂人文旅游丛书》等。

当然，青竹居中也少不了本地名人字画。悬挂有汤文俊题写的书斋名"青竹居"三个大字，陈刚为我题写的书名"五凤溪琐忆"，但红能为我创作的《竹影清风》墨竹图等，还有刘世亮先生撰、钟博生书写的我的嵌名联："基培沃土春风化雨，竹赞虚怀紫气凌空。"更多字画珍藏在书柜中，有卢道武老师赠送的国画《和谐》，有青年画家吴应军根据我的《卜算子·西眉山》词意创作的国画《问道》。有为我题写的书名，如汤文俊题写的"竹箫横吹"、杨益民题写的"竹箫长短句"、李万东题写的"竹箫抗癌日志"。有为我诗词作品挥毫的，如尹全红书的《霜天晓角·吊王爷庙》、蔡志勇书的《醉花阴·邂逅》、肖波书的《行香子·秋游玉皇养生谷》《鹧鸪天·乡村即景》、廖继礼书的《七绝·偶感》、李万东书的《桂殿秋·闺怨》《青玉案·叹青玉湖》、钟博生书的《长相思·贺羽卒君乔迁》等。

我的青竹居，可以说是爱心的汇聚。随着我阅读量的增加、阅历的丰富，我的创作必将有更大的收获，假以时日，我的青竹居必将更加丰盈！

从"钓"早餐到"钓"生活

现在许多人的早餐，都选择到面馆、包子铺等早餐店或快餐店迅速解决，这也是当今快节奏生活和满足部分懒得做早餐人的生活需要。而我家的早餐，却被经营得有声有色。

妻子最早起床，熬制好一小锅绿豆粥或红薯粥或小米粥；接着是老妈用煮蛋器煮上几枚鸡蛋，从泡菜坛里抓点泡菜；然后是我亲自出马爆炒萝卜丝或炝炒小白菜，或蒜末炒藤藤菜等，弄一盘时鲜蔬菜；最后是到楼下包子铺买几个包子、馒头，这任务起初由老妈完成，后来我发现了个捷径，可以从楼下直接"钓"上来，这任务就由我完成了。我家住花园水城绿洲国际小区临街的二楼，当初选择这套房的时候，主要考虑到这房附带有五六十平方米的露天阳台，现在我已把它打造成了一个小小的葱茏的花园。楼下是临街的商铺，恰好就有一家卖包子、油条的小店。轮到我买早餐了，于是我拿出事先准备好的绳子，一头拴上计划好购买包子、馒头的小钞，站在阳台边的鱼池边沿，从蔷薇丛中探出头去，徐徐放下绳子，然后试探着小声地喊道："老板，来一笼芽菜包!"声音太大了怕惊吓到楼下的食客们，纵然这样，也难免让楼下的食客们侧目、仰视。楼下是一片风景，食客中有男有女，有老有少，着装不同，吃相各异，间或也会见到一两个赏心悦目的女子。我向他们报以善意的微笑，对给他们造成的打扰表示一丝丝的歉意。

从孩子们的眼神中，我读出了"惊讶""好奇"，从大人们的眼神中，读出更多的是"漠然"。在他们的眼中，我又何尝不是一道风景？学生们说，这爷爷好搞笑啊，从楼上用绳子来买包子，要是我家也能，多好耍啊！女人们说，原来是个胡子巴碴的老头子，要是个帅哥，多养眼啊！小伙子们说，从那蔷薇花丛中伸出头来的要是个美女，就巴适了，说不定眼神相撞，还能碰出火花。包子"钓"上来后，有时间的就先吃，吃了后，该上班的上班，该做事的做事。老爸是家中的"太上皇"，最后起床，慢慢享用早餐。

一顿早餐，居然能吃出这样的乐趣。实际上，现实生活中从来就不缺乏美好乐趣，关键是我们缺少一双发现美好的眼睛，缺少一份经营乐趣的心思。

早餐可以"钓"，更常见的"钓"还是钓鱼，从古"钓"到今。古诗有言：独钓寒江雪、一人独钓一江秋、蓬头稚子学垂纶。钓鱼也在不断地发展变化，从简单的竹竿到如今五花八门的各类钓鱼装备，从简单的捕食到如今的休闲娱乐项目。最舒心的还是那种"野钓"，邀约两三钓友，置一张矮几，携一壶茶，沿河边、池塘边插几支钓竿，静待鱼儿上钩。笔者居家之地被誉为"花园水城"，一江三河八岸，足见水域之广，"钓友"甚众。其中最出名的当数"汤沙钓"，其"钓技""钓艺""钓德"被传得沸沸扬扬，在本地作家黄航的《神钓》中更是把"汤沙钓"描写得神乎其神。如今，钓鱼早已形成一条产业链，包括鱼饵和渔具的研发、生产、销售，鱼塘的经营管理等。钓鱼也是一种文化。钓友们谈起"钓经"来大都是口若悬河，有的还将自己的钓鱼心得诉诸文字，登上杂志，有的还著书立说，出版了诸多的钓鱼书籍。有些地方还成立了钓鱼协会，各地竞相开展各类钓鱼活动、钓鱼比赛，美其名曰"文化搭台，经济唱戏"。

历史上还有两个著名的"钓例"。一个是"愿者上钩"的姜太公姜子牙，传说中他用直钩钓鱼，不用鱼饵，还离水面三尺，但他不是为了钓鱼而"钓"，他是在钓人，他要"钓"的是周文王，最终垂钓成功。还有一个是"三顾茅庐"，至于是诸葛亮"钓"的刘备，还是刘备"钓"的诸葛亮，这都无关紧要，关键是他们都在"钓"和被"钓"，而且都是成功的"垂钓者"和"被钓者"。

现实生活中处处都在"钓"和被"钓"，处处都是"饵"，稍不留神，就"上钩"被"钓"了。小到路边的"丢包"、针对老年人的"保健培训"，以及时下风行的"网络诈骗"，等等，大到"老虎""苍蝇"们的权钱、权色交易。只要我们时刻提醒自己"天上不会掉馅饼"，少一些走"捷径"的想法，就会大大减少被"钓"的成功率。而那些"垂钓"者，只要想到"法网恢恢，疏而不漏"，想到那些"老虎""苍蝇"的最终结局，就会收敛一下心神。

话说回来，"钓早餐"是寻找生活的乐趣，"钓鱼"是丰富生活兴趣，甚至臆想一下"钓红唇鱼"也不为过。只要你不去"纵饵""钓大鱼"，就不至于被"钓"得身败名裂，被"钓"得身陷囹圄，甚至被"钓"得身首异处。

病中散记

2019年1月，拙作《竹箫抗癌日志》付梓，是我以日记体形式记录的本人自2017年春末夏初检查、确诊鼻咽癌，到后来的化疗、放疗及后期康复中的一些琐碎事件。五年过后，又一"癌"到了。这次是更为凶险的左下牙龈癌（左下颌骨恶性肿瘤），本想继续来部《竹箫抗癌日志（二）》或"续"的，但又怕大家笑话我成"江郎"了，更怕有人戏谑我：人生本来就短暂，再"抗三""抗四"就把余生抗完了。

如果不留下点文字，那么总觉得对不起自己手中这支秃笔。思来想去，还是随意记点吧。

一张昂贵的照片

对于照相来说，大家都不陌生。

翻开相册，一张张照片背后都是一段段尘封的往事，有酸有甜有苦有麻有辣，但"甜"的居多。读书时，写过名为"一张难忘的照片"的作文；教书时，给学生布置过"一张_____的照片"的作文；今天，我要写篇"一张昂贵的照片"的作文。

随着科技的发展，相片由黑白而彩色而美颜，照相机由120、135而数码而各类高端的"长枪短炮"。尤其是智能手机普及以来，它的摄影录像功能更是被应用到了极致。

摄影技术也运用到生产生活的各个领域，大到国家的各类高精尖科技，小到生活中的方方面面。走在街巷，遍布大街小巷的摄像镜头，大路小路上的违章抓拍……进了医院，在疾病检查治疗过程中，更是随时都在体验被照相：X光片、B超彩超、喉镜肠镜胃镜、CT、磁共振……笔者作为一个处于康复期的癌症患者，在这方面更是深有体会。这次更是耗巨资享受了一把高大上的拍照服务。

入春以来，我时不时地感到牙龈不适、肿痛。心里想道，可能是香肠腊肉或是火锅吃多了导致的炎症吧。于是我也偶尔到诊所找医生开点清热散火之类的消炎药吃吃，也有一些效果，但总是反反复复。前段时间，在早晚刷牙时，有时居然还有血水渗出，才感到问题的严重性。于是我从赵镇街上的个体医生诊所，再到专门的口腔牙科诊所，再到县医院口腔科，再到华西口腔医院口腔外科，最终还是回到华西医院头颈部肿瘤科，找到给我诊治鼻咽癌的主治医生，向他简述了医生们的初步诊断和推测：左下颌面肿瘤，不知是良性还是恶性，如是恶性，不知是原发还是鼻咽癌转移。医生仔细看了看我给他的华西口腔医院的彩超等检查报告，又在他电脑上调出我上次复查时的各类检查报告，随即建议我去做一个"派特CT"检查。他接着说："这个检查能够全面准确地了解你全身各方面情况，看看有没有癌细胞扩散转移，只不过价格比较贵，主要是只能自费，不能报销，你考虑一下。"我问："大概多少钱？"他答："9800元。"我心里"咯噔"了一下，照张相这么贵，这可是我近两个月的薪资啊！本想和一路陪护的在诊室外的夫人商量一下，可我只是稍微犹豫了片刻，就答应了。拿着医生开的导诊单出来与在外焦急等候的夫人简要说明了一下情况，并就未向她请示就私自决定耗巨资照相一事向她表示了歉意，她噗笑道："都这样了还有心说笑，该花钱就花！"然后我就去缴费、预约检查时间。

　　几天后，夫人驾车，又陪我到华西医院享受这高档的照相服务，而且每次的诊疗检查，都是夫人专车接送、专人陪护。根据导诊单指引，我们来到候诊大厅，这儿相对于华西医院其他地方稠密的人流来说要清静得多，我先到分诊台报到。接着一位导诊护士问了一系列的诸如"有没有假牙？安过心脏支架没有"之类的问题之后，就给我们讲解注意事项："时长需两个多小时，也不用担心，真正上机时间不长，多数时间还是静坐。进去后要换专用服装，有个人物品存储柜，陪护的家属不能进去。一会儿要注射一种含放射线的药物，在二十四小时之内不要接触孕妇和两周岁以下的婴幼儿。"要进检查室了，我将手机、背包等物品递给夫人，并一再叮嘱她别老守在这儿，可到处逛逛，去吃点东西。夫人很"犟"，我因有时检查需空腹，她也就时常陪我一起挨饿。夫人也一再叮咛我放心进去检查，说她在百度上查了，这检查没啥，不痛不痒，只是耗时较长。她叮嘱也不用担心她，会安排好自己的。

　　进入检查室内，给人一种别样的感觉：空、寂、白，这白是一种煞白、惨白。导诊护士给我一个有号码的手环和一个纸袋，并交代说："纸袋内是一套检查时专用的衣服、拖鞋，一会儿先去更衣室把衣服换了，内衣裤可以不脱，然后将自己的衣服物品装纸袋内存放到 16 号储物柜中，用手环靠近柜把手可以开关柜门。"我来到更衣室换上有竖条纹的检查服装，不合身，裤腰太小，本想找护士换个大号的，想想，没这必要，把腰带处拉扯了几下，总算穿上了。我将衣服皮鞋装入纸袋，来到储物柜前，找到 16 号柜，将手环靠近柜把手处，只听"叮"的一声，柜门就打开了。我放好纸袋，关上柜门。护士又把我引领到注射药物的窗口，她就转身离得远远的。这里内外是隔离的，通过玻璃我能看到里边护士的脸孔，隔离板上有两个圆孔，附有两个长长的手套，打针的护士将手伸进手套，通过语音提示我不要紧张，然后准备给我注射药物。按照语音提示，我将右臂袖子撸起，伸到窗台上，可她总也找不到合适的入针处，也许是我的血管受凉或是受惊吓萎缩了吧！后来，她干脆走出来，在旁边的桌子上完成了注射任务。我心道，一开始就这样多好，何必弄得那么神神秘秘的。导诊护士又把我引到候检休息室，并一再交代我不要说话、不要看手机、不要走动，要静卧，多喝水，这样检查效果会更好。进去后我看到有几张躺椅，其中有两张躺人，都穿着跟我一样的竖条纹的病号服，一个女子正在看手机。我对导诊护士说："你不是说不能看手机吗？我出去把手机拿上再进来。""把手机关上，好好静卧。"导诊护士对那女子说。然后她又对我说："中途不能出去，有手机也不能上网，这里边是屏蔽了信号的。有什么事可直接呼护士。"指了指躺椅旁边的拾音装置转身离开了。我躺上躺椅，很舒适。座位旁边有温馨提示"三不三要"：不要说话，不要看手机，不要走动；要闭目养神，要静卧，要多喝水；有事可随时呼叫护士。每个座位旁边都有饮水龙头，随手可取的水杯、纸巾，座位右边还有废纸篓，这样的布置还真的不需要你多走动。

我静静地躺着，身心都进入一种极度放松的状态，四周一片寂静，脑海中猛然间溜出了余光中《乡愁》中的诗句："后来啊，乡愁是一方矮矮的坟墓，我在外头，母亲在里头。"只不过，头脑中此时闪现出的是另一行文字："我在里头，夫人在外头。"这时，我才想起那个在外边焦急陪我的夫人来，我们按照预约是十点半报到的，这时大概过了三四十分钟，我对着拾音器喊道："护士，护士。"屋中马上传来回应："黄先生，有什么事?""去对我家属说一声，大概还需一个多小时，叫她出去走走，吃点东西。""好的，你放心，马上去传话!"我又静下来。其间，那两个先进来的病人先后被传进检查室，后来又进来了一个新人。

终于轮到我去检查了。我直挺挺地躺在检查床上，当我缓缓滑向检查机器时，真真切切感受到仿佛是死尸滑进焚化炉的那种感觉。与以往几次的磁共振检查差不多，只不过时间长些而已。

检查结束后，我又回到候检休息室躺回躺椅上。过了一会儿，喇叭里传来语音："出门左转有病员餐厅，可以去自助午餐。"可想到在外久候的夫人，我还是拒绝了午餐。然后，语音提示我可以出去了。我于是从储物柜中拿出自己的衣服，来到更衣室换上自己的服装，将那病号服狠狠地扔进收纳箱。

走出检查室，我就遇上夫人那关切的眼神，她上上下下左左右右地打量我，在确认我没落下什么之后笑问："咋个不吃了再出来？"我也强笑："你不也一直陪我挨饿！"

几天之后，夫人又开车陪我到医院取"派特CT"检查的胶片和报告，我们迫不及待地翻开报告，从字面理解应该是没啥大问题。我们拿着那张昂贵的胶片和厚厚一本检查报告来到我的主治医生诊室，他仔仔细细看了胶片和报告，说："初步诊断为牙龈肿瘤，至于是良性还是恶性，还需要进一步确诊。"

走出医院，我强笑着对夫人说："不好意思，照张相用了9800元。改天我陪你去补照一组婚纱照！"

放生阿乌

在许多地方，放生节都是一个较隆重的节日，农历四月初八是我国民间传统放生日，11 月 17 日是世界放生日，也有的是正月初八，甚至有的认为一年四季随时皆可。放生的品种也多，我们这儿主要是鲤鱼、鲫鱼、泥鳅等鱼类，其他地方的据说也有放生马、牛、羊等大牲畜的。我们老家五凤溪也有放生节，时间是按传统的农历四月初八，主要有两处，一处是五凤溪古镇上的王爷庙外的沱江边，一处是我们玉凤社区两河口处。老妈每年放生节都必去参加，她主要参加的是我们两河口的放生活动，他们放生的多是泥鳅。

还记得网传的一次放生活动，上游的人们往河里放生泥鳅、鲫鱼，下游的一大群人就用各种渔具打捞。因为鱼儿们刚放下水时还有一段时间漂浮在水面上，所以也常有这样的佳话，说某人将什么鱼儿放生，那鱼儿久久不愿离去，像是在与主人依依惜别一样。

一天，夫人突然提议，说把家中那几只阿乌放生算了！我马上附和。我知道，她是想通过放生给我祈福，让我的病早日康复。我也想着这乌龟在我家生活了好多年，要考虑它们的吃食、换水，每年还要考虑安排它们冬眠，如果把它们放了，就会少很多事情，何乐而不为呢！家中共有三只乌龟，因为是食肉动物，所以专门养在我家阳台上的一个玻璃缸内，没有与其

56

他锦鲤放养在一起。锦鲤池里有睡莲、碗莲、假山、喷泉等，拙作《像只鱼儿在你的荷塘》有详尽描述。这几只乌龟，家中老老小小都亲热地称它们为"阿乌"。那只大的，两年前就有1020克，这只大乌龟是姐夫在20世纪90年代在五凤溪老家溪水中捡到的，当时还小，只有100克不到，但乌龟尾部的龟壳上钻有两个小洞，一看就知是哪家家养的，逃出来的，也许是放生的。2016年，父母到县城与我们同住时，把阿乌也带了过来，其时已有700多克了。当时我想到一只乌龟太孤单了，就到沙罐窑买了两只小乌龟。后来，三只阿乌在我家阳台的玻璃缸内愉快地生活起来。有时，我还将大阿乌牵到街上遛街，很是扯眼球。我也常带阿乌们同小朋友玩，让他们认识乌龟。喂的东西也很简单，多数是从菜市场的鱼摊上捡来的鳝鱼骨头、死鱼、死虾，或是猪肉摊上割下来的边角余料。偶尔我也到网上去购买点小鱼干、小虾干，或者颗粒龟粮。乌龟要冬眠，每年从寒露左右到第二年惊蛰，前几年老汉还在时，阿乌的冬眠主要由他负责，待乌龟将要冬眠时，将玻璃缸中的水舀干，留置鹅卵石、河砂，然后找几个纸箱盖在玻璃缸上，第二年惊蛰前后，再将这些纸箱移开，在玻璃缸中注入半缸左右水，几只阿乌又活蹦乱跳了。这几年阿乌长势还好，那只大阿乌2018年还下了一只龟蛋，与鸽子蛋大小差不多，要稍长一些，是椭圆形的。我当时也得意地在QQ空间、微信朋友圈晒了好几张图片，一张是英雄妈妈阿乌的形象、一张是龟蛋图、一张是龟蛋与鸡蛋的比较图，还调侃了一句：为我家龟小姐征婚。如果征婚成功，今后就可孵出一个个小乌龟了。遗憾的是，以后我再也未见到它产蛋，也许是环境使然，据说它要将产下的蛋吃掉。

　　说到放生乌龟，我还是有些许不舍，但更多的是一种歉然：老汉病重时，未想到放生；姐夫病重时，也未想到放生；

妻子病重时，还是未想到放生。这次如果不是夫人提醒，也还是不会想到放生。还好，老妈每年都去参加老家玉凤社区两河口的放生活动。这次放生，好像自私了点，但我想到是为家中所有人祈福，也就坦然了。

回到家里，我与老妈商量了一下，老妈很高兴地同意了。一天晚饭后，我将三只阿乌放到装有半桶水的塑料桶中，与夫人一起提到毗河边上，准备找一处河岸低的口子放生。毗河边上散步的人较多，他们见我们提着桶，都好奇地伸头来看桶中之物，当知道我们是准备放生乌龟时，也跟来好几个好奇的大妈大叔，一个大妈直夸我们心眼好。在万达对面，我们找到个合适的地方放下桶，先将两只小点的乌龟放到河水中，见它们渐渐远去，我和夫人都在心中念叨："放你们自由！保佑我们全家平安！福寿安康！"然后再放那只大阿乌，真的感觉到它们是一游三回头的样子，围观的人们有欢呼指指点点的，有沉默的，也有双手合十嘴唇微翕的，此时，我心中自成一偈云：

> 你从来处来，任尔去处去。
> 今生已无缘，来生何相聚。
> 江河任纵横，自由岂可替。
> 愿你得佳偶，也佑我家事。

选择活着

欲寄征衣君不还，
不寄征衣君又寒。
寄与不寄间，
妾身千万难。

———《凭阑人·寄征衣》

　　人生一辈子，要无数次站在十字路口，面对无数次选择，这选择，有时是相当艰难痛苦的。为了更快更好地治病，我选择了到四川省肿瘤医院治疗。

　　6月15日，夫人开车陪我来到四川省肿瘤医院，挂了"头颈内科"李昉医生的门诊号。门诊诊断后，我一路马不停蹄地去交费，预约查血、彩超、CT、穿刺、病理等各项检查。18日，各类检查胶片、报告取齐后，我们打电话联系李医生。看门诊时他就把电话号码告诉了我们，并提醒我们，只要是上班时间，他都在医院里。拿到报告后我就联系他——从这主动把自己的电话号码告知病人，就要比某些医院好得多，那些医院的所谓的教授将自己的电话号码作为隐私保护得非常好，生怕病人打扰了他们。他接到我们的电话，热情地告知他的具体位置，我们将检验报告交到他手上。他仔细看了看，对我们说："你这情况较为严重，一有空床位，我们就安排你来住院治疗，先到我们内科来，进一步检查后，再安排具体治疗方案。"6月20日，我就接到肿瘤医院电话，通知我入院，21日就住进了四川省肿瘤医院第三住院大楼8楼头颈放疗科一病区。又经过一系列检查，初步诊断为原发性"左下牙龈癌"，6月24日，他们与外科会诊后，给出两套治疗方案：他们公认的最佳方案就是先通过外科手术，将牙龈处的病灶切除，然后从腿部截取一些组织进行移植——具体的语言还要详细得多，也告知了失败的可能性及其后果。对我来说，可以说是相当恐怖的。第二套方案就是保守治疗，就在内科进行放化疗，但其弊端就是我治疗鼻咽癌时曾经做过放化疗，如果再只是做放化疗效果可能要大打折扣，还有这左下颌骨有可能坏死，到时口能不能张开也未知，对生命都可能构成威胁。要我尽快拿定主意，如果采用第一套方案，那么25日就办出院手续，外科那边尽快安排入院治疗，如果选择第二套方案，那么25日下午就安排治疗。这个选择，真的太难了，一想到第一套方案所要经历的苦痛和磨难，我就打起了退堂鼓，坚决选择第二套方案，也与夫人商量通过了，并及时与其他家人进行了沟通，大家也同意我的选择。第二天早晨，我就给李医生说了我的选择。他们听后很失望，说如果我真的选择第二套方案，下午就安排用药。但他们还是一直劝我改变主意，并再次强调，如果采用保守治疗，也许一年半载或是几个月后癌症又可能复发，到时又得来遭第二遍罪，甚至第三遍罪，说不定最终为了保命，还是要对病灶进行切除，如果任其发展，骨头坏死影响关节，有可能嘴都无法张开，哪里去找什么生活质量。听了这么多，我犹豫了，决定还是选择第一套方案，再次与夫人商量，与家人沟通，大家都觉得应该由我自己拿主意。李医生见我改变了主意，高兴地叫我到外科大楼去找蔡医生，听取他的手术介绍。到外科大楼听了蔡医生的详细介绍后，我头都大了，因为要从腓骨截取一片骨头来补这牙龈，从腿部截取两截动脉血管来接活补的骨头，再从腿部截取皮肤来补脸，然后再进行适当的放化疗。太恐怖了，我再次犹豫了。我回到第三住院大楼8楼的头颈放疗科一病区，给李医生再次说了就选择第二种治疗方案算了。他们见我又改变主意，真的替我着急。我向他们述说了蔡医生说的具体操作和可能存在的风险，他们宽解我说："你放心嘛！许多七八十岁的老年人都选择第一种方案，而且术后效果好得很。你这么年轻，夫人也对你这么好，再考虑考虑吧！"选择，有时真的太难了，此时我想到了著名的两难诗《寄征衣》，也胡诌一首：

> 欲做手术身发软，
> 不做手术心不甘。
> 做与不做间，
> 老朽万千难。

　　我回到病房，与夫人反复商量，想想医生们说的也是，自己还这么年轻，不应向病魔低头，眼前还有这么好的知冷知热知疼的夫人，家中还有八十老母和尚未成家的儿子，做手术，怕什么。我也未再与家中其他人商量，遂下定了用第一套方案的决心。

　　当我与李医生他们说出决定时，他们脸上也露出了欣慰的笑容："就这么定啦，不改了吧！在那边完成手术后再回来，我们尽快安排后续的放化疗。"

　　说实话，我自己都为自己这样的三心二意害臊。

　　为了活着，我终于又做出了一个艰难的选择。

病中散记

61

多子真的多福

　　在布置婚房时，人们往往在婚床上撒上花生、桂圆、莲子、红枣等，有早生贵子的意思。从古至今，"多子多福"都是婚礼现场人们最美好的祝愿，也是人们互相共勉的话题，更是许多人毕生追求的理想目标之一。而在我们那个时代的人，在适育年龄却是严格执行一对夫妇只生育一个孩子的计划生育政策，哪里敢奢谈什么多子多福，就算有个别胆大妄为超生的，也会被处罚。等到后来放开"二孩""三孩"了，我们又都过了适育年龄。

　　我和妻子虽然只育有一子黄一凡，但在这次生病住院期间却真真切切地享受到了多子多福的待遇。

　　几次入院出院，都是儿子车接车送，他有时也请假专门开车送我到医院做各项检查。虽然，这是他当儿子的分内之事，但我还是要写上一句。

　　夫人的女儿思思，在成都火车东站附近的金苹果幼儿园当孩子王，现在中小学虽已放暑假，但她们幼儿园却还未闭园。每到周末或下午下班后，一有时间，她就花好几十元钱打车从城东到城南来医院看我和她妈妈，给我们送来各类水果和各类急需的生活物品，时时嘘寒问暖，确实应了那句"女儿是老爸老妈的小棉袄"。人过中年，上天居然赐我一件这么贴心的"小棉袄"，岂不更应好好珍惜时下这美好的生活！

除了这一双孝顺的儿女照顾外，还有个"儿子"更是卖力，他就是我内侄儿傅晓刚，虽然已是年近四十岁的老小伙子了，但我一直呼他小名"刚钵"。他也不按本地习惯喊我"姑爷"，而是喊我"黄叔"或"黄叔叔"，我们俩叔侄关系特好。在他读初中时我还当过他一段时间的班主任，教过他语文。他虽然未在我的教育引导下学业有成，却是一个心地善良的有担当有责任心的好男人，是家人、亲戚、朋友、同事眼中的好人。

这次，他自始至终地为我这个"前姑爷"跑前忙后——他的小姨，我儿子的妈，我的妻子因病已离我们而去。从最初我自以为是牙龈发炎、火大在他的"华正堂大药房"拿点消炎药，到后来在他老汉（我二舅哥、我儿子的二舅舅）的"善正堂诊所"——刚钵和他父亲在县城绿洲路经营的诊所和药房开方拿药。经历了反反复复，后来还是在他的提醒推荐下，到他一个朋友开的口腔诊所去看口腔医生，正是在口腔诊所医生的指导下，我才到县第一医院看的口腔科，最后到的省城大医院。在预约了入院治疗却久久未得到入院通知的情况下，又是他想到找朋友想办法安排提前入院治疗，虽然最终也未达到目的。在我实在不敢也不能等的情况下，又是他建议我换到四川省肿瘤医院去治疗的。

我在四川省肿瘤医院检查、住院期间，他更是全程参与，充分发挥了他熟人熟路的优势（因他父亲曾在此住院治疗，他是主力陪护），跑到最前边。他对各类交费、各项检查、打印报告的地点都了如指掌，他还给我们介绍院内几处食堂的位置和各个食堂的饭菜特色与质量，他还常常争着给饭钱。其间，他还专门开车送我去检查、接我们出院，虽然家中夫人和儿子各有一辆车，但他总觉得要用上自己的车，才能更好地表达对我这个黄叔叔的爱意一样。

病中散记

63

尤其是在我上手术台的那天，侄儿刚钵、女儿思思、儿子一凡及其女友小杨，一大早就来到医院外科大楼下面，虽然明明知道因疫情的因素，他们都不可能进入病房（整个治疗期间，每个病人只能有一个陪护，且自始至终不能更换），甚至连外科大楼都进不了，更不要说术前术后见见我，但他们还是在外科大楼外边守望了一天，直到傍晚听我夫人传达手术非常顺利，已平安下手术台时，他们才离开医院。

　　除了这几个儿女之外，在此期间我也时常接到其他侄儿侄女问候的电话、微信。我想：如果需要，他们也会像我这几个儿女一样来陪伴、帮助我的。

　　真的是多子多福！

　　我与夫人有个约定：如果有来生，我们一定早生多生！

无偿献血也是储血

临近手术的前两天，主治医生刘瞳到病房对我说："一会儿查个血，为输血配型做准备。"我猛然想起，我是无偿献血志愿者，献血量且已达 800 毫升，自己用血是属于终身免费用血的范畴。我于是自豪地给医生说："随便用，我储存有血，终身免费使用！"医生说："话可不能这么说，当用才用，你这手术，说大不大，说小也不小，以防万一嘛，还是要做好万全准备。"

我于是急忙给儿子打电话，让他在我的"百宝箱"内找一找我那"无偿献血证"，带到医院来，如输了血，好办理退费业务，这是自己以前存储的血，能免费享用，何乐而不为呢！

说到献血，还有几个记忆犹新的小片段。

我那时在一个偏远乡镇初中任教。一次，当妻子知道我献血后，一边嘴里骂骂咧咧地埋怨这个抱怨那个，一边赶紧去菜市场杀鸡给我炖滋补汤，好像我受了很大的伤一样。

我早期有一文《身为教师　不亦快哉》是以反讽的笔法写身为教师的自己所受到的一些不公正待遇，其中曾有这样一段：

身为教师，能经常有机会献爱心，不亦快哉！

中华民族，礼仪之邦，一方有难，八方支援，关注弱势群体，"只要人人都献出一点爱，世界将变成美好的人间"。最近几年，几乎每一学期，我们教师都有好几次被"自愿"献爱心的机会，什么这个学生、那个教师得了绝症啦，什么这样那样的"工程"啦，什么"一日捐""爱心捐助"啦。我们不但捐钱捐物，还要无偿献血，每个学校每年下达目标任务，无偿献血必须达到多少毫升，本人近几年已无偿献血两次，共400毫升。虽说是无偿献血，可各个单位还是要安排休息几天，给一些营养补贴的，我们这里有些单位的工作人员献一次血（一般是200毫升）休息一周左右，营养补贴数百元。我们教师的身体没有那样金贵，只休息半天或一天，休息时轮到自己的课要找同事协调串课，今后还是得自己补上，我们教师血液再生所需的营养也要少一些，因此只补助100元。

2008年5月12日汶川地震后，我立即到县城血站去献血，可是血库爆满，于是给我做了个登记，说是今后需要时联系我。到了2009年1月，我接到电话让我去献血，我于是去金堂县卫生局旁边献血400毫升，这次是真正的无偿献血，因属个人行为，既无一分钱营养补贴，也无半天休息时间。

此后也真心去献过几次血，但都因血液指标未达标而没献成，主要原因是转氨酶偏高，我自嘲道："血液中尼古丁、乙醇超标，送都无人要了，更不要说卖了。"

我既是无偿献血志愿者，同时也是无偿献血的受益者。

姑且不去论献血对自身身体有什么好处，单就从储存血液角度，真的好处多多，比如说我这次，如果真的需要输血，我就不用考虑输血的费用问题。

根据国家和各地方政策，无偿献血者，在一定时间内，自

66

身可免费用三倍的血量，而献血量达到800毫升后，自己终身免费用血。配偶或直系亲属可免费用等量的血液。我在这方面，是充分享受过免费政策的。2001年8月，妻子因病动手术输了400毫升血，我当时只献有200毫升，去办理退费时，不但全额退回了200毫升的费用，还退了部分钱，说是另外那200毫升血液只收制作、贮运费用。2007年6月，妻子又因手术需要输血400毫升，我当时虽然献有400毫升，但前次已用了200毫升指标，实际上还剩200毫升，另外那200毫升，也同样享受只给制作、贮运的成本费。说简单点就是，妻子两次手术共输了800毫升的血，因我献有400毫升血，她是我配偶，按政策享受400毫升等量免费用血，另外那400毫升还享受了优惠价格的，这对当时经济拮据的我来说，无疑是雪中送炭。如今，我还储有400毫升血液，真的哪天配偶或是直系亲属需要时，又能派上用场了。当然，不用最好，让它做永久的公益吧。

还好，这次手术未输血。

大家趁年轻、趁身体还好，多去献点血，既是献爱心做公益，对自己身体也无害处，同时献血也是储血，为自身、为亲人多加一分保障！

称名道姓如听仙乐

吃过午饭，我和夫人在医院的廊道里散步，忽然听到一声"黄基竹"，我先是一惊，在这省肿瘤医院，居然还遇得到熟人，世界真是太小了，心道：莫非哪个熟人或他的亲戚朋友也遭病了。我急忙抬头寻向声音来源处，因是疫情期间，人们都戴着口罩，况且廊道内的人也较多，一下却并未见到熟人，再看，原来打招呼的是第一次接诊我的李医生，我也回了句"李医生好"，他已匆匆消失在廊道的尽头。这一声"黄基竹"，再次让我和夫人觉得遇到了一个有责任心的好医生。因第一次在他诊室见面就主动把他的电话号码告诉我，并记下我这个普通病员的电话号码。对一个只有数面之缘的病员，他能把你尽快地记住真的不易，而且能在口罩蒙面的情况下一眼认出并能随口喊出你的姓名。我认为，这也是作为一个优秀医生的基本功之一。这与我们教师职业有点类似。作为一名教师，如能尽快喊出新班级学生姓名，学生对你的认可度会有相当高的提升。当初我为了能尽快喊出学生的名字，也是想了许多办法，如根据学生座位，打印一个座次表，贴在讲桌面上。试想：一位在一个班已上了很长时间课的老师，上课提问还是用手或教鞭指着某个学生"你""你"的，或是对举手的学生"你""你"的，或是"那个男同学""那个女同学"的，又或者喊学生学号起来回答问题的，那他还算是一位合格的教师吗？

7月5日，临上手术台的头天下午，我正准备出外科大楼去与夫人、女儿坐坐聊聊，路过医护站，刚准备进电梯，"黄基竹，你过来一下！"我一看，是我的主治医生蔡医生。说实话，在这里做检查、候手术的过程中，我听得最多的是"33床"，一听到这"黄基竹"三个字，感到无比亲切。他向我询问了一些检查中的事项，并进行了一些心理疏导。然后他让我扭头去看电脑上的我的左下颌骨 CT 片。我看了也不懂，只听他说："根据这片子，我又与几位同事会诊了一下情况，打开口腔后，如果情况可以的话就不用矩形切除，只打洞切除病灶，这样就可能不用移植右下肢腓骨，只是从右大腿上取组织进行滑瓣移植，这样既能保住你的左下牙齿和左下颌骨的功能，又能让你免受切骨痛。晚点的时候我再派个医生来对你右大腿做个彩超，一会儿你和家属一起来再签个字，到时打开后好施行这最佳方案。"

我一听这不动骨头的方案，心里高兴极了，赶紧下楼去向夫人、女儿汇报这一天大喜讯。

"黄叔叔，你不要紧张，阿姨知道你的情况，你也不用担心。你看，这湿纸巾、护理垫都是阿姨在你下手术台后送到这儿的。"一声"黄叔叔"，让我这处于 ICU 的极度烦躁、焦虑、恐惧的心稍微平复了点。这个美丽、善良的小姑娘——至于是小姑娘、大姑娘，还是老姑娘都不重要，因为当时我也处于时而清醒时而昏迷的状态。这位真正有爱心的护士，也许只是随意瞧见床牌上的名子而随口呼出，但我更愿意相信这是护士有意的爱心体现，是对病人此时心理的一种深度解读后的善意举措。而其他医护人员，一般情况下都是称呼"33床""33床""33床"，纵然那些安慰言辞再恳切，也不如这一声"黄叔叔"来得爽耳！

　　7月20日，术后第15天，出院后第8天，夫人又陪我来到省肿瘤医院门诊部李医生的诊室。他仔细分析各类检测数据、报告，最后做出初步安排：不用化疗，过三四周等通知来医院进行放疗。诊病余暇，我们还谈到医疗、教育方面的一些问题，其间，我数次感谢他在廊道里的那一声"黄基竹"，如果医患、师生或者教师与家长，能更快地喊出后者的姓名，而不是喊床号、学号或"某某同学的家长"之类的，我想，医患关系也好，师生关系也好，教师与家长的关系也好，都会是一种更加轻松、和谐的崭新的局面。

　　时下，"某长""某总"充斥双耳，偶尔能听到有人称名道姓，真的有一种"如听仙乐耳暂明"的感觉！

浪费得好

锄禾日当午，
汗滴禾下土。
谁知盘中餐，
粒粒皆辛苦。

自小我们就被这首叫《悯农》的诗教育着不要浪费，浪费可耻。长大了我们也用这首诗教育儿女、教育学生不要浪费，浪费可耻。而这次我却因两起浪费事件而感到特别高兴。

手术前两三天，医生护士几次给我们交代要准备的物品：各类营养品、保健食品，像健胃消食片、多维元素片、安素、蛋白粉等，因手术后不能从口腔进食，只能鼻饲。器材方面，要准备一个加湿器，如果手术后鼻腔出现严重水肿，导致无法呼吸，就要从颈部开一气孔以保障呼吸顺畅，而这加湿器的功用，就是为了保障空气中有足够的湿润度。另外还要准备一根拐杖和一只"丁字鞋"，拐杖这东西熟悉，而丁字鞋就从未听说过。乍一听还以为是美女用的潮鞋呢，经过医生简述，后来又"百度"了一下才勉强明白：丁字鞋是一种骨科用医疗辅助器械，目的是提供一种能够避免足部压疮、方便医护观察、提供良好舒适性、防滑脱效果好的器具，适合各种原因引起的截瘫、骨折等情况。医生介绍了几位与我类似的病人，我和夫人也去看了一下，学习了解那些器械的使用方法。看到一个刚从 ICU 转回普通病房的病友，缠满绷带的头颅、术后扭曲的嘴脸，全身布满管道，各种仪器发出"滴、滴、滴"的声音，心想：过两天，我也将会是这副尊容，内心不免戚戚然。另两个病友情况要好得多，他们是术后几天了，虽不能说话，但从对方眼神中看到的是希望有力量，心情又好转了些。我们也向他们了解了那些器械的使用情况，陪伴他们的家属也很有耐心地给我们一一讲解，有时还做一些演示。

傍晚，女儿又打车过来看望我们，我们在廊道里边乘凉边闲聊，聊着聊着就聊到需要准备的这些器械。我和夫人正商量着到医院附近药房或商店去看看时，这时女儿把手机伸过来对我们说："别商量了，我已在网上下单!"年轻人手脚确实快，我瞄了瞄，加湿器、拐杖、丁字鞋一样都没有落下，并且还给我们吃了定心丸："到货地址写的是四川省肿瘤医院外科大楼，收货人留的是妈妈的电话，估计手术后就会陆续到货。"

7 月 7 日上午 10 点，我从 ICU 转回普通病房，回到"33床"后不久，那加湿器就到了，夫人下楼领回来后就急急忙忙按铃招来护士："这加湿器安放在哪儿合适?"护士匆忙赶过来，一听一看，语气抬高了三分："安啥子加湿器，又没开气孔。"真是一语点醒梦中人，我们真的是忙昏头了：颈部好好的，没开气孔，还用什么加湿器呢! 这才想起来，刚搬回病房时医生说过："手术未引起鼻腔水肿，能自由呼吸，也就没开出气孔了。"真是不幸中的大幸，我少挨了一刀。这加湿器，浪费得好!

下午，拐杖和丁字鞋也到货了。前两天，我们参观学习了其他病友使用丁字鞋的情况，但不知具体怎么安装使用，于是夫人又去找护士，护士过来一看，忍不住笑了："你这 33 床怎么了，没开气孔，要用加湿器；没动骨头，用什么丁字鞋呢!"看来我们真是忙昏头了，医生采用的最优化方案，没有动腓骨，只是从大腿处取了些皮肤、皮下组织等。真是不幸中的万幸，我又少挨了一大刀。这丁字鞋，浪费得更好!

这些浪费，真的要好好感谢四川省肿瘤医院医生们的医术和医德!感谢他们的仁心仁术造成了我的浪费!术后住院康复的几天，他们医疗组每次查房的时候，常听到带队的李教授向研究生、实习医生宣讲得最多的一句话："任何手术，首要考虑的是尽量保住患者各器官功能!"

这些浪费，浪费得好!

读了十多年的书，教了三十多年的书，终身学习不息。这次，我对"逢凶化吉""吉人自有天相""似有贵人相助"等词句有了更进一步的体会。

看来，冥冥之中上天真的在护佑我，也许是老妈的向善之心感动了上苍吧!也许是天堂的老父亲在保佑他这多灾多难的儿子吧!也许是天堂的妻子在庇护我吧!又或许是我们放生的阿乌们在保佑我吧!但我更愿相信是自己的善心善行之因而结的善果，将此次劫数化解到最低风险。

饲 人

一说到"饲"字，人们最先想到的肯定是与家畜家禽这些畜生有关，像"饲养""饲料""猪牛羊马""鸡鸭鹅兔"等，至于"饲虎"，不能单纯地理解成喂养老虎，因为它还有另一层含义，那就是"舍身饲虎"的故事，讲的是释迦牟尼某一世为王子时，看见一只母虎和七只小老虎奄奄一息，于是以血肉之身布施的故事。

今天我要说的是鼻饲、饲人，我是被饲之人，夫人则是饲人之人。

术后，医生给我安了个胃管。口腔手术后，患者暂时不能从口腔正常进食，身体所需的营养就只能通过胃管喂入，胃管是从鼻子进入，通过鼻腔，经咽喉直达胃门，所以这个喂食过程就叫鼻饲。

刚插入胃管时，我还有闲心想到一个歇后语：猪鼻子插葱——装象。因为不能言语，我将这歇后语发微信给夫人看——手术之前，医生就提示我们，术后患者会长时间无法正常说话。儿子也给我买来了小孩子用的那种写字、画画板，可用了几次，还是不方便，后来与夫人交流还是用手机微信方便些。

刚过一会儿，这胃管就表现出它巨大的杀伤力，给我造成了极大的不适和痛苦。但为了生存，我必须依赖它，只能坚强地面对。

术后的头几天，营养的跟进显得尤为重要，有一种夸张的说法，说是"三分治，七分养"。医护对此有严格的要求：少食多餐，一天喂六次，6：00—6：30、9：00—9：30、12：00—12：30、15：00—15：30、18：00—18：30、21：00—21：30，三次主餐，三次辅餐。主餐安素几勺、蛋白粉几勺，辅餐又分别是几勺，都有严格的标准，同时还要适当地添加健胃消食片、多维元素片（善存）等，另外还要注意所调营养羹的黏稠度（能否顺利通过胃管）和温度（既不能把胃烫了，也不能把胃凉了）。开喂营养餐之前，要先喂二三十毫升温开水——让胃有个适应过程，喂之后还要喂四五十毫升温开水——清洗胃管，保障其通畅、清洁。还有个更严格的操作要求，即在喂食的过程中，胃管不能进空气。因此，每次推送了一针筒营养餐或温水之后，要将胃管与针筒连接处折起来捏紧或用塞子塞住，以免空气进入。因此，每次夫人操作喂食时都小心翼翼的，一只手紧紧捏住折起的胃管头，一只手拿针筒吸碗中调好的营养餐或水，然后再把吸满的针筒插接好胃管头，推送营养餐或水，推送完后，又重复操作。几天下来，把夫人左手拇指腱鞘炎的老毛病都弄复发了。一天数次地看着夫人机械、细致地忙碌着，我却只能被动地幸福地享受着。看着她倒水在碗中调营养餐，看着她用针筒吸碗里营养餐，看着她小心翼翼地推送针筒里的营养餐，随着针筒里营养餐的减少，感到胃里暖暖地充实起来，心头更是暖暖的。刚开始时，见她手忙脚乱地顾了这头又顾不了那头，我的手就蠢蠢欲动想伸出协助，此时，常被她呵斥："别乱动，好好躺着！"几次下来，她也能更熟练地操作了。随着我身体逐渐恢复，她也允许我协助一二。

　　于是，富含营养的流食，经夫人的巧手，用针筒，通过胃管，源源不断地进入我的胃。

　　在夫人的精心护理下，我的身体恢复得相当快，术后第六天，医生综合评估后就安排我出院了。临出院时，医护建议：出院后要调整饮食结构，逐渐趋于正常化，可以多食用水果、蔬菜、瘦肉、鲫鱼等，但一定要用破壁机粉碎，再用极细的滤网过滤一下，以免破坏了胃管。夫人于是在网上为我订购了一个破壁机和滤网。

回家后的头两天，夫人依旧按照在医院时的喂食时间、数量进行饲人。第三天以后，三次主餐喂食的是营养粉，而其他辅餐，夫人就用破壁机（出院后第二天就到货了）加工的西兰花瘦肉粥、莴笋瘦肉粥、胡萝卜瘦肉粥、南瓜小米粥、鸡蛋牛奶羹、鲫鱼羹、乌鱼羹、绿豆排骨羹、芝麻核桃花生糊等喂食，另外随时辅以各类果蔬汁——此时正值伏天，果蔬大量上市，有梨子汁、西瓜汁、葡萄汁、黄瓜汁、番茄汁等。

伴着夫人精心细致的"饲养"，我出院几天后，拔了胃管，鼻饲改为口饲，但还是得将这些营养餐、营养粥、营养羹、营养汁吸入针筒，然后通过软管经口腔推送至喉头，这时，不用担心针筒、软管有空气了，也不再用滤网过滤食物了。过了十几天没滋没味的生活，终于又能品尝到食物的美味了。医生特别强调，每次喂食后，一定要多用清水清洗口腔，最好再用生理盐水清洁一两遍。改为口饲后，用针筒推送食物和清洁口腔是我亲自在做，其他事情主要还是夫人在操作。

又过了几天，我终于抛弃了软管和针筒，改用汤匙进食这些营养餐、营养粥、营养羹、营养汁。

再过几天，连这些营养餐、营养粥、营养羹、营养汁也可抛弃了。我可以进食一些家常的清淡的流质食物、软食物了。

再过一段时间，就步入日常食物正轨了，我又可以吃香的喝辣的了。

唉！这饲人，真的是个细致活，是个累人累己的活。今后，我再也不愿被饲了。这一辈子，我也不想饲人，愿我们大家都生活得好好的！

辟谷是个阴谋

术后第四天早上，医生查房评估病情后，给我去除了鼻腔处的输氧管，停止了供氧，并提醒：今天可以试着下地活动活动了。趁还没有上液体，我想起身下地试试，虽然夫人几番劝阻，但还是未拗过我。我慢慢地起身，夫人将我有伤的右脚轻轻抬起转向，我慢慢地将脚挪向床边，无伤的左脚先着地，右脚慢慢地试着脚尖点地。在夫人的搀扶下，我拄着拐杖试动了几步，然后站在病房的窗前，看着楼下远处街道上车水马龙，做了几个深呼吸，心情畅快极了。

在夫人的不断催促下，我又躺回床上，静待护士上液体。这时，我有解大便的感觉，于是赶紧坐起身招手叫夫人过来，说："快扶我起来，我想解大手。"夫人看见我的动作，赶紧阻止我，并从床下拿出便盆："别乱动，就在床上解。"几番争论、互怼，她又没拗过我。她小心翼翼地搀扶着我，我拄着拐杖，慢慢挪到卫生间。她搀扶着我在坐便器上坐稳后，我将她驱离，她心不甘情不愿地离开，拉上门："小心点，解完了用拐杖敲门！"

事后，我让夫人去向医护报告这一喜讯。

对于术后患者，医护人员不但对每天进入患者体内的东西有严格的掌控，输的各类液体自不必说，对进食营养品的时间、品种、成分和数量都有严格的标准，对每天摄入水的质和量也有要求，并要求做好详细记录，而且对每天排出体外的东西也要严格观察、记录、检测，像各部位引流瓶中的液体的量和成分检测，术后第一次大小便时间，每天大小便次数、量也都要做好详细记录，有时还要对大小便进行检测。

我的"阴谋"终于得逞了：未在病床上使用便盆，也未将粪便弄到床上。

为此，手术前我是做足了功课的——辟谷。术前，医护对患者和家属都有叮嘱：手术头天晚上6点之前都可以正常进食，还应有意识地多进食一些高蛋白的营养餐，以利于患者更好地应对手术的创伤，也有利于患者术后更好地康复。我倚仗自己身体素质好，考虑到术后排泄问题，在手术前两天，我就开始辟谷了。所谓辟谷，就是不吃五谷，是以前方士道士当作修炼成仙的一种方法。道教认为，人食五谷杂粮，要在肠中积结成粪，产生秽气，会阻碍成仙的道路。时下，辟谷也被一些人作为瘦身、养生之道。我的这次辟谷，不但没吃五谷，而且也未进食一点肉食品。每到中餐、晚餐时，夫人为我点这样，我说不要，点那样，我说不想吃，她很是担心，面带忧色地说："不吃好点，咋个扛得住手术！"

"我身体素质好，没问题的。主要是没食欲，不想吃！"我答道。

"要不我们去外边馆子吃肥肠面、牛肉面？炒个回锅肉？"夫人毫不放弃。

"不想吃油腻的，随便吃点蔬菜就可以了。"我坚持道。

"你是不是想到要动手术，吓着了？这可能就是他们说的术前综合征吧，你个胆小鬼！"夫人激我。

我仍不为所动："要吃你自己吃，我不得流口水的！"

"不吃这些荤菜，饭总得吃啊，干饭还是稀饭？清汤面条呢？"夫人见犟不过我，退而求其次。

"不想吃饭，饭粒在嘴里钻来钻去，不舒服。面条也不想吃。"我故意无精打采地说。她纵然津津有味地把那咸烧白吃得"吧唧、吧唧"嘴角流油，把牛肉面吸食得"滋溜、滋溜"直响，我也只是口水暗暗回咽而表面一无所动。

这两天，我的食谱是：早餐，一二鸡蛋，一盒牛奶；中餐，一份水煮南瓜，几片蔬菜；晚餐，一份水煮南瓜，几片蔬菜。

本想对夫人明言是为了术后减轻她的照顾难度，又怕被她怒怼，迫我前功尽弃。

阴谋就是阴谋，太难搞了！

减负进行时

下了手术台，完全清醒过来已是 2022 年 7 月 6 日深夜 10 点（交接班医护人员传递的信息）。这 ICU 中，灯光昏暗，各种监测仪发出的"滴滴""滴滴"声不绝于耳，偶尔有濒危老人发出的呻吟，四周显得阴森恐怖。双手被牢牢地绑在病床两边，左手腕左脚腕处都打着点滴，身上布满了各种进出管道和监测仪器管线，鼻中插入的通气管特别不适，嗓子干燥刺痛，嘴唇肿胀，一点儿也不能张开。思维时而清醒，时而迷糊。清醒之时，尤其担心外边的夫人担心我，迷糊之时，甚至以为这样被捆绑是被黑帮绑架，似是开膛破肚被盗割五脏六腑一样。

7 月 7 日上午 9 点刚过，经医疗小组评估后，见我还老实，没有想用双手破坏自身的意图，于是给我松了双手之绑，拔出了鼻中通气管。这是第一次减负，我感觉特别舒适和开心，尤其是想到可以马上见到为我担惊受怕的夫人时，心头更是轻松。

回到病房，我见到夫人那一瞬间，真的是百感交集，此刻是无法用语言表达其万一的——本来也无法言语。护工把我搬上我的 33 床后，从我瘀青的左手腕处拔出留置针，然后在我的左大腿内侧重新植入一截专供输液的软管，说是这方式比留置针方便安全得多。然后护士听从医生的指导，给我拔出了导尿管，并叮嘱我夫人："等病人想尿时就用尿壶给他接，让他尽快恢复尿尿功能，到时记得和护士说一声。"此后，时不时有护士跟进了解情况。还好，没过多久，我很顺利地尿出了术后的第一泡尿。医护既对术后患者每天摄入的营养有严格的规定，同时也必须对每天排出的东西全面掌握，像每个引流瓶内的液体量、大小便的量及其各项指标。

7月8日，术后第三天早晨，医生查房后，见我情况良好，安排给我移除了心电监护仪，胸前贴满的章鱼吸盘似的东西被摘除，那无休止的恼人的"滴滴""滴滴"声终于消失了。在夫人的协助下，我也试着坐起身在床上慢慢活动了几下。

7月9日，术后第四天早晨，医生查房后，见我情况良好，安排关停输氧管。鼻孔处又取消了个累赘，那头顶旁边的氧气管端的"咕嘟咕嘟"的声音也停止了。由于身体管道不断减少，我也试着下床，在夫人的小心搀扶下，挂着三个引流瓶、拄着拐杖在病房内外慢慢挪动。

7月11日，术后第六天下午，主管医生刘医生来到我的病床前，再次查看我的伤口恢复情况，结合早上医疗组查房时的情况评估汇总，通知我明天可以出院了，如果没意见，一会儿来处置室给你拔出引流管。我心里一下子乐开了花，可夫人却不乐意，希望我多住一两天，等病情稳定些再出院，我们为此争论起来，她还搬来了老妈、老姐等同盟军，但最终还是未拗过我这早已飞出医院的向往自由的心。我随即给儿子和侄儿发微信，让他们明天上午开车来接我出院。我们去医护站找到刘医生，跟他说了出院的决定。夫人向他咨询出院后应该注意的事项，他说明天早晨医护人员会有详细的说明。然后他带我们来到处置室，让我躺上工作椅，夫人见医生要从我身上拔出这些瓶瓶罐罐管管，不忍目睹，赶紧退出室外。他先将几个瓶瓶罐罐上的引流管剪断，然后让我深呼吸，平心静气，并说拔

病中散记

81

管时可能会有一点点刺痛。拔右腿上的两根引流管时，确实如他所言，有一点点刺痛。可当他为我拔脖颈上的引流管时，却痛得我大声"哎哟""哎哟"地叫了起来……我拄着拐杖，夫人搀扶我回到病房，我好一阵才从那疼痛中缓过气来。我对夫人说："这些外科医生心太狠了，我们女儿千万不要找个外科医生！"夫人怼道："不心狠，治得好你的病吗？"

7月12日，术后第七天早晨，医生查房之后，护士就来给我把左大腿内侧的输液留置管撤除了，自此，身上就只剩一根胃管了。夫人从头天下午就开始收拾物品，一大早就又开始忙碌，虽然只是住了几天院，却有一种搬家的感觉。等到医生开具出院证明后，夫人又下楼去办理各类出院手续。11点刚过，儿子和内侄开车到了外科楼下，夫人大包小口袋拎了两三趟下楼递给儿子他们搬上车——疫情期间，一名患者只能有一名固定陪护可以进入住院大楼。当我拄着拐杖在夫人的搀扶下迈出病房门时，当我在夫人的搀扶、在儿子的搀接下迈出外科大楼时，当我们的车开出医院大门时，心理负担越来越少，心情越来越开朗，终于出院了！终于可以回家了！

老妈打开门的那一瞬间，我眼眶湿润、声音哽咽："妈，儿子不孝，又让你担惊受怕了！"看到她那饱经沧桑的脸上泪眼婆娑，我不由得膝盖一软，若不是有夫人、儿子搀扶，若不是有拐杖支撑，若不是腿上有伤，我肯定扑通一声就跪下去了！

7月14日，术后第九天，出院后第三天，确实不堪胃管的折磨，在征得主管医生刘医生的同意下——如遵出院时的医嘱，要7月19日才能拔出胃管。在夫人、儿子陪伴下，赶赴县第一医院挂急诊，当医生将这可恶的劳什子胃管拔出的那一刻，我一下子觉得一畅百畅了，全身通泰。要知道，术后自从安上这胃管那一刻起，我就切身体会到它那巨大的威力和杀伤力。它给我造成了极大的不适和痛苦，造成了极大的伤害：一是强烈的异物感，这异物感特别不舒适；二是时时扯嗝，刚开始时我也向医护咨询过，医护说个别患者也有这种现象，时间长一点适应了就好了。但都不像我这样反应强烈，让我随时都有想用手去把这可恶的胃管拔出的欲望。这扯嗝，害得我是整夜整夜睡不好觉，手勉强能动之时，我就不时地"百度"：口腔手术后，什么时候可以拔出胃管？稍能言语了，见到医生我就问：什么时候能拔出胃管？什么时候可以拔出胃管？出院后，这胃管一如既往地折磨着我，且更变本加厉地折磨着我。如今，终于将这胃管拔出了，刘医生强调：胃管拔出后，要继续用针筒、软管从口腔喂食营养餐，每次餐后，要特别注意用清水或是生理盐水清洁口腔。

7月20日，术后第十五天，出院后第九天，那针筒和软管也没用了，用汤匙进食营养餐和辅餐，果汁和水直接小口饮用。傍晚出门散步时，那跟随我十多天的拐杖也被我"拜拜"了。

7月25日，术后第二十天，出院后第十四天，我来到县医院"伤口/造口专科"门诊拆除了伤口上缝的线。

至此，这次手术所带来的负担已基本消除殆尽，待伤口处的水肿完全消除之日，也就是我满血复活之时。至于那创口处的疤痕，就让它留作永久的纪念吧！

休书无从书

> 我纵虐你千百遍；
>
> 你仍待我如初恋。
>
> ——题记

俗话说：儿女再好，不如牵手到老。我把妻子陪伴到老了，她却把我半路抛下。幸好有夫人接力——称呼"夫人"，并不是想附庸风雅，也不是想冒充几品官太太，而只是为了与"妻子"区分，我们准备把余生过好，牵手到天荒地老。

一次，我们在医院围墙边绿道上散步，我忽然郑重其事地对夫人说："显蓉同学，今后就算你犯了'七出之条'，我也不敢也不能休你了！"

"可我半条都不会犯，你哪儿找理由休我呢！"她回答。

我接着说："这次，你出车、出油、出钱、出力、出心、出资源，还出主意等，经历了这些事，我们真的是患难与共的夫妻了，咋个可能休你嘛！"

"这个好办，你随时都可以休了我，如果不好说出口，你先跟我说一声，我休你就是了！"

还有一次，我们在病房里闲聊："我幸好找了你这个退休老妞儿，要不然我就惨了！"

"你当初就该去找个年轻漂亮的啊！要不哪天我给你介绍

一个!"她笑道。

我自顾自地继续说:"如果是找的另外的年轻的,遇到这次我生重病时,有两种可能:一是拔脚开溜,俗话说得好,'夫妻本是同林鸟,大难来时各自飞',更何况是半路夫妻,这也能理解,人家还年轻,有奔头,没必要捆死在我这老朽上。二是就算她愿意留下照顾我,但因工作、子女的羁绊,也会力不从心。总而言之,还是你这退休老妞儿好,跑也跑不脱了,跑了也没人要,只好死心塌地跟着我、照顾我。"

夫人笑怼道:"你又'孔雀'了,不是看到你娃造孽兮兮的没人管,我早就走了!"

说实话,这次全靠夫人细致入微地贴心照料,我才能挺过来。我也清楚,这次夫人也确实承受了身体和心理上的巨大压力,可以说是全方位"受虐"。

照顾一个手术病人,确实是太劳神费力了。

首先是虐心之甚,夫人遭遇了巨大的心理压力。从最初听到医生对我的手术描述后,她就被吓得"脚粑手软"。手术前一天晚上,我们关于遗言、遗愿之类的互怼之后是长时间的默默相对,当我执拗地将所有的银行卡以及支付宝、微信的密码通过微信发给她时,真的有一种生离死别的感觉,尤其是当我被推进手术室到从 ICU 推出来的近 30 个小时对她心灵的煎熬。还有就是术后的两三天,我时不时地卡痰、扯嗝、气紧,闹得她提心吊胆的。还好,我坚持住没有呻吟,要不会更虐她的心。

其次是虐身之甚,夫人也遭遇了巨大的身体压力。她全程悉心照顾我的吃喝拉撒,前文之述备矣,在此就不再赘述。术后头几天,她是整夜整夜不敢合眼,随时关注我输液的进程,遵照护士嘱咐,这瓶输完,又输那瓶,都输完了,又呼护士来换瓶,不能让输液管进空气;随时关注我的冷暖,一会儿摸摸额头，一会儿摸摸手脚。一旦听到我有一点儿声响，她就立即来到病床边，卡痰了，就马上用吸痰器给我吸痰；气紧了，就马上扶我起身给我拍背。她为了保证我嘴唇湿润，免受干裂之痛苦，随时用棉签蘸清水涂抹，用纱布浸润清水敷贴。尤其是当我术后试着想坐起身时，试着想起身下地时，她更是用她那娇小的身躯努力搀扶、扛住我这超过75公斤的庞大、沉重的病躯。

此外，她还要面对我时不时的执拗、时不时的怨怼，像手术前我的辟谷的问题、手术前夜我对后事的一一交代、手术后出院时间的争论等，有时还要面对我的"胡言乱语"，每当我大大咧咧地涉及"死"之类的话题时，她总是祭起她的"家"骂："呸！呸！呸！童言无忌！童言无忌！"她还要负责与家人的信息沟通，还要与医护接洽相处、与病友相处等。

总之，这次她是被虐惨了！但她却始终毫无怨言，真的应了这句：

我纵虐你千百遍；
你仍待我如初恋。

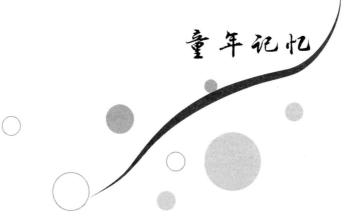

童年记忆

　　"谁不说俺家乡好"，也许是一句套话，但对我来说，却是发自肺腑的。我常常以我是五凤溪人而自豪，而沾沾自喜。也许你要说我那是小国寡民，是夜郎人，是井底之蛙，是阿Q……但我至今不改初衷！

　　我的家乡五凤溪，有山有水有古镇：山是龙泉山，水是沱江水，古镇是五凤镇。目前，在成都文旅集团的精心打造下，古镇已华丽变身！但我更怀恋儿时的五凤溪！

赶　场

　　自我懂事起（20 世纪 70 年代末、80 年代初），所第一盼望的便是赶场。有时是与大人们一起赶场，有时就几个小伙伴一路。

　　五凤溪逢场，最初是七天逢一次场，就是每个星期天逢场；后来逢三、六、九日，再后来是单日逢场。每遇逢场天，纵然我们那儿离五凤街上有十多里路，也一大早就从路上的行人感觉得到赶场对人们的吸引力有多大。离街上越近，人就越多，后来我才晓得这就叫"络绎不绝"。虽然，路又远——十五六里，路况又复杂——坐渡船过河、走铁路、爬陡峭的万家山，可从来没觉得累过。因为只有到了街上，才能将我们平时的收获卖成钱，才能将钱花出去，也才能看热闹、看稀奇（指围观）。

　　那时父母是极少给我们零花钱的，我们主要靠自己挣。

　　挣钱最多的要算卖蓖麻子了。蓖麻，大戟科植物的一种，一年或多年生草本植物。全株光滑，上被蜡粉，通常呈绿色、青灰色或紫红色；茎圆形中空，有分枝；叶互生较大，掌状分裂；圆锥花序，单性花无花瓣，雌花着生在花序的上部，淡红色花柱，雄花在花序的下部，淡黄色；蒴果有刺或无刺；椭圆形种子，种皮硬，种子外形似豆，有光泽并有黑、白、棕色斑纹。喜高温，不耐霜，酸碱适应性强。种子叫蓖麻子，榨的油

童年记忆

叫蓖麻油，医药上可做泻药，工业上可做润滑油。这些是后来才知道的，当时只晓得蓖麻子可以卖钱，而且可以卖大价钱。那时，我们各家房前屋后都零星生长有蓖麻。秋天蓖麻子成熟时，我们就把它摘下来，它的种子呈穗状，一般情况是熟一粒摘一粒，很难等到全穗成熟再摘，怕被别的小朋友摘去。摘下后将它的外壳剥落，这个过程也不容易，有些外壳与种子不易剥开，要一粒一粒地剥，有些外壳的刺还很扎手，再及时晾晒，要是遇上秋雨连绵，就有可能因霉变而影响质量，导致少卖钱。积攒多点，就拿到街上粮站去卖，粮站那时在南华宫。蓖麻子也分等定级，价格不一，等级高的可以卖到5角钱1斤，在当时可是一大笔钱啊。因此，我们也就有机会见识粮站大人们的嘴脸：有时质量很好却只定了个二、三等；有时又说蓖麻子太湿，要晒干了才收。逢场天的南华宫粮站内晒坝上，常见三五个孩子守着各自的蓖麻子在烈日下一起暴晒，有的三番五次后终于卖出去了，长出一口气；也有的只好垂头丧气地拿回家，等下次赶场再拿来卖。我们常常觉得，他们分明是在拿我们这些衣衫褴褛的农家孩子寻开心。

其次是割蓑草卖。当时，蓑草的用处也很多：搓绳、打草鞋、编蓑衣、造纸等。五凤溪是山地、深丘地貌，山崖边多得是岩蓑草，那是卖不了钱的。能卖钱的那种蓑草一般生长在其他山草丛中，必须仔细搜寻，找到后用镰刀或锯镰（有锯齿的镰刀，主要用于收割农作物）把它割下来晾晒。晒干后扎成捆，这蓑草捆也很有特色，下边垛得很整齐，捆成圆的，上边由草的长短不一，长的越来越少，就把它编成辫子。赶场的路上，人们挑着或抬着成捆的蓑草往街上走。我们那时好羡慕大人们啊，个子高，身体壮，他们将一个、两个或三个蓑草捆的辫子拴在一起，一次就能挑两个、四个或六个，晃晃悠悠地挑在肩上，而我们个子矮小，没气力，只有用绳子拴在蓑草捆的腰上，两个人抬一个。当时收购蓑草的地点就在小凤街中段。印象中的收购处，每次看到的都是如小山似的蓑草堆。

还有就是捡蝉壳（蝉蜕）或扯草药（中草药）卖。我印象最深的是一种叫鸡屎藤的草药，其味特臭。另外还有金钱草、车前草、瘌宝草……有的晒干了卖，也有的卖新鲜的。

还可以捡鸡、鸭、鹅毛或其他废品卖。家中杀了鸡、鸭、鹅，扯下来的毛所卖的钱，那是家庭的收入。偶尔，如果大人高兴了，说："这次的鸡毛你们自己拿去卖。"那简直是皇恩浩荡，有一种发大财的感觉，比现在买彩票中奖还高兴。平时只能在鸡窝、河边、沟边、路边捡它们身上掉下来的羽毛。在捡拾的过程中，我们有时真的想把鸭们、鹅们的翅膀、尾巴上那漂亮的羽毛拔两片下来。积攒多了，然后拿到街上去卖，一般是舍不得卖给收荒匠的，那会少卖许多钱的。当时五凤溪街上收购这些东西的地方是火神庙，至今我还记得火神庙那陡峭的阶梯两边晾晒的各种毛皮，那臭烘烘的气息。

有了钱，有时买一两颗水果糖；有时去喝那一分钱一杯的凉水，颜色鲜艳，沁甜爽口（后来才知道，那是糖精和色素兑的冷水）；有时买几个天鹅蛋。记得有一次，我花大价钱买了瓶汽水（那时对我来说却是新事物），揭开盖子后，喝了一口，舍不得再喝，就将盖子盖上，揣在裤兜里。哪知跑动过程中，瓶盖掉了，洒了一大半，后悔惨了。

那时，凡是逢场天的五凤溪，用"摩肩接踵""人如潮涌"来形容都不为过。我们到处乱窜、乱挤，哪里人多，哪里热闹，我们就往哪里钻，大人们也不担心我们走丢。有些所见所闻我至今还记得。卖耗子药（老鼠药）的人大声吼："耗儿药，耗儿药，耗儿吃了跑不脱；头口甜，二口香，三口四口倒硬桩。"也有卖草药的，各种药草摆了一大片，从他们的口中听出，能包治百病。

"濒危" 游戏

　　近几天，网络、电视都在大谈特谈动画片对孩子的影响，也将一些小孩的伤害事件归罪于动画片，说是受动画片的诱导。对动画片是一片声讨之声：暴力、武打、粗话、脏话、成人化……谈网络游戏更是色变，以致课间游戏老师也不敢大胆放开，怕出安全事故、怕影响环境卫生、怕影响学生学习。大人们真的为孩子的这些"濒临危险"游戏、动画伤透了脑筋。此时此刻，我真的很怀念小时候，玩什么游戏根本没人管，想怎么玩就怎么玩。现在想来，其原因有以下两点：一是他们多数人都在为一日三餐而疲于奔命，哪里还有精力来管我们；二是大人们根本不用担心我们，我们的游戏既简单，又绿色。

　　我们小时候经常玩"扇烟盒"的游戏，这是我们喜欢的活动之一。有的香烟盒是捡来的，连脏兮兮、破损的也不放过；有的是向大人们索要的，甚至烟还未抽完，就强行把烟盒要走。我记得当时主要有这些牌子的香烟：经济、飞雁、月月红、大前门……最便宜的是"经济"，8分钱一包，最贵的是"大前门"，要6角多一包。得到香烟盒之后，先得把它接缝处撕开、展平，折叠成等腰三角形，然后再将平面挤弯，使其一面凸一面凹，用手扇即能翻转。扇的时候，大家先悄悄准备烟盒，然后同时从身后拿出来，看谁出的烟盒总价值最高，谁就先扇，依此类推。一人扇一次，也可以拍，扇（拍）翻了

（本来是凹的一面朝上凸的一面朝下，翻过来成了凹的一面朝下凸的一面朝上），就归自己。不管是扇也好，拍也好，都是慎之又慎，因为机会只有一次，要不就只能等下一次了。那时，不管在路上、院坝，还是田边、地头、河边，常常会看见三五个小孩聚在一起酣战。赢了的拍巴掌，喜笑颜开；输了的脸红脖子粗，垂头丧气。即使在上学或放学的路上，我们也会忙里偷闲，过把瘾。

有时，我们也扇纸折的三角板。把一张书纸从中裁成两半（我记忆中当时的书是 32 开的），然后折成一个个等腰三角形。规则与扇烟盒一样，只是这种是以出的个数多少来决定哪个先扇或拍。

我们还拍过洋火板，也就是火柴盒。当时，许多日用品的称呼还沿袭着以前的老称号，名字都都带"洋"字：肥皂叫"洋碱"，铁铲叫"洋铲"，铁钉叫"洋钉"，自行车叫"洋马儿"，就连姑娘打扮漂亮点都叫"洋盘""长洋""洋花婆"。足见当初的物资匮乏程度。火柴盒正面的为一类，两个侧面为一类，同香烟盒一样，将平面挤弯，拍翻的就归自己。规则与扇烟盒一样。

我们小时候也爱弹弹子。那时可没有五颜六色的玻璃弹子，我们弹的都是菩提子，五凤溪当地叫油箩子（它的外壳含有许多油脂，与水摩擦后起许多泡泡，有去污作用，有些人把它拿来洗衣物）。那时候，一群小伙伴撅着屁股，趴在地上，瞄准对方的弹子，运足力气一击，将对方的弹子弹准了就收归自己所有。哪个去管什么地面平不平、脏不脏？哪个去管是否会把衣服弄脏？一场战斗下来，少则几个，多则几十个，谁的弹子多，谁就神气十足，满载而归。回家时，有的满身泥巴，还会招致家长一顿臭骂。

我们也喜欢玩泥巴。乡下最不缺的就是泥巴，那种又软又黏的黄泥巴，可以捏出任何形状。当初我们做得最多的就是做汽车，车头、车身连在一起的，还在车身上挖有车厢，做四个圆的滚滚（车轮），用两根小木棍或竹枝把车轮和车身穿起，车就可以开了。我们还用泥巴做各种器具，捏各种动植物。我们也打泥巴仗，常常弄得满身的泥巴。

说起玩打仗，更不得了。特别是男孩，没有不喜欢玩打仗的。一群娃儿，手里拿着棍棍棒棒、树枝竹枝，房前屋后、山上山下，到处乱窜，你当好人，我当坏人，玩得不亦乐乎。

我们还喜欢打牛儿（陀螺），牛儿都是长辈或自己手工制作的，用树干或树枝砍削的，很粗糙。打牛儿的鞭子也自己做，最理想的是新鲜棉花茎上撕下来的皮，柔韧性好，结实耐用。哪像后来的人，花钱买陀螺，尤其是现在，小孩儿不玩陀螺了。而到傍晚时分，大大小小的广场，到处都是挥动鞭子打陀螺的中、老年男子，且陀螺是越来越大，有的大得离谱。

还有些玩具或游戏的工具也是自己动手做的。

做弹绷子（弹弓）。山上树多，我们找那种韧性好的分杈的树枝，大小合适且分开的两枝粗细均匀的，把多余的枝去掉，在分岔的头处削出凹槽缠上橡皮筋，就成了。

做哨子（口哨）。我至今都还记得四种哨子（口哨）的做法：一是泥巴哨子。把稍干一点的黄泥巴做成口哨的样子，然后从中间剖开，将中间挖空，吹的地方也要挖空，在肚子处放一粒圆的东西，再将他们合在一起粘牢，泥巴干了就可以吹了。二是苕子做的哨子。我们将胀得饱满的苕管（苜蓿荚），掐去一小节，把里边的苕子挖掉，将没掐的那头放在嘴里，就能吹出好听的哨音。三是竹枝做的哨子。将一小节竹枝一头削平口，一头削斜口，在斜口短的这边用小刀轻轻地起点竹皮，然后用竹叶嵌进去，沿斜口面拉掉多余的竹叶，将斜面这头衔在嘴里，就能吹出声音。四是杏子核做的哨子。将杏子核两边磨得见杏仁时，再将里边的杏仁完全挑出，两边都有一小孔，将杏子核半衔在嘴里，从小孔往外吹，就能吹出声音了。

还有滚铁环、踢毽子、跳绳、摸瞎、逮猫猫（捉迷藏）、斗鸡（打独脚战）……

可是，这么好的游戏几近绝迹，为了保护这些游戏，我正式向国家非物质遗产保护委员会申请，将这几项"濒临灭绝"的游戏列入"非遗"加以保护。五凤溪的"沱江号子"申"非遗"已成功，我们也希望这几项游戏早日作为"非遗"得到妥善的保护，并加以发扬光大。

什么时候，能约几个儿时伙伴，再重温一下这些濒危游戏啊！

坝坝电影

小时候，有时听见这样的问答：

"昨晚看的啥子电影？"

"英雄白跑路！"

村民淳朴，就算跑了几里甚至一二十里的空趟子，也不抱怨别人，而是很幽默地回答，脑筋一下没转过弯的人还以为是一部新的故事片呢！

谁都知道，那个时候文化生活太贫乏，看一场坝坝电影，真的比逢年过节还闹热，正因它装点了我那时苍白的记忆，所以许多场景至今记忆犹新。当时，我们五凤公社的电影放映队轮流到各大队放电影，由于五凤公社共有十七个大队，每个大队又轮流安排到各生产队，所以每个生产队难得轮到一次。但凡听说哪里放电影，就算翻山越岭、过河趟水；就算路途遥远、黑灯瞎火（手电筒都属奢侈品，有时太黑了就打火把）；就算有可能是假消息、跑冤枉路，也在所不惜。因为看电影，我还差点丢掉半条小命呢！记得那次是到相邻的白果公社代坝大队看电影，回来时要翻一座山梁子，我一不小心掉到了一个引水渠的竖井里，有十多米深，幸好里边有水，只是尾椎骨受了伤，至今伤痕犹在。

每个生产队都有个晒粮食的宽敞晒坝，晒坝一般都是用石板铺的或石灰三合土做的，虽没有现在的混凝土地面平整，但还是作为放映电影的首选场地。一个坝子、一面挡子（银幕、幕布）、一个放映员、一束光，自己搬来板凳的人们，这就是坝坝电影的全部要素。我们把放映的主要内容叫"正片子"，那时，放"正片子"之前，往往要加映一些宣传科普、政治之类的短片，我们叫"加演片"，有时，大队或生产队的负责人还要在放映之前吼几句，无非是防火防盗、注意安全之类的。留给我印象最深的是"正片子"开始时的那光芒四射的带有"八一"字样的五角星，然后出现的是手握钢枪的"海、陆、空"三个军人的雕塑形象，下面是一排"八一电影制片厂出品"字样，一看就晓得是我们最喜欢看的打仗的片子（战争片）。有些片名，现在都还记得，像《野火春风斗古城》《三进山城》《渡江侦察记》《地雷战》《地道战》《永不消逝的电波》……换片的"中场"，会有手影或大脑袋映在幕布上，幕布白光闪着4、3、2、1倒计时，电影又开始了。

轮到哪个生产队放电影，他们就派两个人到公社去挑发电机、放映机和装电影胶片的铁盒子。放映员是不会做这些体力活的，他们备受尊重。到了目的地后，人们还要好酒好菜招待他们，当然，只有大队长或生产队长这些人才有资格请他们吃饭。

为了看电影，大家是不在乎毛毛细雨的。雨确实下得大了，电影就只好提前散场，人们也只能骂着这可恶的老天，悻悻地离开。

后来，有的人家办红白喜事、庆寿也会专门请一场坝坝电影的。现在，也有为了完成任务偶尔放一场坝坝电影的，但再也找不到那时的坝坝电影的味道了！

家乡的小河堤

我的家乡五凤公社上游大队处在一条无名小河汇入大河的夹角之处，大河叫沱江，小河叫石板河，它的上游青白江段被称为长安河。

大河里水太深、太急，浪太大，夏天，我们主要泡在小河里。上学后，只要一有机会还是会跳进河里，也曾因把巴石子（一种有吸盘的扁平小鱼）黏到女生的手臂上而挨过批评，也曾因逃学下河洗澡而被老师拿走了衣服裤儿。

那时小河边有个约定俗成的规矩：上午是女人们洗衣服、洗菜的时段；而一旦吃过午饭，就是我们男人的世界了。大大小小的男子汉，赤条条地在水里扑腾，纵然岸边有赶路的人，也不管那么多，只是那些大男人、老男人这时会下意识地将下半身沉到水里。当时根本没人去想什么不雅、什么有伤风化之类，感觉这是一种再自然不过的现象，足见当时充满野趣的淳朴民风。

小河上拦腰用条石修了座四五米高的河堤，形成河堰。河堤左边是拱形的，共四个拱，像两个睡倒的"m"，右边是三四米的直坝，比左边的拱要矮两梯，起溢洪道的作用。再靠边是一条顺着山边的近百米的引水渠，将河堰中的水引到水泵站，在水泵的带动下，打米、磨面、做面条……当时，生意还不错，有些较远村子的人也到水泵站来打米、磨面，因为它的加工费要便宜些。有些洗澡的人顺便拿些谷子（稻谷）、苞谷（玉米）、麦子（小麦）来加工，也有来打米、磨面的顺便跳到河里洗澡。偶尔也有女的下午来打米、磨面的，她们对这河里的老少爷们也是见怪不怪、习以为常的。

小河中有些地方是整块的石板底——这也许就是叫石板河的原因吧。修河堤需要石料，有的就地取材，因此形成一些大大小小的天然游泳池，有深有浅，小孩们不自觉地由浅入深，不知不觉就到深水区了。河堤下的水也有深有浅，中间两个拱下面的水特别深，也就成了人们的跳水场地。河堤从下往上是一梯一梯缩进、升高的。它的脚不是齐整的，是阶梯形的，胆小的就从最接近水面的阶梯往下跳，然后步步高升，最后从堤顶往下跳，有的还跳出一些姿势来，但多数是直直地向下坠入水中。要是当时有个跳水教练稍加点拨，也许我们那儿会出几个跳水人才呢！夏天小河涨水时，水就从堤顶翻下，形成几个壮观的瀑布，这时候游泳、跳水又是另一种滋味！

我们一般不在河堰里游泳，水太平太静，水底又多是淤泥。

我们很少钓鱼，觉得太麻烦了：钓竿、钓线、钓钩、沉砣、浮子、钓饵……

当时我们捉鱼主要有这几种方式：

河堤下有一大段河水较浅，形成一个个深浅不一的水凼凼，布满了沙子、豆儿石、鹅卵石，还有几个矩形的大青石，我们也曾躺在上面晒太阳。我们有时就把一片或一凼水搅浑，直接在水里摸鱼，摸到了，就将它捉住，捉不住时，就用双手将鱼往石头缝里赶，在它无处可逃时，将其捉住，这叫"浑水摸鱼"。但也有被螃蟹夹了手的。

另一种叫"竭泽而渔"。将一片水域或一个水凼与其他水域用鹅卵石、沙土断开，用盆或其他东西将里边的水排干，直接捉鱼。

还有一种安篓子接鱼。我们的篓子是用竹子做的，每家房前屋后有很多慈竹，将慈竹锯成一截一截的，每截都一头有节一头无节，用竹丝或铁丝将竹节处再箍结实，然后将另一头用刀剖开成四、五、六、八片不定，剖到箍节处，再将竹片分开，用竹丝或铁丝扎两三圈，固定成漏斗状。在扎的过程中，往往还要加一些竹片，首先空隙不能过大。其次是在篓子内形成倒须，鱼许进不许出。最后把竹节底钻个洞，就成了。我们在河水流动的浅滩上，用鹅卵石、豆儿石、河沙将部分水流收束变窄，最后只留一个出水口，然后将一个或几个篓子安在出水口。顺流而下的鱼虾，就"请君入篓"，许进不许出了。

还有种搬罾。拿四根长竹竿（细、长又结实）的头扎在一起，另一头按十字形分别撑开，系住渔网状的罾网四角，再用另一根较长的粗长结实的黄竹（苦竹）做罾杆，另外还需要一根长绳，通过罾杆系在四根竹竿的交叉部位。下罾的时候，罾杆的一头固定在岸上，人则在岸上利用杠杆原理拉住长绳，将罾网平放入水中。罾下好后，大约半个小时拉起来看一下。起罾的时候，抵住罾杆的底端，拉动绳子，拉绳的手一定要平稳迅捷，鱼虾在罾网里翻腾跳跃。搬罾都是大人们做的事，我们有时帮着在罾网里捉一下鱼虾。搬罾一般选在涨洪水时节。夏天涨洪水时，小河中的水是红砂色，大河中的水是灰褐色，两种颜色的水在交汇处汹涌激荡，大河里的水倒灌进小河，有时还漫过河堤，这时正是搬罾的大好时节。

沿河堤往上走五六百米处，是一立起的"m"，那是成渝铁路跨小河的桥。我们也曾游到铁路桥下，体验那隆隆的火车过桥时的感觉。河堤往下绕两个弯，小河汇入沱江，那里叫两河口，小河两岸有一纤绳相连，一只渡船沿纤绳来回摆渡，小河那边有两株高大的黄桷树。

如今，沿河堤往下走六七百米处，又立起个"m"，多了座公路桥，两河口的渡船也就退出了历史舞台；小河已是千疮百孔，那些河沙、豆儿石、鹅卵石、大青石……早已添砖加瓦去了；水汹汹、天然泳池还在，但那些捉鱼、洗澡的鲜活的场面却已几近绝迹；引水渠、水泵站也只剩遗迹了，只有那河堤依然横在那儿……

零食之殇

　　我虽没有经历过三年困难时期，也没机会品尝过草根、树皮的滋味，但我小时候确实也难得吃几顿饱饭，主要还是"瓜菜代"，有段歌谣形象地写出了当时的境况："早晨吃的红苕汤，中午吃的汤红苕，晚上难得煮，就啃两根生红苕。"就更不要说什么零食了。

　　那时，真正算得上零食的就是水果糖了。大人赶场回来，买几颗水果糖；或用自己少得可怜的零花钱到大队"代销店"买一两颗水果糖。一般情况下都舍不得一下就吃了，而是留在包包里慢慢吃，有时吃几口又用糖纸重新包上；有时焐化了还舍不得吃；有时吃了后，连糖纸上粘着的糖渍都还要用舌头舔了又舔。

　　另一种零食是花生。有个谜语可以看出它在零食圈的重要地位："青藤藤，开黄花，带起儿子钻泥巴。一角钱，买一抓，买起回去哄娃娃。"

　　为了吃到花生，我们也是想尽办法。

　　花生快成熟时，有时候我们就去偷摘生产队地里的花生。我们偷花生不是把一整窝扯起来，而是把花生苗下面的土弄松，摘那已熟的花生粒，然后再把土复原。

　　生产队挖花生的日子，也是我们小朋友的节日。大人们在前边挖花生、摘花生，小朋友就在后边不远处用小锄头或小钉把再次翻土，反复地扒拉土坷垃，从土里翻找没捡完的"漏网之鱼"。生产队长则来回逡巡，害怕哪家大人把花生故意留在土里，时不时威严地呵斥小朋友："隔远点！隔远点！"

家里分到花生后，一般都要保存起来，以备待客或逢年过节时用。大人们为了防备我们这些馋猫，可谓想尽办法。他们把花生装在箩筐里，盖上几层谷草，再用竹片或小树棍把箩筐口别好，然后将这箩筐倒悬在高高的房梁上。"道高一尺，魔高一丈"，我们就用竹竿或树棍去捅那谷草，有时就会掉几粒下来。有的时候大人就睁只眼闭只眼，但也有因此而招致一顿暴打的。

我们那时也有烧烤。在家里的灶眼里烧红苕（红薯）和烧苞谷（玉米）太一般，就不多说了。每年生产队割稻谷时，我们小朋友就在前边逮油蚱蜢（蝗虫的一种），当时稻田里农药用得少，油蚱蜢也多。逮到后用稗子秆将它们穿起来，然后拿到火上烤，烤熟后，黄酥酥、油爆爆的，香气扑鼻，令人垂涎三尺。我们也烤笋子虫（专吃竹子的害虫）、烤鱼吃。把捉到的鱼稍加清洗，撒上盐，用牛皮菜（厚皮菜）叶裹好，再用湿草系好，然后拿来烧烤。

我们处在沱江边，沱江沿岸盛产甘蔗。甘蔗成熟的季节，到处都是一片一片的甘蔗林，我们常常钻到甘蔗林中间去偷吃。当时，每个大队都有榨蔗糖的糖房，糖房主要是用压榨机把甘蔗汁榨出来，然后进行几道工序的加热、熬煮，最后冷却成型，就成了一方一方的蔗糖（红糖）。糖房开榨后，空气中到处弥漫着甜香味，那高大的烟囱口吐着浓浓的黑烟。我们有时候就偷偷跑到糖房里，去撬那些锅边没铲干净的糖吃，我们叫它绵糖，又绵又甜，很有嚼头。我现在对那糖房的锅都还印象深刻，锅很大，且七八口排在一起，依次升高。下面的灶也是斜坡的，最上边那口锅紧靠烟囱。榨完汁的甘蔗渣再拿来发

童年记忆

酵烤酒（酿酒），烤出来的酒叫糖泡酒或蔗渣酒，我们也去品尝过。

　　瓜果也是有的，但很少。记得有一年，我家自留地里栽了几棵西红柿，有的西红柿由青变黄快要成熟时，我和弟弟每天都要去看三四次，看它变红没有。给我留下深刻记忆的还是那些野果。比如山地瓜。"六月六，地瓜熟"，每年农历六月后，我们就到山坡上去翻地瓜藤，摘那成熟的山地瓜，它被石子和藤蔓挤压成各种形状，瓜瓤里有许多小籽，味道有点类似无花果。又如山枇杷。我记得山枇杷汁搅的凉粉，好吃得很。还有桑泡儿（桑葚）。桑泡儿由青而黄而红而紫，刚成紫色时味道最好，但我们往往等不及它红得发紫，甚至刚由黄转红时就进了我们这群馋猫的小嘴。再比如刺梨子。刺梨子开很好看的粉红色的大朵花，枝上长有刺，果实也长满了刺，酸味较重。现在许多人还把它拿来泡开水喝。也难忘那救兵粮。在萧瑟秋风中，红艳艳的救兵粮煞是好看，果实甜、粉，但粒太小。此外，有两个小朋友也因误食马桑果而中毒，差一点儿酿成悲剧。

过时的家务活

现在一说到小朋友做家务活，无非就是扫扫地、洗洗碗，而且还常常说成是帮父母做家务活。

而我们小时候，除了扫地、洗碗之外，煮饭、煮潲（猪食）时烧火的活儿也是我们小朋友做的。由于当时烹煮的燃料主要是柴草，必须有人守在灶门前烧火。柴草的来源有二：一是生产队分到各户的农作物秸秆，像苞谷（玉米）秆、谷草（稻草）、麦草等。二是各家自留山上的山草、树木枝叶等。由于分到家的农作物秸秆有限，自留山出产的柴草又不多，除了煮饭外，还要煮猪潲，柴草的需求量就更大，因此家家户户几乎都存在缺柴烧的困境。一项家务活——捡柴应运而生，这个光荣的任务就落到了我们小朋友肩上。

周末或下午放学，家长有时会安排我们去捡一背篼柴回来，我们就拿起捡柴的工具：稀眼背篼（背篼是用竹篾编制的背在背上的装运物品的器具。我们那儿的背篼主要有两种：一种是稀眼背篼，一种是密背篼）、镰刀、竹篾，向山坡出发。有时候，任务完成得快，我们就漫山遍野地疯跑，做我们喜欢的各种游戏；在捡柴的过程中，还可以摘到野果；有时候也曾因争抢（争柴、争野果）而吵架、打架。有一次，一个年龄稍大点的娃儿教我们向远处的几个女孩乱喊："捡柴，捡柴，跟到我来。翻过垭口，捡个大柴。"回家后我们几个被大人狠狠地骂了一顿，是那几个女孩告的状，说我们惹了她们，向她们喊了怪话（粗话、野话、脏话）。我们当时挨了骂还是不甚明白，这几句怎么就成了怪话了呢？

以前对林木的乱砍滥伐，对荒地的无序开垦等因素，导致山林、草坡的减少，加之捡柴者队伍庞大，所以柴越来越难捡了。如果完不成任务，就有饿肚子的可能。

"家"字的本意就是房子下面有猪（豕，意思就是猪）。因此，我们那时候的"家"才更像是一个"家"，因为我们每家每户都养猪，有的还不止一两头。有猪，就要煮猪潲。因为那时还没有使用混合饲料，一般都喂熟食。这猪食除了米糠、麦麸等，还需要猪草（青饲料），这猪草几乎全是我们小朋友的活儿。割猪草，从自留地里把青饲料弄回家。扯猪草，到河边、沟边、田边、地角去扯能喂猪的野草。猪草弄回家后，就要把它切碎、剁碎、砍碎，我们把这叫作砍猪草。如果家中养有兔子的话，还要扯兔草。

每家都有自留地，特别是包产到户后，种粮、种菜都需要大量的肥料，而那时还没有大量使用化肥，主要使用农家肥。因人畜粪便有限，干肥料也少，因此我们小朋友还要去扯蒿蒿（积青肥）或捡狗粪等来补充家中的肥料贮备。

我们有时还下田、地去做一些力所能及的春种秋收的庄稼活，像撒种、撒肥、浇水、翻苕藤、捡棉花、收秸秆等。

还有放牛、放羊、放鹅等，也是我们小朋友的事，牛和羊只有少数家庭有，我们也可在放牛、羊时做其他的事，如扯猪草、捡柴、玩游戏等。曾有许多高高在上的自诩为文化人、城市人的，以嘲讽、揶揄的口吻口诛笔伐"放羊娃的故事"——"放羊→挣钱→娶妻→生娃→放羊→挣钱→娶妻→生娃"，这说明他们没有真正了解农村，没有真正走进农家孩子的内心，有什么资格在这里指手画脚呢？

纵然在上学之余还有许多的家务活，我们也从来没有抱怨过，童年还是给我们留下了许多愉悦的记忆。

干农活挣工分

现在的少年儿童，有些能做一些力所能及的家务活。但有的在理解上却失之偏颇，无论是大人还是小孩，都认为是帮父母做家务。无论是不做家务，还是自己的事自己不做，还是理解有误，都是我们教育的缺失，也无须细论究竟是家庭教育还是学校教育抑或是社会教育出了问题。

我们年少时，除了做一些常态的本职的家务活外，还要做一些农活，有些是力所能及的，但有些就是我们力所不逮的了，不是我们父母心狠，而是生活的必需。

包产到户之前的公社生产队时期，我还挣过工分。我们那时候属五凤公社上游大队二生产队（现在隶属五凤镇玉凤社区），成年男子属整劳力，每天10分工，妇女每天7分工，而我们小孩子，每天2分工。有的小孩出工是为了好玩，而我出工是为了挣工分。因我家劳力少，家中母亲和我们姐弟四个人分粮食，只有母亲一人挣工分，父亲在外地工厂上班。我家年年都是"找钱户"——生产队是按工分计酬的，像我家，母亲一人每天只能挣7分工，她的劳动所得是无法兑回一家四口的口粮的，核算下来就要找补生产队相应的现金，把缺口补上才能领回口粮。我能去挣点小工分，也算是给家庭减轻负担吧。我们小孩做的是撒肥、撒种之类的轻松工作，给我印象最深的是翻苕藤。红苕（红薯、番薯）是本地主要农作物之一，属藤本植物，供人们食用的部分是它那肥硕的块根，而它的藤在生长的过程中，会从每个藤节上生长一些须根，这些须根深深地扎入土壤中，会影响红苕块根的生长。我们的工作就是翻动苕藤，将藤上的须根扯断，以保障红苕更好地生长。我们一群小孩在一个老爷爷的带领下，将苕藤从苕埂的一边翻向另一边，有些须根长得牢的对我们小孩来说还是很费力费事的。老爷爷一会儿呵斥这边偷懒的，一会儿呵斥那边扯断苕藤的，一会儿呵斥那些嬉闹的，他有时也给我们讲故事摆龙门阵。红苕地里多数都间种有苞谷（玉米），苞谷叶片边沿生长有毛刺，翻苕藤时我们就好像在苞谷林里穿梭。男孩一般都光着上身，俗语叫"打光胴胴"，那稚嫩的皮肤根本就不是苞谷叶片的对手，被弄得火辣火烧地痛，有时还被割出一丝丝的伤痕。收工后，我们男孩带着一身泥土、一身火辣火烧的伤痕，就往山下河里扑腾去了。

包产到户后，农忙时节，我们家的劳力更是缺乏。虽然父亲常常趁周末回家参加劳动——父亲在简阳的四川空气分离设备厂工作，虽然工厂和家都在成渝铁路沿线，但从五凤溪火车站下车后还要走四五公里山路才能到家。我作为家中长子，虽然当时只有十一二岁，却必须为家庭承担一些劳动，正如前文所说，有的是力所能及的，有的是力所不逮的。老家地处龙泉山南麓沱江边，家中土地多数都是山坡地，浇地时常常需从山下河边或家中粪池往地里挑粪担水。担不起时，就和弟弟两个抬——弟弟比我小一岁多，抬不起满桶，就抬半桶；担不起满桶，就担半桶。当然，也有一些轻松点的农活。割谷子（水稻）时，我们将谷草运到一起码成草垛；掰苞谷，先将苞谷穗的外壳剥去，再将苞谷穗从苞谷秆上掰下来。因苞谷多数是间种在红苕地里，掰了苞谷后，要尽快将苞谷秆砍了，以利于红苕吸收阳光更好地生长。父母砍苞谷秆，我们姐弟就负责把苞谷秆拖到地边堆在一起。成熟后的苞谷叶片极具杀伤力，我们的脸上、手上被划出一道一道的口子，弄得火辣火烧地痛。抹苞谷，将苞谷粒从苞谷穗上剥下来、搓下来，这活看似轻松，劳动一会儿后，大拇指常常被磨得麻木甚至起泡。

现在回想起来，真的为我那时那稚嫩的双肩、娇嫩的皮肤而自豪。

正因为有了年少时的艰辛劳动，才让我努力学习，最终走出了大山。正因为有了年少时的艰辛劳动，才让我敬畏劳动、敬畏劳动人民。

打牙祭

　　夫妻小别，回来的第二天，几个老朋友见面一脸的坏笑："昨晚上又打牙祭了啊！"一说到"打牙祭"，就让人联想到"肉""荤腥""油大"之类。现在，"打牙祭"这个词，早已淡出了人们的视野，许多年轻人都不甚了了，可在20世纪中后期，这个词曾风靡一时。

　　我们小时候，一听说要"打牙祭"了，真个是馋涎欲滴啊！好多天之前就兴奋得睡不着觉。不是因为我们好吃、嘴馋，而是的的确确太缺少"油荤"了。我们那时想吃个鸡蛋都不容易，须是自己过生日或是逢考试时才能吃得到呢。俗话说，大人望找钱，小人望过年。那时的"小人"之所以"望过年"，除了好玩好耍，可以得点压岁钱之外，更主要的原因是可以"打牙祭"。过年打的是"大牙祭""长牙祭"。逢年过节，"打牙祭"是固定栏目之一，但却被大人们精简了不少。"年"是无法精简掉的，但"元旦""五一""国庆"这些举国同庆的节日常常被忽略，只有"端午""中秋"这些传统节日才被纳入"打牙祭"的范畴。"打牙祭"的第二个途径是家中有人过生日、来人来客时。"打牙祭"的第三个途径是"走人户"（走亲戚），家中的亲戚朋友、左邻右舍"做大生"（过整十岁的生日）、婚丧嫁娶、新房完工……一般都要做"九斗碗"（做酒席）大宴宾客。就算是上学期间，学生们也会为了能"打顿牙祭"而向老师请假。家长也愿意,老师也会同意学生请假去"吃九斗碗""吃油大"的,因为家长、老师们都理解,孩子们太渴望、太需要那顿"油大"了。试想想,现在的家长愿意自己的孩子请假去吃酒席吗?老师会同意他的学生请假去吃酒席吗?

"想吃油渣(儿),围到锅边转。"我是深有体会的。那次,我们生产队死了头猪(生病死的,即常说的发瘟死的),收拾完后,放到一口大锅里煮,全生产队 30 多户每家至少一人,拿着盆、碗等在那里分瘟猪肉,最后连骨头、猪下水(指猪的大、小肠等内脏,也有的叫杂碎)都分得一干二净。由于有人挑肥拣瘦,抱怨分配不均,还差一点闹出大事。那时,如果生产队死了猪、牛等牲畜,就像过节一样热闹,特别是小朋友,更是高兴得不得了,因为又可以"打牙祭"了。

"青椒(蔬菜)焖仔鸡(鸭、鹅)",这是道让我记忆深刻的回味无穷的余味悠长的至今舌尖都会颤动的名菜之一。实际上,虽然这道菜的原材料、辅料、佐料和烹饪过程都很简单,但却濒临失传。强烈建议国家非物质文化遗产研究中心将其尽快列入抢救性保护对象之列。

恐其失传,现凭记忆录之于后。

原材料:鸡、鸭、鹅不拘多少。

辅料:青椒尤佳,地里时鲜蔬菜也可。

佐料:食盐、姜、蒜、酱海椒(只有食盐也可,其他没有可简化)。

烹饪过程:将这些原材料鸡、鸭、鹅除毛、洗净、切块,放进烧红的锅里爆煸,然后放上食盐、姜、蒜、酱海椒翻炒,待香味出来后,加入切成段的青椒或其他时鲜蔬菜,盖上锅盖,焖煮一段时间(可根据原材料的生长年龄段特征灵活掌握时间)。

我小时候有幸多次品尝过这道名菜。每当这道菜端上桌时，不知为何，我总觉得父母眼中隐隐有泪光，而我们几个小孩早就迫不及待地挥箸冲锋了。

　　什么时候，能再次品尝到这道名菜，能再打一次"牙祭"呢？

缤纷上学路

20世纪80年代初，我在五凤街上读了三年初中，有两年时间是跑的通校，每天往返，来回三十多里路程，尤其是冬天，真正的是披星戴月。

早晨出发时，我们附近几个读初中的一般都吆喝起来一同走，因此每天早晨六点过，山村都会热闹一阵子：呼喊声、应答声、狗叫声……此起彼伏，纵然惊扰了疲累的村民们的好梦，他们也从不计较。如果个别的因赖床或其他原因未及时同行，我们也不会久等，而是边走边等，后边的就会自觉加快步伐追赶。

出门不远，就到了两河口，这里是小河与沱江交汇处，小河有二十余米宽，需坐渡船才能过小河。

如不坐渡船，就要从小河上游处的铁路桥绕行三四里路。这渡船比沱江的大船要小一些，有船篷，船上也有炊具、卧具，船家吃住在船上。当然，他们岸上也有房屋，但这渡船上是从不离人的：一是方便过河的行人；二是守船，这是他们的私人财产；三是可以挣更多的钱。这里是义渡，而非官渡，坐渡船要付钱，当时坐一次是一分钱，还好，我们学生给的是优惠价，一学期才五角钱。当时，沱江在五凤境内的四个渡口只有渣浮渡和鸣阳渡是官渡（意即是公家的渡船，坐船不用付钱。后来承包给个人了，也要付钱），另外的罗坝渡和金牛渡

也是义渡，而我们这小河上的渡船，公家哪里管得了这么多！这里的渡船摆渡，一不靠篙竿撑，二不靠船桨划，而是依靠悬在河面的废旧纤绳。这纤绳，离河面有一米五六高，两端固定在小河两岸的树或岩石上，船家就站在船头，拉着纤绳移动双手，船就随着移动。后来，当我看到沈从文《边城》中的渡口、渡船时，引起了我许多的共鸣。

许多时候，我们到了渡口边，船家还没起床，如果船在这边，我们就主动地准备开船，解缆绳的、拔船桩的（船靠岸后，固定船的铁棒。船头有个竖孔，铁棒从船上直插到船底的沙土中）、用篙竿点开船的、伸手拉纤绳的……过了河，我们再把船固定好。如果船在河对岸，我们就大声喊叫，喊他起来拉船。如果他不答应或行动稍微迟缓的话，我们就嘻嘻哈哈地捡起河边的石头、土块往对面的船上扔。这时，水里、船上、船篷，噼里啪啦、叮叮咚咚地响成一片，伴随着一阵呵斥声，船家赶紧从船篷里钻出来。

上岸后有两棵高大的黄桷树，两棵树靠得很近，四五个人手拉手才围得住，树冠有几十平方米大，许多树根裸露在外面。有些树根被砍削平整，人们常在这树下歇肩、乘凉。树旁有几户人家，还有一家代销店。

过了两河口，我们沿沱江岸边往下走，这段路很窄，岸壁很陡峭，左边悬崖下面十余米是滔滔江水，幸好右边是田地。

这段路有两里多，然后走上铁路。铁路刚从乱石滩隧道钻出来，这隧道因靠近沱江的乱石滩而得名，这里是成渝铁路下行与沱江第一次亲密接触之处，之后这铁路就依傍着沱江一路下行。我们很少走铁路边上，边上碎石（道砟石）太多，一般都是走两轨中间的枕木上。听到火车来时，我们再避让到边上去。这枕木的间距好像专为我们学生设计似的，步幅刚合适。如果大人走这上面，一格太短，两格又太长，看他们走在这上面总觉得别扭。许多年以后，看到那些"T"台上美女走"一字步"（猫步）才猛然醒悟，原来她们的走步是从走铁路上的枕木演化而来的。

沿铁路线走不多远，就要翻一座陡峭的万家山。如果不翻这座山，就要沿沱江边一直走铁路到学校，但要多绕行四五里路。这万家山有十多层楼高，很陡，全是"之"字路，有些地方又很湿滑，山腰有一段路实在太陡了，又专门辟了一条平缓一点的"之"字拐，有些胆小的或不赶时间的就拐远点。现在想来都觉得有些后怕，当时怎么就来来往往、上上下下，一点儿都没感觉到怕呢？翻过山顶，下山就舒缓多了，走几里路后，又来到沱江边走上铁路。这段沱江和铁路就如"弓"，我们翻山走的这段路就是"弦"。

再走四五里铁路，就到街上的学校了。

上学路上，害怕迟到，一般都是匆匆忙忙地赶路，没有时间也没有心情欣赏沿途美景。放学路上，就不一样了，特别是夏天，如果没有被老师留下来，就可以走走停停、耍耍打打地回家。

铁路情结

　　小时候，我常常站在屋后的小山上，看上行的火车轰隆隆地从远远的五凤溪火车站的渣浮渡方向，沿万家山脚、沱江边向近处的乱石滩飞驰过来——乱石滩和乱石滩隧道口，是成渝铁路、龙泉山、沱江的交汇处。然后钻过乱石滩隧道，又钻过双龙垭隧道，过小河上的铁路桥，再钻灵官庙隧道，向深山中的红花塘火车站驶去，据说那更远处便是成都。有时，也看下行的火车从成都方向奔来，然后消失在往重庆方向的江水、铁路、山脚交汇的视线尽头。

　　有时是独自一人，有时是三五个小朋友，看那上行的火车拖着浓浓的黑烟，吃力地爬行；听那隆隆的声音，还有那火车驶近时车轮与铁轨接缝撞击发出的哐当、哐当的声音。有时候我们也数车厢的节数，数着数着，它又钻进了隧道，我们往往为究竟是几节车厢而争论不休。

　　但我更关注的还是上行的火车，尤其是上行的客车，说不定，我爸爸就坐其中一列回来啦。因为我爸爸那时在重庆工作，一年难得回来几次。

　　成渝铁路横贯五凤全境，在五凤境内有两个车站，即红花塘火车站和五凤溪火车站。五凤山地居多，那时公路很少，人们赶场、上学主要是步行，往往选择走铁路，根本没考虑什么安全因素。

铁路是从五凤溪古镇凌空跨镇而过的。桥下，赶场的人摩肩接踵，人头攒动；桥上，隆隆的火车飞驰而过。这也成为五凤溪古镇一道亮丽的风景。

20世纪80年代中期，我在金堂县城读师范时，能让我引以为豪的，不是五凤溪古镇的名胜古迹，也不是五凤热闹非凡的逢场天，而是这铁路。因为当时金堂整个县域，成渝铁路只是穿过五凤，而其他乡镇都没有铁路。每当我眉飞色舞地说到铁路、火车时，我那些同学无不洗耳恭听，我俨然有一种被追"星"的感觉。有个假期，几个同学到我老家来玩，他们主要是慕铁路、火车之名而来的。我们走在铁路上，这几个同学七嘴八舌问这问那，好奇之心不亚于时下孩子们问"十万个为什么"。当火车经过时，他们欢呼雀跃，慌忙地远远地避开，令我忍俊不禁，一种阿Q式的自豪感油然而生。

铁路，确实能给人们生产、生活带来诸多方便。后来，我也很注重收集有关金堂的铁路资料，曾应县政协文史委邀请，写过一篇史料性质的《金堂铁路简史》。我在文中提到涉及金堂的几条铁路：穿过金堂五凤的成渝铁路、擦肩而过的宝成铁路、命运多舛的川豫铁路、夭折的淮凤窄轨铁路、完工一半的青温铁路、穿境而过的达成铁路及复线、期待中的成金快铁。

时下，早已步入高铁时代，可我们金堂呢，却还在期待之中。正如那时我的同学看我们五凤的铁路一样，我们金堂现在也用同样的眼光看着其他市县的高铁。什么时候，我们也不用再羡慕别人有高铁！

童年记忆

117

链接：

金堂铁路简史

自古以来，金堂就是川西水陆交通要道，是成都平原的门户之城。赵镇因得沱江舟楫之利而成为川西著名水码头和商贾云集之地，曾几度繁荣，位列四川四大镇之首。到现在，公路、铁路运输更是四通八达，金堂县的交通体系已经颇具立体化规模。回顾金堂县境的铁路历史，却让人酸甜苦麻辣五味杂陈。

新中国首条铁路——成渝铁路——穿境内五凤而过

成渝铁路于 1936 年开始筹建，但直至解放时，金堂段尚未动工。1950 年 12 月 13 日，成渝铁路金堂地方委员会成立。成渝铁路开始动工修建，全县承担石工 100 人、民工 150 人，支援枕木 2.5 万根，沿线农民均参加路基修筑。1952 年 7 月 1 日，成渝铁路建成并过境通车，自人和乡入境，至五凤镇出境，县境内长 14 公里，隧道 8 座，有陈家湾、红花塘、五凤溪三个火车站。1981 年 1 月，人和乡划归青白江区后，金堂境内就只剩红花塘和五凤溪两个火车站了。1987 年 12 月 24 日，成渝铁路电气化工程经过多年的艰苦建设终于全线建成。成渝铁路实现电气化以后，年运输能力由过去的 610 万吨提高到 1300 万吨，等于新修了一条成渝铁路。

118

擦肩而过的宝成铁路

1957年12月，宝成铁路青白江火车站至四川肥料厂（川化前身）专用线建成通车。随着1960年1月青白江区的成立，时属金堂县的华严乡、大同乡划归青白江区管辖，宝成铁路也就与金堂无缘了。

命运多舛的川豫铁路

1958年11月1日，川豫铁路成（都）南（充）段金堂境内70公里全线开工，次年4月暂停，1960年复工，年底再次停工。直到许多年后，在金堂县淮口镇的沱江中，都还立着几个默默述说着那段历史的铁路桥墩。这样修修停停，最终胎死腹中，原因是遇到了三年困难时期，因此修建铁路的计划就不得不停了下来。

夭折的淮凤窄轨铁路

1960年3月1日，县办淮口至五凤的简易窄轨铁路，由县财政投资60万元开工修建。从淮口白塔寺至五凤渣巴沱（渣浮渡），全长14公里，当年建成并交付使用。因机车为旧汽车引擎改制，牵引力小；轨道系铸铁制造，承重力差，在运行中故障迭出；又因路线沿沱江岸，运价比水运价高，故于1961年拆除。

童年记忆

119

完工一半的青温铁路

1985 年 10 月 22 日，青温铁路金堂段动工，是利用原川豫铁路未成线路兴建的地方三级铁路。起自宝成铁路青白江火车站，与四川化工厂专用铁路接轨，经青白江区城厢、姚渡，从杨柳乡入县境，到龙威乡温家店（钢管厂）。全长 33 公里，新建 28 公里，金堂段 18 公里。全线设青白江大桥、城厢、金堂、温家店 4 个车站。工程计划分两期，第一期修筑青白江至金堂县城段，第二期修筑县城至温家店段。1989 年 8 月完成第一期工程，竣工通车。

达成铁路及复线

达成铁路（达州—成都）从 1990 年提出修建，经过两年多的上下动员，历经千辛万苦终于在 1992 年 6 月破土动工，1997 年 11 月全线通车。达成铁路是我国一条东西铁路干线，横贯四川盆地，是出川要道和出川铁路咽喉。它东起达州渠县三汇镇站，西止龙潭寺站，全长 334 公里。由东往西至中江县冯店入金堂县境，经转龙、隆盛、高板、三溪、黄家、淮口、九龙、三星、赵镇出境，途经 9 个乡镇，并与青温铁路并轨，达成铁路在修建中利用金堂县境内青温铁路 8 公里进行改建。县境全长 50.4 公里，设有隆盛、淮口、金堂 3 个车站。炮台山隧道、沱江铁路大桥、金堂车站为达成铁路重要控制点。

由于该铁路依地势地形而建，沿途弯道较多，因而设计时速只有 80 公里。于是达成铁路扩能改造工程被提上了议事日程，扩能改造包含对达成线电气化改造和与既成线并行修建达成复线两个项目。

达成铁路复线2004年11月27日开工建设，2009年7月7日正式投入运营。与达成铁路既成线相比，复线全线弯道减少，桥梁、隧道较多，设计最高时速达200公里，比既成线的老达成铁路时速提高了一倍多。2010年9月再次提速。达成铁路是西南境内设计时速最快的铁路之一。

金师琐忆

20世纪80年代初，我在金师校读了三年师范。那时的中等师范现
，至今还在引发各种争论，执各种观点的都有：什么拔苗助长啦！
么地方保护主义"掐尖尖"啦！什么荒废了一代代人才啦！金师校
全称是四川省金堂师范学校，是一所为金堂县及周边区县培养中小
师资的中等师范学校。在当时，一个农家孩子能考上金师校，对毕
的初中学生、对家庭来说都是无比光荣的事情。尤其对自己来说，
更是令人羡慕不已，只要拿到录取通知书，那就意味着从此吃上
商品粮"，从此拥有了"城镇户口"，拥有了"铁饭碗"，从此将
别祖辈、父辈们"脸朝黄土背朝天，背着太阳过西山"的日子。但
时对我一个只有十五岁的大孩子来说，并没有想到这些，只是从老
、同学、家人、亲戚邻居的眼中和言语中感觉到了那浓浓的钦羡之
和个别人些许的妒意。

文学梦的起点

　　我喜欢文学和爱上文学创作，离不开初中语文老师李德富先生的熏陶，更离不开金师校三年的语文学习。美女老师段新教我们"语基"，她苗条、漂亮，能说一口流利的普通话，使我的"主谓宾定状补"的基础至今还扎实。张碧辉老师教我们"语教法"，他还是我们三年级时的班主任，他对学生特别关爱，他的善良和细心，教会了我为人、为文的心地善良和悲悯情怀。而我在本地文学圈的小有成就，特别离不开凌康老师的栽培和引导。

　　金师校三年，凌康老师一直教我们"文选和写作"。凌老师面容清瘦，治学严谨，颇有学者风范。当时学校要求教师上课必须说普通话，许多老师都是时而"椒盐普通话"，时而四川话，而凌老师有一口流利标准的普通话，我有幸第一次听到他用普通话批评学生，至今令我忍俊不禁。

　　在凌老师的教育和引导下，我养成了写日记和摘录的习惯。虽然我那时零花钱很少，还是购买了几个精美的笔记本来写日记和摘录名言警句，摘抄精美文段，抄录古诗词。

　　凌老师常常鼓励我们多看课外书。记得是二年级上学期期末的时候，我读《水浒传》真是到了痴迷的程度，不但课余时间看，晚上熄灯后躲在被子里用手电筒看，甚至在课堂上也偷偷看，以至睡觉时，头脑久久平静不下来。水浒英雄人物如何如何出场，如何如何被逼上梁山，就像放电影一样在头脑中反复出现。对他们一百单八将的绰号，至今如数家珍，你只要说出姓名或绰号，我立马能说出对应的绰号或姓名。当看到他们被招安时，我心情一落千丈。那些水浒英雄，也直接导致我期末考试"挂"了好几科。

我的作文偶尔被凌老师作为范文在课堂上诵读。记得我曾经写过一篇记叙文叫《日出》，写的是我早晨坐公共汽车从淮口到赵镇途经金堂小三峡时，从行进的车窗外看到沱江对面山峰上的"日出"时的所见所闻所感。凌老师给予很高的评价，他的点评，我至今依稀记得：文章有真情实感，生动形象地写出了在行进的车中所见到的日出景象，初升的太阳随着山峰的波动，时而出现，时而隐没，时而高，时而低。文中既联想到了《陌上桑》中的"日出东南隅"，也联想到了曹禺的《日出》……

凌老师还常鼓励我们参加一些征文比赛，有一次我居然得了个二等奖，奖品是两本小书：《唐宋绝句100首》和《魏晋南北朝小说选》，扉页上有毛笔写的"奖"字和鲜红的公章印。也许正是因为这两本古诗文的书，更加激发了我对古诗文的喜好，给我奠定了扎实的古诗文基础，才有了我今天的近体诗和词的创作。这两本书我一直珍藏着，遗憾的是几年前搬家时不慎丢失了。

毕业时，基本上每个同学都准备了一个精美笔记本，互赠照片、临别赠言。幸运的是，虽经几十年的生活变迁，我的纪念册至今保存完好，仍时不时地拿出来观摩玩味，回看那些记录着青春年少的玉照，品读那些隽永得令人回味悠长的临别赠言。多次回读自己在扉页上写的自述《这小子》，那应该算得上我文学作品的处女作了。现将自述原封不动地录之于后，以飨读者。三十多年后再回看这篇文章，还有点像模像样！

链接：

这小子

——我的自述

这小子，不怎么样，都十八岁了，才一米七二高，二等残废，身体也不强壮，靠着他，也不能给你以安全感。他既没有英俊的外貌，也没有潇洒的风度；既没有拔尖的成绩，也没有可供骄傲的特长。他是一个普通得不能再普通的人。

这小子，够意思。你如果有什么需要他帮忙的话，他将会尽力而为，从不嫌麻烦，这点我很佩服他；要是你能和他真心相处，他也就会和你真诚相见；你如果有啥不顺心的事，完全可以找他，他会给你出谋划策，这小子鬼点子多。这小子是值得信任的，我就完全信任他，你千万不要担心他会坏你的事，他知道什么事可以插手，什么事该止步，他的分寸掌握得很好。

这小子，没出息。年纪轻轻，没有一点上进心，虽然有时觉得应好好干一番，过几天又"处之泰然"，我常常提醒他，可他有时对我也不客气；他真没出息，小小年纪就学会了喝酒，喝就喝低度酒吧，可他说高度白酒才过瘾；他还学会了抽烟，我要是个姑娘，一定不愿嫁给他，那股烟味，真难闻。

这小子，脾气很古怪。要是他高兴的话，你说几句过分的话，他也不会在意；一旦心情转阴，即使你是好心，也难免叫他抢白，我就曾经受过这个窝囊气。你要是想把他怎样，他会报复你的。他报复的形式多种多样，我多次劝他何必呢，他才稍有好转。他说话有时很风趣，可有时也会说出刻薄话，使得

金师琐忆

127

你我都很难堪。

　　这小子，爱吹牛。吹了这么大一篇，有些连我也不相信。他曾经说过他的家乡是如何如何美好，我说不相信。他问我："你坐过载汽车的船吗？你坐过不用篙竿用绳子撑的船吗？你体会过坐在三板船里打鱼的滋味吗？你们那儿有真正的山吗？你们那儿有火车吗……"我说："你别吹了。"他说："你不信，到我那儿去看看，我和我的家里人欢迎大家光临寒舍。"

　　　　　　　（1986 年 6 月 9 日凌晨 2 点腹稿，中午 12 点定稿）

师生而诗友

2012年仲春时节，我第一次参加韩滩诗社活动。在活动中，我发现一个戴着深度近视眼镜瘦瘦的熟悉的身影，他就是卢道武老师。卢老师是我金师校三年的美术老师，一年级时任我们班主任；二年级时，由于音乐、美术分流，他就没再担任班主任。我因自身五音不全，只好选修美术。我师范毕业后就再未摸过画笔，真的愧对教我三年美术的卢老师。我招呼他时，他还怵了许久，当我自述身份后，他口中诺诺，也许他最终也未在大脑中搜索出我的印象，毕竟经过二十多年的岁月磨砺，我早已不是少年青涩的我了。再说，几十年的教学生涯，他教过那么多的学生，桃李满天下，再加之我既不优秀出色，也不调皮捣蛋，泯然众生之中，太正常了。当然，也怪我自己毕业后忙于生存、生活，没有去拜望老师。还好，我们师生相谈甚欢，他退休后也未放下画笔，也喜欢写诗歌、散文，有时间就陪同师娘到处游历，然后把途中见闻用笔画下、写下来。几年前他就加入了韩滩诗社，并且还加入了毛泽东诗词研究会、月九诗社等县内其他诗词协会，时有诗歌、散文见诸报端。我也因喜欢诗词、散文等文学创作而加入了韩滩诗社，并有幸遇见了卢老师。分手时我们互留了联系电话。

此后，我们交流渐多，主要还是诗社活动，另有两次大的交集。

一次是我为五凤学校编撰校本教材，邀请卢老师创作了十幅有关五凤溪的钢笔画作为书中的插图。

那是在2013年春季，五凤镇九年制学校拟编撰一本校本教材，他们请我出任主编，我欣然答应了。因我对五凤溪、五凤学校怀有深深的情感、浓浓的情意：其一，五凤溪是我的家乡，是生我养我的地方；其二，五凤学校是我的母校，1980年8月至1983年7月，我在那儿读了三年初中；其三，2005年8月至2008年7月，我还在五凤学校工作了三年，主管学校初中部教学工作。在编撰的过程中，我总想做得更为完美。全书拟设置十个单元："第一单元　五凤概况""第二单元　特产美食""第三单元　五凤之子""第四单元　宫庙堂馆""第五单元　古韵流芳""第六单元　古镇文化""第七单元　传说故事""第八单元　民风民俗""第九单元　古镇新景""第十单元　五凤教育"，每个单元从我的《古镇五凤溪赋》中摘录一两句与本单元内容有关的词句作为单元开篇词。一页纸上，只有一个单元题目、两行词句，总觉得比较单调，于是我决定选用几幅插图。选来选去没有找到合适的图片，一次灵光一现，何不找人作画？于是就想到了卢道武老师的钢笔画。我为此先找校方，因为这样会增加资金的投入，当我把我的想法说出来后，校方很爽快地答应了。然后我再去找卢老师商量，要知道，他那时已近八十高龄了，虽然他身体还比较硬朗，但我还是有点担心。当我说明来意之后，他也很爽快地答应下来，只是师娘有点担心他的身体。我于是也表了个态："卢老师每次去五凤，我都会自始至终地陪伴在他身旁，请师娘放心。"接着我主动谈到稿酬问题："校方表了态，每次采风他们都会派专车接送，稿酬是必须付的，但只是略表心意。"卢老师说："无所谓！"卢老师经过三次实地采风，通过对每个单元文字内容的了解，通过对大量图片的观摩，最终呈现在读者眼前的十幅精美的钢笔画，为这本书增色多多。

还有一次是庆贺卢老师八十寿辰，为他编辑出版《岁月如歌——游踪诗画集》。我做的主要是文字编辑工作。他将自己的诗歌、散文作品发给我，我为他编辑。我还为此填了一首《鹧鸪天·贺卢老八十华诞》，词前有小序"卢老道武者，余之师也。甲午（2014）秋，欣逢其八十华诞暨《岁月如歌——游踪诗画集》付梓。赋词以贺。"词曰：

岁月如歌八十秋，课徒册载不知愁。儿孙绕膝天伦乐，桃李芬芳香满楼。

飞港澳，逛杭州，吟诗作画喜悠游。粗茶淡饭身心健，闲看风云何所求。

这首词，卢老师也将其收入他的这本书中。

在与卢老师的交往中，他不但将他的书如《道武书画》《月岁如歌》等赠我，还将他的画友、诗友的书赠予我。特别值得一提的是，他赠送了好几幅他自己创作的精美国画给我，给我印象最深的是一幅《和谐一家》，画中，几只活泼可爱的小鸡在母鸡的带领下，在花丛中自在觅食。

如今，在韩滩诗社的活动现场，已许久未见卢老师的身影了。我到他家去看望过几次，他的身体已是大不如前。

愿我的老师、我的诗友卢道武先生身体安康！万事顺意！

我的金师八三·一

　　我常常以自己是金师八三级一班中的一员而倍感自豪。套用宋玉《登徒子好色赋》中"天下之佳人莫若楚国，楚国之丽者莫若臣里，臣里之美者，莫若臣东家之子"的话来说就是：金堂的教育在金师校，金师校的优秀年级是八三级，八三级最好的班是一班。当然，这不排除像"谁不说俺家乡好"似的自恋：哪个不说本班好！在其他校友眼里，他那个班，也是最棒的。

　　先说我们这个八三级。我们是1983年8月进入四川省金堂师范学校的，该校生源主要来自本县和青白江区。我们这个年级确实不一般，有些比我还自恋、还狂妄的同学曾说，金师八三级，是金堂师范"前不见古人，后不见来者"的一级。招生时，往届、应届毕业生同等对待，录取时没有分差，因此有70%的是往届生，这就导致了我们这个年级的有些同学，比当时在校的高年级的同学年龄还大，思想也更成熟，行事风格也不一般。我们这个年级招生时，还进行了严格的面试，对身高也有限制，我记得当时要求是男生身高必须达到1.59米。在校的三年中，无论是学习成绩，还是其他各项艺体活动、技能比赛，都有许多可圈可点之处，在这里就不一一赘述。现在主要说说毕业以后的事情，窥一斑而知全豹。毕业之时，一班的周玉逵、罗军，二班的王敏三位同学分配后被借调到隔壁金堂中学任教，这在当时是十分风光的事。四班的古代永，留校任教。二班的周志良，毕业后工作了几年，考取四川音乐学院，学成后又回到自己的母校金堂师范任教，后又考取四川音乐学院的研究生，研究生毕业后被四川音乐学院留校任教，现是四川音乐学院的教授。也有部分同学，在教育系统工作几年后，由于工作特别优秀，然后步入仕途。二班的倪星金，教过几年书后就下海打拼，如今事业有成，旗下有数家公司。在教育系统内部的，绝大部分是学校的中坚力量，有的至今还战斗在教育一线，有的成为教育专家级人物；有的成长为学校的管理者，任局领导者有之，有十余人担任过学校校长，数十人担任过学校管理者。

现在具体来说说我们八三级一班。

1986年7月毕业后，同学们主要分配到金堂县和青白江区的各个中小学校任教，有几位分配得特别好：袁永莉、张玲、吴小娴三位同学被分配到钢管厂子弟校，王静被分配到淮中，还有前边说到的周玉遽、罗军两位同学毕业后立即被借调到金堂中学。

如今，三十多年过去了，绝大部分同学还在各学校的教学一线岗位上工作着，从事过学校教育教学管理工作的达半数以上，担任过学校一把手的就有数人，还有的当上了局领导、乡镇领导。孙传水现任金堂县教育局党委委员，曾任赵家镇中学、福兴镇中学、县实验中学校长和局办公室主任；刘友萍曾任青白江区教育局办公室主任、局党组成员，现在区人社局任职；吴福英曾在青白江区民政局任职，现在祥福镇任职；肖军现任金堂县实验小学校长，曾荣获"成都市特级校长"等荣誉称号，曾任赵家小学校长、福兴区教办主任、教育局德育科科长；黄军曾任清明小学、淮口镇初级中学校长，现任五凤镇九年制学校校长；刘平曾任土桥三小校长；李万东曾任金堂六

小校长，后来在金堂县文联任职，在金堂县书法圈小有名气，是四川省书法家协会会员；黄洋太是金堂电视台"名记"；罗军的成都青骑士广告装饰有限公司在金堂广告装饰业很有名气；荣清金是青白江区律师界名嘴；鄙人不才，也忝列本县文学圈一流，为四川省作协会员。无论是坚守在教育系统的，还是跳出教育系统从政的、经商的，均非等闲之辈。

我曾戏言，将来会创作一部记述金堂师范八三级一班师生的《金师八三·一列传》，从目前我的实力来看，也只能是戏言而已！

在此，让我们再次记住曾经为我们传道、授业、解惑的老师们。班主任分别是卢道武、于苏滨、张碧辉（一年换一个班主任，这也是我们一班不一般的地方），文选和写作课是凌康，语基课是段新，语教法课是张碧辉，代数课是于苏滨，几何课是叶小青，算教法课是熊小欧，政治课是王安林，化学课是孔德君，物理课是黄国强，美术课是卢道武，音乐课是陈青云，体育课是余唯，地理课是王竹明，书法课是安宁，教育学课是王世清，心理学课是曾庆贵等。

最后，以我前几年同学聚会时填的一首小词《虞美人·同窗》作为结束：

卅年分别今相聚。凝噎咸无语。风霜满面鬓先斑。难觅旧时青涩、旧容颜。

捶肩戏谑无羞报。坦白谁谁恋。盛衰休问益心身。屈指同窗好友、少三人。

"吃" 的记忆断片

金师校的三年，是我长知识的三年，更是我长身体的三年。

在排队列的时候，常常被老师呵斥："你咋个乱站队呢?"从站队（由矮到高纵列）的前几位慢慢往后挪，直到挪到倒数的三四位。是的，我的身高从进校时的 1.59 米，到毕业时的 1.73 米，确实长了一大截，这要归功于金师校的饭菜，这吃，也给我留下了许多深刻的印象。甚至到了参加工作之后，由于我们缺乏基本的生活常识，在吃的方面，也还闹了许多笑话。

羡煞一个人

当初，我们特别羡慕肖军。刚入学时，学校吃的是桌餐，八个人一桌，也不记得是学校规定，还是我们班主任刻板，男女生分桌吃饭。全班 40 个人，25 个男生，15 个女生，三桌男生，两桌女生，有个男生必须与女生同桌，这个最幸运的男生，就是肖军。我们当初羡慕他，并不是他在花丛中吃香的喝辣的，而是他每天能吃得饱饱的。我们当初正处在长身体的时候，加之多数都是农家子弟，之前大多数都处于半饥饿、缺油少荤的状态，更需要大量摄入饭菜，试想，八个男生一桌，那

点定量的饭菜，肯定是不够抢的。女生相对而言饭量要小些，吃饭也比男生要矜持些，如果男女生混合搭桌的话，也不至于让24个男生对肖军徒生羡慕嫉妒恨了。

"挖墙脚"

饭菜都是由厨房工作人员在开饭之前就摆上桌的，一般是三菜一汤，一盆大米饭。菜是两荤一素，米饭表面均匀分成八个扇形。刚入学之初，大家还不熟悉，同桌吃饭，都还比较讲究一些，各取各的那一份米饭，吃相还比较矜持。随着时间的推移，大家也就不那么客气了，动作稍慢一点的，往往就只能吃个半饱。最后那份米饭，表面积还是足量的八分之一，但下面部分就倾斜了，被挖了墙脚。开始动筷时，更是如风卷残云。

食堂也有两个卖零餐的窗口，但我们极少光顾，原因之一是排队的人太多，还有个更重要的原因是同学们的零花钱都不多。那16.5元的伙食费是全部纳入餐费的，不再另发现金和餐券。

后来我们就实行分餐，由桌长将盘里的菜基本均匀地分到八个同学碗里，分饭时，尽量将那筷子与桌面垂直。

食堂"革命"

桌餐吃了半学期不到，同学们就不依了。我们作为刚入学的一年级学生首先发难，然后波及二年级、三年级的，多次找校领导反映情况。

我们金师八三级，是一个比较特殊的群体。招生时，第一次往届、应届毕业生同等对待，录取时没有分差，因此有70%是往届生。据说那一年级是金师校历年招生中，唯一有身高限制的年级。因此，无论是身高年龄，还是其他方面，都不逊于二、三年级。

在学生们的不懈努力下，校方终于同意将桌餐制改为零餐制，从1984年春季开始执行，将同学们的伙食费按月以等额票券形式发放到同学手中，开饭时，自己到食堂窗口选购各自所需的饭菜。

感谢同学们的努力！感谢校领导和老师们的开明！幸好我只吃了半年的桌餐。试想，如果三年都是桌餐的话，也许我就长不到现在这么高了。

蒜苗回锅肉

那蒜苗回锅肉，未见其形而先闻其香，至今令我口齿留香，也让我终身对回锅肉产生了一种依恋之情。三角钱一份，简直是物超所值，只要食堂有这菜，我是必买无疑的。偶尔，如果兜里充实的话，还整个双份。将那蓝色的三角票递给师傅打菜时，总担心他的手发抖，希望他别抖得太厉害，特别是当看到那一片又大又厚油爆爆的肥肉被抖出菜瓢时，惋惜之声差点儿就脱口而出了，简直心疼得不得了。

感恩老师的爱

我们八三级一班的教室紧邻食堂，每天临近中午时分，那一阵阵的菜香不断钻进我们的鼻孔，刺激我们的味蕾。上午第四节课，是最难熬的时段，还好，我们遇到了几位善解人意的好老师，最后几分钟时，他们就不再讲内容了，甚至有个别老师微笑着提醒大家：

系好鞋带，拿好碗筷，准备冲刺！

金师琐忆

碗筷交响曲

每当中午最后一节课下课铃声响起的一刹那，从各个教室门口冲出一股股人流，向食堂方向会聚，整个校园响起一片匆忙的脚步声和碗、筷、勺子碰撞声的交响曲。食堂内，更是一片嘈杂，虽然，每个班都有固定的窗口，但总有个别不守规矩的人见别的班人少，就去抢占位置的。也曾因此闹矛盾，还记得当时我们年级二班和三班的两个男生因此而打架，还因此事受了个"警告处分"。事后想想，真的不值得。

师妹，今生欠你

毕业二十余年后的一次同学会，一女同学笑我："二十年前不懂事，二十年后都还不懂事！"我答："既然二十年前不懂事，二十年后又何必懂事！"

是的，那时年少不懂事。当你每次悄悄塞给我那些红的、蓝的、黄的饭菜票的时候，我坚持要付给你相应的钱，你却始终不肯接手，总说自己饭量小，用不了这么多饭菜票，放在那儿也浪费了，是自愿送给我的，不是卖。但我当时却没有什么可送你的！

师妹，不知你现在过得好吗？今生欠你的，注定是无法偿还了，只有在心中默默给你永远的祝福！

吃商品粮

我最初被分配到长乐乡小学任教。当我手拿自己的购粮本时，那欣喜之情真的是无以言表的。虽然，自从拿到金堂师范

138

录取通知书的那一刻起，我就明确了自己已洗脱了"农皮"，已将"泥巴碗"换成了"铁饭碗"，从今以后就可吃上商品粮了。师范的三年，学校是将我们的口粮换成按量发放的饭票、面票，用于到学校食堂购买米饭和馒头。我摩挲着手里的本本，每个月有28斤米面，还有1.5斤菜油，想到这"旱涝保收"的商品粮，当时真的很满足。联想到那则辛酸的带有错别字的家书"庄稼风（丰）收了，粮食狗（够）吃了"，心中更是踏实。

学校所在地长乐乡三合碑没有粮站，我们购买米面需要到几公里外的赵家粮站。我们去买粮时，有时也顺便到赵家小学的同学那儿去串串门。

冷水下面条

刚参加工作时，一般乡镇学校都没有伙食团，更不要说乡村小学了，加上我们那时没有个人生活经验，在吃的方面，闹出了不少笑话。

我们有个同学被分配到一所乡村小学。全校只有他一个人吃住在学校，其余的都是当地的，每天都回家吃饭。一天晚上，他准备煮面条来吃，在锅里添上水，把面条下锅，开始烧火，等水烧开（沸腾）时，面条已成面糊糊了。后来，他才知道要将水烧开（沸腾）后再下面条。

炖浑猪脚

一个周末，我约上李国兴（他被分到金龙乡的光芒村小学）一同到金龙乡中心校黄祖金那儿去要——他是我同年级二班的同学。我们到街上去买了四只猪脚，准备炖来吃。清洗

时，我们才发觉猪脚上还有许多猪毛，因没有毛夹子，没法把毛去掉，这时黄祖金说听过一种办法：先将猪脚炖一段时间，拿出来用手指捏着谷草夹着猪毛就能扯脱。用这方法猪毛是去除了，但随即又出现了个新问题：四只猪脚，三个人，咋个吃？正在嘻哈打笑讨论的时候，正好唐华同学（毕业时被分到金龙乡的净因村小学）来了，四个人，刚好一人一只猪脚。

盐煎肉

一次，我到五凤乡九里村小学贺少东那儿去耍。他与我是初中同学，师范时他读八三级二班。到他那儿时，已近中午，平时学校附近的渡槽桥墩下也有卖肉卖菜的，可当天菜已卖完，只剩下猪肉了，我们割了一斤多肉。没菜怎么炒？我建议他去农民的菜地里扯点菜，他说不敢去"偷"，还是算了吧！于是我们就只好用盐煎肉了，这是我生平吃过的唯一一次真正的"盐煎肉"。哪天有兴趣时，再做一份来品尝一下。

往事虽如烟，但却时常萦绕在脑海边！别笑话我们的无知、幼稚，那些都是我们最美好的记忆。再说，谁又没有过那样一个美好的时段呢！

开心一刻

三十多年前的三年师范校生活，记忆早已模糊在时光的洪流中，但也有一些开心事，时常忆起，令我忍俊不禁。

安　宁

在初中阶段，学习科目主要有语文、数学、英语、物理、化学等，到了师范校，因为是培养中小学师资，所以还开设了许多新的学科，书法课就是其中之一。

第一节书法课上课之前，同学们满怀期待地静静坐在教室里眼望教室前门口，等候老师的到来。上课铃响了，只见一位个子高大、头发烫得有点卷曲的二十多岁的帅小伙步入教室，他什么也没说，大步流星地走到黑板前，在上面龙飞凤舞地写了两个大字"安宁"。同学们睁大了疑惑的眼睛，心想我们都很乖地静静地坐着等你啊，没有一丝丝的嘈杂啊，您想写也应该写"安静"吧！然而他却面带微笑地向同学们说："我叫安宁!"

你叫"师傅"，我不成了徒弟

我们几何老师叫叶小青，上课时叫学生起来回答问题，因刚开始对学生不熟悉，就看着点名册叫同学答问。一次课堂上，他看着点名册："唐——"停顿了一会，才接着说："诗富。"然后嘿嘿笑了两声："你叫'师傅'，我不成了徒弟！"

第一次聆听普通话"骂"人

作为中小学师资的培养内容，普通话是必备的基本功之一。学校要求所有的教师在课堂上都必须用普通话教学，师生在课堂上必须说普通话。学生说起普通话来要容易一些，对一些老师来说，就困难得多了，个别老师的"椒盐普通话"至今想来还令人喷饭。

凌康老师是普通话说得特别流利的几个老师之一。凌康老师教了我们三年"文选和写作"，他常常面带微笑，给人一种特别慈祥善良的印象。我喜欢文学和爱上文学创作，很大程度上得益于凌老师的教诲和引导。一次课堂上，现在已记不得是什么事情了，惹得凌老师很生气，让我平生第一次领略到了普通话批评人的感受。当时觉得太搞笑了，普通话居然也可以用来"骂"人，只是无端地觉得有点窝火。对于施"骂"者来说，哪有四川话"骂"得那样爽感，那样酣畅淋漓！而对受"骂"者来说，震慑力可能也要大打折扣吧！

老师的绰号

金师校，以管理规范和严谨著称。晚上住宿管理更是严格，熄灯铃响后，除了生活老师、班主任严加管理外，有时候，还要安排科任老师值班，不定时地到学生寝室外巡查。

一次，有位家在青白江区的同学亲戚用自行车运来两筐地瓜，晚上寄放在我们寝室，准备第二天到赵镇街上去卖。晚自习下课后，寝室里同学们洗漱忙碌起来，那两筐地瓜确也显得碍事。于是同学们就聊到了地瓜的话题。熄灯铃响了，熄了灯，话题都还未刹住，甚至有个同学吆喝起来："称地瓜啰！"这时，门被"轰"地一声推开，一个很生气的声音大声斥责："全部起来，哪个给我取绰号！"我们一个个都吓懵了，就算我们熄灯铃响了还在说话，也不至于惹得老师如此动怒啊！我们赶紧从被窝里钻出来，在过道微弱的灯光照射下，看到门口站着我们的心理学老师曾庆贵，蒙眬中也能感受到他的盛怒之气。我们这时才联想到"曾庆贵""称地瓜"，"贵"和"瓜"都说儿化音，确实有几分相近。我们都用无辜的眼光投向那两筐无辜的地瓜。

　　这当然是无心之失，但也确有学生故意给老师取绰号的，像"饶壳子""唐婆婆"等。我们也大可不必给他们冠以"大不敬"之罪名，就当成一种无恶意的恶搞来看。

梭边边的懒人

在我年轻的时候，大家见我一米七几的个子，敦实的身板，认为我一定是块"打体育"的料。殊不知我在体育方面是个"惰性元素"、绝对的"懒人"。为此，我还为自己的"懒惰"寻找到两个理论支撑：乌龟能活千年，在于它的慢节奏生活，此其一也；人一辈子命中注定只能跳动那么多次，运动一次，就少了一次，此其二也。说到我的"懒"，就联想到了我读金师校时的几件梭边边的往事。

四川省金堂师范学校向以管理严格著称。每天的晨跑无论如何是免不了的，不管是刮风下雨，还是天寒地冻，早操后都会按时进行。校门口，就是从县城赵镇到淮口的公路，当时我们每天的晨跑线路就是在这公路上进行的，出门向右，一直跑到工农桥头，然后返回，这是规定动作，也有的爱好者会跑得更远。这活动是由值周领导、值周老师、体育老师、班主任等督促进行的。入学之初，我认认真真地跑过几趟，后来，就逐渐懒起来了。随着跑一段路，趁着天还未大亮或是雾蒙蒙的，我找个机会就梭边边了——溜到路边的树笼笼里去了，然后到田埂上溜达一会儿，等到他们折返跑回来时，又加入队伍跑回学校。

如出一辙的还有我参加 1500 米中长跑的达标测试。

当年，中长跑（男生 1500 米、女生 800 米）是体育达标项目之一。学生的体育达标是硬性指标，会被记入学生个人成绩，也会被纳入学校对班级的考核，更是上级主管部门对学校考核的一项重要指标。我的立定跳远和投掷项目基本达标，可那跑步类的，无论如何都达不了标。我们学校当时没有适合中长跑的跑道，只能借用隔壁赵中（当年的赵镇中学，也就是后来的金堂中学）的体育跑道，他们学校那跑道，也不是在一个体育场内，而是围着几排教室的，每圈300米，1500米一共要跑5圈。我在测试的过程中，跑一圈多，就找个避开体育老师眼睛的背弯背角的地方梭边边去了，等到最后半圈时，再跟着同学们一起跑向终点。当然只能跑最后，勉强能达标就行了。好像还有一两个和我一起偷懒的同学，至于是谁，早已忘却。感谢同学们包庇我的作弊行为！感谢体育老师的宽宏大量，也许他是真的被我们所蒙蔽，也许他是睁只眼闭只眼地网开一面。

　　等到参加工作后，凡是遇到需要耗费体力的活动，我也能躲就躲，能避就避，实在躲不了避不了的，就磨洋工。

　　记得那是20世纪80年代末，我当时在金龙乡小学工作，有一次学校工会组织活动，爬云顶山，到山顶慈云寺后领取活动经费———一张"大团结"。要知道，我们那时候的月工资也就几十元，10元钱还是挺有诱惑力的。一听说这活动，我本能地就想"梭边边"放弃，后来在同事们的怂恿、撺掇下还是同行了。先从金龙骑行十多公里自行车到云顶山脚的双拱桥，还没开始爬山就已累得半死，望着那陡峭的登山石梯，我无论如何也不想动了，最终经受不住大家的多次鼓励和那张"大团结"的诱惑，还是起步爬山，在两三个同事的陪伴下走走停停，好不容易到了慈云寺。当我气喘吁吁地从工会主席手里接过那张"大团结"时，心里想：今后纵然给两张、三张甚至更多的"大团结"，我也不会参加此类活动了。

我们三星小学每年都要组织开展教职工运动会，我一向都是礼让他人。几年前，当时作为一个副校长、作为一个有着90公斤重体重的我，实在推辞不掉只好答应参加语文组对数学组拔河比赛，我们组虽然赢得了比赛，可我当时就累得耗尽体力差点儿虚脱在地。

时至今日，虽然有各类媒体、亲朋好友、家人的关于多锻炼多运动多跑步多散步的生命在于运动的狂轰滥炸，可我依然不为所动，依然我行我素地坚守自己的"懒人"哲学和理论，徜徉在自己喜爱的慢节奏的文字生活之中，慢慢老去在诗意的远方。

驿站赵家

    1986年7月，我从四川省金堂师范学校毕业后，被分配到福兴区长乐乡小学。这分配结果，对当时年轻的我来说，很是恚恨：本以为读了三年师范，从此就从大山里飞了出去，哪知道是从龙泉山南麓的五凤乡出来，然后又来到了龙泉山东麓的长乐乡，真个是山里来山里去。恚归恚，恨归恨，生活还得继续，生活必须面对。新奇的教学生活很快就将这恚恨冲淡了，时间稍长，慢慢地也就适应了这新的生活。

    工作了，领到了粮油本，才真正感觉到吃上了商品粮。要知道，在那个年代，农民与城镇居民之间确如有一道鸿沟，要想将农民户口转换成城镇居民户口，真的比登天还难，而考学，就是农村娃最好的选择。因此，当我拿到四川省金堂师范学校的录取通知书时，不光自己和家人高兴，学校也感到无比荣幸，就连所在村组的乡民也送来一抹抹艳羡的甚至是嫉妒的目光。正如当初一些流行的说法：拿到录取通知书，就由农民转变成了城镇居民，从此就吃上了商品粮，丢掉了"泥饭碗"，换上了"铁饭碗"。我小心地打开到手的粮油本——当时还是计划经济时代，凭票供应，我们的粮食每月是定量的：我每月的粮食是28市斤——按比例发给米票和面粉票，清油（菜籽油）1.5市斤。购粮油，必须到相应的粮站购买，而我当时工作的学校虽是长乐乡中心校，所在地却没有粮站，我们购买米面需要到 6 公里外的赵家粮站。到了周末，粮油快要用尽时，邀约两三个教师同行，或骑自行车，或搭乘公交车到赵家粮站去购买粮油。快到赵家场时，要下一个坡，经过一座小桥，上坡后进场口处右边就是粮站，紧邻着公路。进门后，我们先拿出各类票证去办理购买手续，然后到粮油库去取粮油。可以这样说，赵家是我生活的驿站。

同时，赵家也是我回家的驿站。我的老家在五凤溪上游村二组，回家要途经赵家、三烈、淮口，正如前文所言，老家在龙泉山南麓，工作地点在龙泉山东麓，回家就是从龙泉山东边绕行龙泉山南边，到学校上班又从龙泉山南边绕行龙泉山东边。当时交通也极不方便，如乘坐公交车，车次少乘车人多不说，还须在淮口转车。工作一段时间后，就耗两个多月的工资购买了一辆"永久"牌自行车。这样，就比乘公交车方便多了，周末骑行在家与学校之间，有时也到赵家歇歇脚，去同学那儿串串门，蹭蹭伙食。

几十年来，之所以至今对赵家仍念念不忘，更因为它是我情感的驿站。师范毕业后，我被分配到长乐乡小学，虽然有诸多不如意，还好，我暗恋的隔壁班小师妹也被分配到紧邻的赵家乡（现在的赵家镇）小学。

当初还在读师范时，虽然我已十五六岁，但对男女之事仍是懵懵懂懂的，与现在的同龄人真不可同日而语。对什么"恋爱"之类，多数人可以说是"十窍通了九窍——一窍不通"，有一次开全校大会，校领导郑重地发言："有个别同学不认真学习，却在谈恋爱，《学生守则》上明文规定，中师学生不准谈恋爱。"校领导对其危害性阐述了一通，并要求班主任会后在班上加大宣讲力度，认真清理，看有哪些学生在谈恋爱，一经查实，严惩不贷。这样一来，学生就躁动起来了："咦，我们当中还有谈恋爱的呢！""我们居然还可以谈恋爱！"

于是乎，在校长、班主任们的提醒下，有的同学也就真的试着"恋爱"起来了。由此，我也想到了我之所以每天有事无事想往隔壁班跑，常借故到你教室周围逡巡、驻足，眼光不时地搜索你的倩影。也曾无事找事地向你问这问那，也曾向你借过饭菜票、借过书……我猛然醒悟：这，也许就是我的"恋爱"吧！对，就是我单相思的"初恋"，是一厢情愿的暗恋！直到毕业，我也未敢向她表白。

我们毕业了，又被分配到相邻的两所乡小学工作，也许是命运的垂青或是捉弄，再次将我那已深深埋藏于心灵角落的美好激起微澜。我于是常常趁到赵家粮站买粮或是回家途中经过赵家时，顺便到她那儿去串串门，聊聊天，蹭蹭伙食。我们也曾徜徉于校园后的小溪边，也曾踯躅于粮站旁边的公路上。那句该说的话、那层该表的意尚未来得及表达，就听说你已名花有主！就让这话这意永驻心间吧！

我曾经的驿站，如今的赵家更见美好！

林花谢了春红

林花谢了春红，太匆匆。无奈朝来寒雨，晚来风。

胭脂泪，相留醉，几时重。自是人生长恨，水长东。

————《相见欢》李煜

林花谢了春红

每每听到《在那桃花盛开的地方》时，那优美的歌声、旋律常把我带回老家五凤溪。老家五凤溪也在那桃花盛开的地方。春天的早晨，漫山遍野薄雾蒙蒙的，露出一大片一大片的红色，不，准确地说是粉红色，晨雾因山势而厚薄不均，粉色也就淡淡不一。雾气厚而重的地方，粉色就要淡些，红色若隐若现；雾气薄而轻的地方，粉色就要浓一些。雾气缥缈，粉红隐约。太阳出来后，雾气逐渐消散，近看那桃花，有的是含苞待放的花骨朵，正在积蓄能量和力量，等待那灿烂辉煌的到来；有的是含羞般地似开未开；有的是羞羞答答地半开半放；有的是毫无遮掩地完全开放，是真正拥有了那灿烂辉煌。细看那桃花，五个花瓣尽量地舒展，粉红从花瓣根部向上渐渐地由浓而淡，到了花瓣顶端就成了纯白色的了，花蕊在微风中颤动，好像是在等待蜜蜂的光临。

我的思绪，常梦回故乡的初春，村边山坡上的那一片桃花也盛开了吧！那粉红的桃花还像什么，白里透红，像小姑娘红扑扑的脸！不知与我一起在花下嬉戏的有着一张红扑扑脸蛋的喜欢扎着一束"马尾巴"的小姑娘现在可好？"人面桃花相映红"，这几十年来，一直对你有一丝犹如这薄雾中的桃红般的淡淡的牵挂。

岁月静好太匆匆

家乡的桃花开了又谢，谢了又开，时光匆匆。你我先后走出山村，步入金师校的大门。能走出大山，你我都是幸运儿，在乡亲们的艳羡的眼中，你我就是玉女金童。

开学季、归宿期，你我常同行。如今，每当看到印度那周身挂满人的火车时，就想到我们当初的乡村公交车。为挤上公交车，也曾使出吃奶的劲把你塞进车门，也曾助你翻进车窗，也曾为你争抢座位而与人红脸争吵。考虑到你有时会晕车，我还随身带有据说能治晕车的"仁丹"。我们还曾因误了班车，用稚嫩的双脚丈量过从淮口到五凤老家那十多公里崎岖的山路。

在学校里，我常懵懵懂懂借故到你教室周围逡巡、驻足，眼光不时往你教室时搜寻，搜索你的倩影。也曾无事找事地向你问这问那，也曾向你借过饭菜票、借过书……也曾请你帮我缝过被子。这，也许就是我的"恋爱"吧！对，那就是我单相思的"初恋"！

朝来寒雨晚来风

我从龙泉山南麓的五凤乡的山村走出来，进了县城的金师校，毕业后，又被分配到龙泉山东边的长乐乡的山村小学。山

里来，山里去，到城里绕了一圈基本上又回到原点，只不过由一个乡村少年变成了一个乡村教师而已。那学校周围，也有稀稀落落的桃花，但哪有我五凤溪的桃花那么艳、那么美呢！在工作后的第一个桃花盛开的时节，想起了我五凤溪老家的桃花，想起了桃花下那笑靥如花的小姑娘，我想起了我那还在金师校读书的小师妹。于是我精心挑选出一张我的侧面剪影头像，在背面题了一首诗：

> 上邪！
> 我欲与君相知，
> 长命无绝衰。
> 山无陵，江水为竭，
> 冬雷震震，夏雨雪，
> 天地合，乃敢与君绝。

这《上邪》是汉乐府《铙歌》中的一首情歌，当时我认为只有这首诗，才能表达我对她的情意。

在一个桃花零落的周末，我乘上公交车，翻山越岭回到母校金堂师范，将小师妹约出学校，来到校外的林荫道、田垄上、毗河边，也不知聊了些什么，也不知是怎么将那相片交给她的。

也许是诗中那些离奇的根本不可能的"赌咒发誓"把她唬住了吧！也许是我山里来山里去的工作环境让她望而却步了吧！总之，那相片连同我那懵懵懂懂的情愫犹如泥牛入海！

随着生活阅历的增加、情感经历的丰富，我逐渐明白、逐渐体会到：真爱不是假大空的赌咒发誓，真爱在细节。

真爱在神态的细微变化之处。对方眼仁的一转一动，眼波的一闪一烁，眉头的一蹙一皱，眉毛的一挑一扬，就是那眼睛的一眨，就能体味出对方的喜怒哀乐，那浅浅的一个微笑，足以抵得上千言万语。

真爱是"心有灵犀一点通"，不，是"心有灵犀不点通"，是"第六感官"。

人生长恨水长东

你也毕业了，被分配到了城里的一所小学。我也曾借进城办事之机到你那儿串了一两次门，总怀着一丝丝的期待。但最终因我的木讷、自卑而未把该说的话抖清楚，就放弃了。Ade，我那懵懵懂懂的单相思！Ade，我那还未开始就已结束了的"初恋"！

二十多年后的一个暮春时节，几个校友相约到城郊的农家乐聚会。院中的几株桃树下已是点点落红洒满地，再细看那花朵，有的五个花瓣只剩下三瓣、四瓣了，虽然是笑迎春风，但那花朵总给人一种瑟缩缩的凉飕飕的寒颤颤的感觉，真是红颜薄命啊！桃花美且艳，只是花期太短暂。

几个男男女女嘻嘻哈哈地冲我又喊又叫，俨然不像快四十的人。我赶快走过去，他们都在朝着一个面生的女子起哄，笑得她一脸宛如四周桃红般的羞赧，我的心"咯噔"一下，啊！是她，是我曾刻骨铭心的魂牵梦绕的隔壁班上的小师妹，那眼神，那笑容，就算再过一个，不，两个甚至三个二十年，我也不会忘记。但又不似我记忆中的那个娇小玲珑的小师妹，唉！二十了了，她比以前胖了些，没有了少女的青涩，也没有了那时的清纯，全身洋溢着成熟少妇的风韵。我不知道他们说了些什么，也不知道她说了些什么，我也不知该怎么说、怎么做，只是由呆滞而微笑，然后加入他们的闲谈而已。

事后记得，他们曾起哄道，二十年前不敢说的话，二十年

金师琐忆

后还不敢说？是的，二十年前都没有说，二十年后还有说的必要吗？

又是一年桃花开，我驻足花下，"人面不知何处去，桃花依旧笑春风"，你现在过得好吗？你此时此刻在做什么？你是否偶尔会想起那个呆头呆脑的曾想护你一生的师哥？你还记得否，那天，阳光明媚，花下，你笑靥如花。此时桃花朵朵开，不知你是否过得"春风"！这许多年来，我对你的感情是犹如这桃花花瓣一样，从底部到顶端，由浓而淡；再由顶端到底部，由淡而浓！

你曾对我说：放弃也是一种美丽！

如今我真正悟出：放弃确实是一种美丽！

鸡鸣三县飞出的金凤凰

——记"川音"教授周志良

　　20世纪70年代到20世纪末的中等师范现象，至今还在引发各种争论，执各种观点的都有：什么揠苗助长啦！什么地方保护主义"掐尖尖"啦！什么荒废了一代代人才啦！作为其中一员的四川省金堂师范学校，自然也免不了被人们诟病。我们作为金师校的学生，绝大多数是农家子弟，个中滋味只有我们自知。当初考上了师范校，就意味着不再像祖辈、父辈那样过"脸朝黄土背朝天，背着太阳过西山"的艰辛日子，从此就洗去了"泥脚杆"而端上了"铁饭碗"，这在当时，不只是孩子自己及家庭的荣耀，就是毕业的学校和家庭所在的村子，也都是一件十分光荣的事。等到毕业参加工作后，往往就不安于现状了，不安于自己的低学历而参加各种学历提升培训，不安于偏远乡镇、乡村工作生活的环境而参加各种考试。如此，确实也有部分金师人通过自身的辛勤努力，从而改变自己的工作、生活环境，也改变了自己的人生。有的从政，官至市县领导；有的下海经商，打造强大的商业帝国；有的读了大学后继续深造，然后进入高等学府任教授。

　　四川音乐学院是一所全国知名的高等学府，在这所学府的教授群中，就有好几位"金师人"：八一级三班的雷年勇、包德述，八二级二班的文锋，八三级二班的周志良，八五级一班的孙洪斌，他们中有的还当上了院领导。下面笔者重点介绍周志良教授，他既是金师校的学生，同时又是金师校的教师。

　　周志良，1968 年 10 月出生于金堂县云合公社田坝村。一听这地名，就充满了泥土气息。现在这儿叫云合镇，在简阳市未被成都市托管之前，是整个成都市最南边的乡镇，地处金堂、简阳、乐至交界之处，被称为鸡鸣三县之地，是金堂县最偏远的乡镇之一。周志良在村上读了五年小学后，考上云合公社中学读了三年初中，1983 年初中毕业考上了金堂师范学校。更值得周家高兴的是，姐姐周志清也于同年以民办教师的身份考上金师校，这在当时，确实羡煞了许多家庭。秋季进入金师校后，周志良被分到八三级二班，姐姐在八三级四班（民师班）读书。姐弟同学，成为金师校师生中的美谈。正因为这美谈，在一班读书的我，初识了二班的周志良。

　　我与他在聊天的过程中得知，他之所以亲近音乐喜欢音乐乃至爱上音乐，最初的原因应该是喇叭和电影。他对我说："家里小窗户上有一个小小的、简易的喇叭，每天早上 6：30左右有一个每周一歌的节目，先放一遍歌曲，再朗诵歌词，然后再放一次歌曲。一首歌，听两三次，应该可以学得不错。印象深刻的是电影《洪湖赤卫队》，我看了很多遍，里面好些唱段都会唱。还有一些戏曲电影，对我的音乐学习都充当了很好的老师。别的一些电影如《戴手铐的旅客》《少林寺》中的歌曲都很喜欢，而且听几次就学会了。初中的一次五四青年节庆祝活动中，一位老师弹风琴，我唱了《驼铃》这首歌，这可能是我第一次上台唱独唱。"

　　师范三年，周志良的音乐天赋得到开发，他想在音乐方面有所发展的愿望也得到激发。当年的音乐老师是陈青云老师，陈老师对周志良爱上音乐的影响特别大。周志良豪情满满地说道："陈老师为我们在乐理、视唱练耳、指挥、琴法、歌唱等方面进行了综合的训练，为我后来的音乐学习、进一步深造打下了非常好的基础。所以我在1987年、1988年考四川音乐学院时，视唱练耳90多分，乐理100分——满分。"

榜样的力量是无穷的。1985年，雷年勇和他的几个同学到学校实习，对周志良的影响特别大。雷年勇就是金师校毕业后考上四川音乐学院的，他无形中给周志良做出了榜样。周志良满怀感恩之心说道："雷大哥后来还给了我们无私的帮助，免费教我们唱歌。所以雷大哥就是我们金师考四川音乐学院的同学的领路人。"

1986年8月，师范毕业后，周志良被分回家乡云合乡中心小学任教（云合公社已更名为云合乡）。周志良来到这全县最偏僻的乡镇小学，不久就从刚参加工作的喜悦中清醒过来，对现状产生了深层次的思考。在认真工作之余，他对音乐的偏爱更是到了痴迷的地步。他于是认真学习音乐专业知识和专业技能，认真复习文化知识，准备报考四川音乐学院。经过不懈努力，终于在1988年7月考入梦寐以求的四川音乐学院。在教育系学习两年后，于1990年8月被分配到金堂中学任教，一年后，于1991年8月回到自己的母校——金堂师范学校担任音乐教师，也当班主任，一直到金堂师范使命结束。在金师校工作几年后，他再次想到提升自己，于2001年9月至2003年6月回到四川音乐学院成教系学习。2003年，他考取四川音乐学院声乐系的研究生。巧合的是，他在金师校教的第一届学生九一级一班的曾继富同学以当年专业第一名的成绩考入了四川音乐学院音乐教育系，师生重逢在这高等学府的殿堂之上。

2005年，周志良在四川音乐学院毕业留校任教后，仍然没有停止学习。2006年5月至2009年6月，在新加坡声乐教授张峰青年教师培训班学习；2006年8月至2008年9月，参加了第三届意大利声乐大师阿历山德罗大师班；2007年9月至 2008 年 6 月，在法籍声乐教授吴竹青法语歌曲培训班学习。近年，他还多次参加了国内外专家讲学的学习。这些学习，开阔了眼界，丰富了曲目，提高了其演唱和教学水平。

他在教学中的理念是"教书与育人并重"。在教学中，除了教授学生专业知识外，他还关注他们的思想动态，教育他们树立良好的人生观、价值观。他严格要求学生，鼓励他们刻苦学习，全面发展，把自己培养成为对社会有用的人才。说到工作业绩，他对其他都不屑一顾，但对学生的成绩却如数家珍：2013 年，闫嘉隆同学获得四川省"逢春杯"声乐大赛铜奖，这在本科学生中是很好的成绩；2010 级学生刘威、2012 级学生张天宇、2013 级学生张力友，都曾在省级声乐比赛中获奖；2006 级学生任彦锦、高远参加四川赛区声乐大赛，多次获得美声专业组一等奖，尤其是任彦锦同学参加范竟马、许昌的专家课学习，获得赞扬，毕业考试获得第三名的好成绩。

周志良在 2010 年 12 月被聘为副高职称，2018 年 3 月聘为正高职称。如今，身为四川音乐学院声乐系教授的周志良，担任硕士生导师，在教学和专业方面收获颇多：曾获成都市教师声乐比赛二等奖；四川省首届和第三届声乐大赛专业美声组铜奖；四川省第四届声乐大赛优秀指导教师奖。在核心期刊上发表论文多篇，主持多个科研课题。所教学生多人成绩优秀，被评为院、系尖子生，并在国际、国内的声乐比赛中获奖。多次成功举办独唱音乐会，排演过《茶花女》《托斯卡》《波希米亚人》《蝴蝶夫人》《游吟诗人》《清教徒》等多部歌剧，在其中饰演男中音主角。

周志良和他四川音乐学院同事中的"金师人"，是我们金师校的骄傲，希望他们今后的发展更美好，为我们"金师人"增光添彩。

酸甜苦辣皆是乐

——《非凡金师校》编撰花絮

　　我是1986年7月从四川省金堂师范学校毕业的，迄今已三十多年；金师校是2000年7月停办的，距今也已二十余年。在这二三十年里，我时不时地回忆起读书时的事，也常常听金师校的老师、校友们谈起金师校的一些往事，偶尔也拿起笔写点回忆性、纪念性的文字，很想把金师校的人、事、物通过某种形式固化下来，作为永久的纪念。特别是当听说金师校唯一的一栋楼房将被拆除时，这想法尤其强烈，但从来没有亲自编一本书的想法。缘起是2019年秋一次杂志作品研讨会，因金师校老师王竹明先生写金师校的一篇文章被该杂志编辑"枪毙"了，他发了几句牢骚。正因为他这几句牢骚，触发了我想要亲自动手将金师校的人、事、物、情固化下来的冲动。

　　经过众多师生一年多的共同努力，《非凡金师校》终于在2021年1月面世。该书16开本，共24个印张，彩图26页，正文374页；该书厚重，内容翔实，共七辑，收录有95位老师、校友、文友的23万多文字作品和104幅图片；该书凝结了金师校师生几十年的师生情、校友情、同学情。在筹备、编撰、发放的过程中，绽放了许多花絮，蕴含了许多酸甜苦辣，时间一久，便都成了乐事。

筹备进行时。

俗话说，兵马未动，粮草先行。钱从哪里来？出书是需要钱的。我相信，作为校友中的作者、画者、书者、编者们，不给一分钱报酬，他们也是乐意的，但印刷出版需要钱。最初的想法是找一个曾经与金师校有关联的局或委什么的单位立个项，由单位出面来出版这本书。与几个志同道合的校友议了议，钱虽然不成问题了，但随后又引出了其他问题，此提议只好作罢。随后就想到找几个事业有成的校友出资，我试探性地问了几个经商、办企业的校友，他们都很爽快地答应了。钱有眉目了，然后就开始搭台子。本来是想如其他编书的那样，先整个什么"筹委会"，再整个什么"编委会"之类的。我随即联系了几位名气较高的校友，他们口气如出一辙，都特别支持做这件事，都表扬我如果做好这件事，是一件功德无量的大好事，但一说到请他们担任什么筹委、编委什么的，反映都特别的谦逊：有比我更大的领导，我就算了，找他们吧！有比我更成功的企业家，我就算了，找他们吧！有比我更优秀的教授，我就算了，找他们吧！……我至今仍是相信他们肯定不是怕影响自己的仕途，也不是怕一旦被安上筹委、编委之类后会被要求出钱出力。既然这样，这筹委、编委就算了。幸好，编辑部的搭建还很顺利。直到出清样、出书时，还有许多校友提出疑问：咋不整个编委会呢？

想到有许多谦逊、不图虚名的校友，一乐也！

筹文进行时。

本书主体是金师人写金师事，书中拟设一个写金师校友中出类拔萃人物的"金师群英"栏目，主要写一些在教育教学一线的优秀校友，有获得过国家、省、市等荣誉称号的，有在高校任教授、副教授的，另外也有经商办企业、吟诗作文、绘画书法的优秀者。考虑到增强本书的文学性、可读性，就想邀请几位非金师校的作家朋友参与进来，用他们的妙笔为我们这些优秀的校友锦上添花。联系他们时，我也许诺过，根据筹款效果，会给他们考虑200元/千字至300元/千字的薄酬（最终的结果只是给了他们最低标准的200元/千字，而我们校友的稿酬却只有70元/千字）。通过广泛征求意见，基本确定要写的人员名单后，我就和校友们联系，并告知他们来采写他们的作家姓名和联系方式，希望他们好好配合作家的创作。然后我再与受邀作家联系，告知他们所要采写对象的姓名和联系方式，并把我所知晓的情况简诉给作家们，并希望他们主动联系被采写人。的确，这个栏目为本书增色不少。但有一个更值得大书特书的群体——从政者，却未在本书中出现，原因多多，在此就不细表。这样也好，以待后来者更好地书写他们。

写作、编辑的过程又触发了许多创作灵感，但考虑到自己是本书的主编，在书中露面次数不宜太多，于是就动员其他有相似经历的校友、同学来完成这些文章，将我的创意、思路告诉他们，有的欣然提笔，有的婉拒或直接推辞，如果没有落实，我又去动员其他人，总之想让这些美好的创意变成文字。这样，最终有七八篇成文的，基本达到了我的预期。

想到有许多优秀的校友，有许多优秀的文友，二乐也！

筹款进行时。

最初想打公家的主意，联系县上某局或某委来做这本书，但考虑到方方面面的因素，最后还是决定自己想办法——众筹。开始时本打算只找几个事业有成的商界校友，就能超额完成筹款预期。后因新冠疫情的影响，他们的生意也受到不同程度的冲击，最终还是决定面向全体校友募集资金。虽然宣传力度不是很大，但效果却相当好，少的20元、50元，多的上万元，更可喜的是，有几个老师也来捐款了，甚至还有个别非金师人士也愿意为我们出书助一臂之力，但被我们婉言谢绝了。最终筹得书款 122400 元，出书后还有点余款，后将余款全部作为稿酬发放给了作者，但确实很微薄。邀请的作家是每千字 200 元，虽是我当初承诺的最低价格，但总算没有食言，老师、校友的文章每千字才 70 元，每幅图片也才 30 元，也再没有资金为编辑、校对的校友表示了。

想到有许多有爱心又热心的校友，三乐也！

编文进行时。

绝大多数校友，教学生作文时可以说得头头是道，但要自己亲自拿起笔来写，又是另一回事。写公文、写论文要稍好些，但要写出像样的文学作品，则是另一回事。因此，收来的校友文稿参差不齐，除了几个作协圈内校友的文章外，多数文章需要多次调整、修改。但我尽量保留原作品的立意、主题，只是让它尽量符合语言习惯，尽量符合逻辑，尽量文从字顺而已。如果是标题需要修改、更换或有大段的文字需要调整，我一般都会征询作者意见。有的文章太长，加起来五六千字，我就根据栏目内容，征得作者同意，给他砍成两三篇文章，每篇文章给他建议个标题，发给他检查，确认可以后发回来，我再分别编到相应的栏目中。

想到有许多认真作文、心胸宽广的校友，四乐也！

编辑进行时。

当初拟设一个"金师钩沉"栏目，但后来由于收到的文章数量不够——只有一位老师有两篇这方面的文章，单独作为一个栏目太单薄，放在其他栏目又觉得不合适，如果放弃，更觉不妥，一是对整本书来说是一重大损失，也是本书内容的一大缺失；二是对老师劳动的不尊重。最后，我想到一个妥善的解决办法：将所有老师的作品归置到一个栏目，命名为"恩师文萃"。

每辑的第一页都是四个字的栏目名称，但我感觉孤零零的几个字不好看，最初想用插图来装饰，后来还是决定用我擅长的创作手法结合每辑的内容填几首回忆金师校的词，作为每辑的开篇词，于是就在我原有的三首《忆江南·金师忆》的基础上又填四首。本打算选用电脑上的某种书法字体，后来灵光一现：有那么多的校友书法家，何不请他们挥毫！于是就有了呈现在大家面前的由校友们挥毫的风格各异的或潇洒、或飘逸、或简洁、或繁复的或草、或行、或楷、或隶的几幅上乘作品。事后，我也将这几幅字装裱、珍藏起来，公而不忘私地、轻而易举地得到几幅校友的墨宝，当我将来出个人词集时，又可再次入书。

想到自己居然如此聪明，居然有如此高的编辑能力，五乐也！

校对进行时。

一般编辑对文稿是三校，而我编辑这本书可以说是三改九校，不必说收稿后的初次修改再次修改乃至多次修改，也不必说文稿基本收齐后的多次修改、校对。单说清样出来后的修改、校对，就是一个繁杂的工程。出版社清样出来后，我请他们先不忙出样书，先把清样的电子图片传给我，我打印两份出来，一份我仔细修改，一份交给我的挂名弟子王芳女士修改、校对，改好后我将两份拿到一起比对，将需要修改的内容一条一条罗列出来，再传回去。出样书时，我也请他们出两本，一本，我再次请王芳修改、校对；另一本，我将它分割开来，每位作者的归并在一起，在一个秋高气爽的日子，将作者们邀约

163

到一起面对面地自校、互校。最后，我将这两部分清样收集起来，对这些校对内容一一甄别，再将其罗列录入，上传给出版社。

想到有许多的认真作文、努力做事的校友，六乐也！

赠书进行时。

当我双手捧着这本厚重的新书赠给一位师兄时，他数度欲给书款，说是你们写文的、编书的确实辛苦了。我一再强调，书是赠送的，不会收取一分钱书款的，这些出书的费用，是我们所有金师校的老师、校友众筹的，是大家捐的款。当初就说了，凡是金师校的老师、校友，每人都会赠送一本。他接着又说："咋个没听说这事，我要晓得，一定要多捐点款。"可我却实实在在地记得，当时我和他说捐款之事时，他一听我的来意，就很激动地说："我才不捐呢，去找那些当官的、当老板的校友嘛！"现在，他终于想通了，想到编书、出书不易，愿意出书钱了，钱却花不出去。在赠书的过程中，确实也有许多校友提出过给书款的，有的是捐过款的也在问，我相信，绝大多数是真心想给付书款，但也有个别只是礼节性地问问，也不排除极个别的是虚情假意地问问。

想到有这样多乐善好施、乐给书款的校友，七乐也！

发书进行时。

书是"货拉拉"从成都运来的，这书确实厚重，有两吨多，满满一车，下货后堆了半个房间。许多班级都是由热心的能理事的班长、团支部书记等干部来领取的。在我发放的过程中，都免不了一一嘱托：认真核算本班能将书送达的人数，尽量把书亲手交到班上每个同学或他家人的手上，别浪费了。他们也都信誓旦旦。也有的班级经我一而再、再而三地催促，至今都还未来领取。也有的班级，我想方设法把书送到他们班的联系人指定的地点，可至今也还没有发放到同学手上。可以毫不夸张地说，有一半的书是我用我那"电马儿"送到校友们指定地点的，有时还需抱着那二三十公斤的书箱爬三四层高楼，真的，累了我那弱小的"电马儿"，也累了我这病残余躯。

一段时间后，接到一校友电话，说是班上有两三个同学长居外地，需要快递过去，问我能不能报销快递费，我一听，真的感到无语至极，就直接给他怼回去："没有费用报销快递费，实在发不出去，就把书退回来。"说得难听一点，为了出这本书，我都是厚着脸皮乞讨来的资金，我除了这一年多义务的劳心劳力编撰之外，也与本班同学一道为本书捐款，也自费给在外地的老师快递了几本书。

想到有许多的办事认真负责、一丝不苟的校友，八乐也！

卖书进行时。

我自费出过几本书，也成功地卖出过一些书，这卖书的辛酸，只有卖过书的人才知道。自从上本书《竹箫抗癌日志》卖完后，我曾向几个至交好友吐过槽："竹哥从此不卖书！"这虽不算是赌咒发誓，但至少可以窥见卖书辛酸之一斑。

《非凡金师校》印数是 4000 本，基本送出后还余几百本，我还是想筹点经费补偿一下为本书辛勤付出的编辑、校对们，如果可以的话，再为作者们补发点稿酬——因当初筹款有限，虽发了稿酬，但真的很微薄，把所有的余款全额发放，校友们每千字才 70 元，每幅图片才 30 元。我作为本书的主编，也只是领了微薄的稿酬。我作为主编，这近两年时间的筹备、筹文、筹款、编辑、校对、发书，全是义务的劳心劳力。我也暂时忘却了"竹哥从此不卖书"的誓言，打算找一些还在职的校友领导想法处理点余书。经过多方联系，几个当领导的校友还是很乐意的，几本或一二十本地认购。也有个别领导开始很热情，一听说是购书事宜时，就多方敷衍、搪塞。如我等这般只是想为"金师校"做点事，想为编书的校友们谋一点辛苦费的人，是有违公权、是影响廉洁的话，我就真的感到自身"罪莫大焉"了。我查了一下，此前此君一没出钱，二没出力。

想到有如许认购图书的校友，九乐也！

链接：

忆江南·金师忆 （组章）

金师忆，旧照泛黄颜。犹忆当年心底事，挥毫泼墨谋新篇。珍惜此生缘。

金师忆，常忆是恩师。善教善行还善道，能书能画又能诗。桃李下成蹊。

金师忆，难忘是师恩。身正德高堪表率，言传身教胜双亲。恩泽惠终身。

金师忆，最忆是同窗。昔日少年勤努力，如今翁媪话沧桑。青涩变飞霜。

金师忆，其次忆琴房。语意缠绵而悱恻，琴声舒缓又悠扬。能不诉衷肠。

金师忆，再次忆食堂。白面馒头津有味，蒜苗肥肉齿留香。从此别饥肠。

金师忆，甫忆抒衷情。短调长篇无韵律，残编断简慰心灵。定不负今生。

166

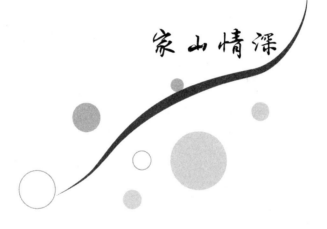

家山情深

　　人生短短几十载，总会经历许许多多爱恨情仇、生老病死。随着年龄的增长，不变的是那浓浓的亲情，不移的是那淡淡的乡愁，不灭的是那悠悠的家山情怀。

婆婆过年

"宝老倌，生得饿，二十七八把年过。"自我记事起，我家就是腊月二十八中午过年，风雨不改。但我家二十八过年的最主要原因还是在于我婆婆（奶奶）——我们五凤溪黄氏称祖母为婆婆。

我婆婆牟氏老夫人生于甲寅年（1914）10月18日，农历子时，于1988年11月11日（农历）去世。我爷爷婆婆一生共育有十一子、四女，有三子早夭。爷爷是1980年4月（农历）去世的，印象早已模糊。在我的脑海中，婆婆的影像要清晰得多。婆婆是一个瘦小的老太婆，常穿一身黑色的家织布做的衣服，挽一个花白的发髻，尖尖脚——脚是被缠过的小脚。缠足也叫裹脚，是中国古代的一种陋习，即在女子幼小的时候，把她的双脚用布帛缠裹起来。久而久之，脚骨就成了畸形，脚也就变成又小又尖的"三寸金莲"。记得有一次，我们几个堂兄弟被人教唆，到处边跑边喊："老婆婆，尖尖脚，汽车来了跑不脱。"我们被大人逮到后，被狠狠责罚了一通，打得我们几个告饶：今后再也不敢乱喊了。婆婆话很少，可以说是寡言少语，但话语却很权威。

婆婆和儿女们的衣服一般都是她自己纺织的。她有一辆手摇纺车和一架织布机。纺车的印象要深些，至今好像还能看到婆婆坐在纺车前的样子，仿佛还能听见纺车吱吱嘎嘎的响声，

看见她左手拿着棉条，右手摇动纺车，那棉线源源不断地从棉条中抽出来，然后缠绕在线轴上，线穗就越长越大。织布机的形状已记不太清楚了，只记得那织布的梭子在棉线间往复穿梭的镜头了。布织出后，布匹也是自己印染，且能印染出一些白色小花，然后再自己缝制成衣服。听我叔伯们说，他们小时候都穿这样的衣服，且是大的穿了小的接力穿，烂了缝补好再穿，直到穿得不能再穿为止。

爷爷婆婆拉扯这么大一家子确实不易。一个一个长大、结婚、生子，然后都分家另过。最后，爷爷婆婆就和我么爸一家一起生活，其他儿子就按月提供钱粮。包产到户了，农家的生活开始好起来，爷爷却去世了。

每家凡有客来或其他"打牙祭"时，都会恭恭敬敬地去请婆婆来家里。有时，也会出现同时有两三家有事，那就要看谁家事更重要，或看谁请得早，也曾出现过因未请到老人而导致小孩挨骂，兄弟之间、妯娌之间闹点小意见什么的。

过年就不一样了，每家都必须请婆婆上座。最初两年，我的叔伯们几乎提前一月就要商量：哪家哪餐过年。特别遇到没有腊月三十的年份，更不好安排时间。每年，我婆婆从腊月二十七开始，几乎一日三餐都过年。多经历几年，每家过年的时间就相对固定下来，至今还记得：四爸是二十八早晨过年，么爸是除夕夜过年。我家时至今日都还是腊月二十八中午过年。

体验行走教育

4月份的五凤溪古镇，处处是一片春末的景象。

周末，我携九岁的儿子准备从五凤溪镇上回他奶奶家，镇上距我老家五凤镇玉凤村（以前叫上游村，后来与另一村合并为现名）还有七八公里的路程，平时乘车也就二十多分钟时间。那天，我突发奇想："儿子，干脆我们走路回去！你老爸以前读初中的时候每天走两趟，你也体验一下。"儿子很爽快地答道："好啊！好啊！"顿了一顿，他又说："走累了可以又乘车嘛！"我说："不能，不是沿公路走，是走铁路，走小路。"他略微迟疑了一下："好吧！"

五凤溪古镇坐落在长江的支流沱江边，成渝铁路穿镇而过。从小凤街一出场口，就上了铁路，我们是沿着铁路溯沱江傍龙泉山脚而行。走上铁路，我就给他讲应该注意哪些安全问题，要时刻竖起耳朵听，是否有火车来，火车来时一定要远离铁道。并告诫他：没有大人陪同，不能在铁路边走，更不能走铁道内。

一走上这条当年读初中时几乎天天步行的镶满了我稚嫩脚印的路，种种思绪一齐袭来，唉！一别它已是二十余年了！初中毕业后，我到外地读书、工作，虽然一年也回几次老家，但很难得到镇上去一趟，后来通了公共汽车，更没有机会走这条

老路了。如今，我又回到母校五凤学校工作，才有机会带儿子一起重走少年时的上学路。

儿子也许是很少走铁路的原因，一路上蹦蹦跳跳的，问这问那，没有一点儿疲累的样子。

"火车有轨道，司机干什么？"

"铁路上为什么要用碎石？怎么不弄成硬路面？"

"有些枕木怎么不是木头的？有什么作用？"

"现在的火车不烧火了，应该改名叫电车才对，是不是？"

……

虽然时隔二十多年，但路的变化并不大，因为主要路段是铁路，可是沱江的变化却很大。那本来波涛汹涌的江面由于种种原因而几近断流，那本来在阳光下会熠熠闪光的平滑得犹如绸缎般的沙滩，本来曾芳草萋萋的江中小洲而今已被挖沙船弄得满目疮痍了。我给儿子讲记忆中的沱江，记忆中的沱江的船、船工号子、纤夫……

这时看见水中有几只白鹭在戏水，旁边还有两只野鸭。近几年来，环境有所好转，这些曾一度绝迹的水鸟们也再次回来了。我们拍了几下手，把白鹭和野鸭惊飞了起来。

我问："有没有写白鹭的诗句？"

他脱口而出："一行白鹭上青天。"

"还有吗？"

"西塞山前白鹭飞。"

我又问："有写野鸭的吗？"

"不知道！"

我说："真的不知道？我告诉你吧。春江水暖鸭先知。这是苏轼的《惠崇〈春江晚景〉》中的句子，整首诗是：竹外桃花三两枝，春江水暖鸭先知。蒌蒿满地芦芽短，正是河豚欲上时。"

"但诗中并未说是野鸭啊!"

我未置可否。

我们走走停停,时而摘几朵野花玩玩,时而摘几颗桑葚尝尝。偶尔也在铁轨中间走一走,我时时提醒儿子注意听火车的声音,其间有两次遇到火车通过,我早早地和儿子站到离铁路远一点的地方,拉着他的小手,感受火车通过时那风驰电掣般的雷霆万钧之势,并告诉他我国的火车马上又要进行大提速。

快到五凤溪火车站时,我们从左边走下铁路,然后是小路、公路——公路是淮口到五凤溪火车站的路,一路缓缓上坡,然后来到万家山顶。站在山顶,俯视山脚下的铁路和沱江,又别是一番风景——铁路在这儿沿沱江绕了个大弯,犹如一张弓,而我们走的小路、公路就是弓上的弦,是捷径。从山上往下走,道路几近荒芜,由于交通方便了,走这路的人是越来越少。我对儿子说,我们当年上学时上山,下午放学时又下山,天晴还好,如果遇到下雨天,山陡路滑,简直是寸步难行。然后我指了指半山腰的一个"之"字拐,幸好还有这条路,可以稍微降低点难度。

下到山脚,我们又走上铁路。我指着旁边山岩上的水坑:"当年我们走路口渴了,就用手掬里边的水喝,真正的山泉水。"走了不远,我们就来到乱石滩隧道,从隧道口往右走下铁路,这儿正是沱江中有名的险滩——乱石滩,我给他讲解当年纤夫们拉船的艰辛,讲乱石滩的故事。一路上,遇到有好几处农人在抽河水浇灌庄稼和蔬菜,从去年夏天到今春,未下过一场透雨,旱情处处可见。虽不是烈日当头,但也让他感受到了粮食、蔬菜来之不易,应该珍惜人们的劳动成果。

到家的时候,我的父母心疼地对孙子嘘寒问暖,话里话外

家山情深

173

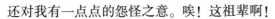

还对我有一点点的怨怪之意。唉！这祖辈啊！

以前，也就四五十分钟的路程，这次却走了近两个小时，但愿，这一百多分钟时间，在他幼小的心灵里，会占据一小块的位置。如有机会，我会带他多走走这样的路。

2006 年 5 月于五凤学校

大哥大哥你好吗

大哥今年退休了。大哥实际上是我姐夫，他曾是我小学算术老师，生活中我常称他"廖老师"。

可我眼前总还是晃动着他三十多年前的身影。

1983年中考，我幸运地考取了四川省金堂师范学校，对当时的我和我家来说，真是天大的喜讯——凡是经历过那个时代的人都清楚，这就吃上"供应粮"、端上"铁饭碗"了。上学之前，我还要做一系列的准备工作，如转粮食关系、办户口迁移手续等。这些烦琐的事父母也帮不上忙，全靠大哥一手承办。从我们上游村到五凤溪街上，有十五六里路，不知大哥跑了多少个来回，还要担一百多斤的粮食上街到粮站为我跑粮食关系。一切准备就绪，也就到开学的时候了。大哥用一根扁担，把我的被褥、衣服等生活用品，从家里一路挑到红花塘上汽车，到淮口再转车，下车后挑进金堂师范学校，帮我把一切入学手续办妥，又把东西挑进我的寝室，待我一切安顿好后才离开。大哥为我做这一切的时候，我都默默地注视着他，注视着他的身影。

大哥从小学习一直优秀，恢复高考时，他以优异成绩考上中专，但因家庭成分问题，政审没过关。1978年8月，他当了一名孩子王——五凤乡上游村小民办教师，其间的酸甜苦辣，只有他本人才清楚。在第一次"民师转正"考试中，他

幸运地过了关，由民办教师转为公办教师。因大哥教学成绩突出，工作能力强，得到了学生、学生家长、学校领导的认可，在他当民师的第三个年头即1981年，被任命为上游村小学校长。后来他还担任过罗坝村小学、百花村小学校长，直至临近退休。

大哥孝敬双方父母，对双方兄弟姊妹都很好。

大哥在临近退休的时候，查出患了食道癌。他积极配合治疗，因为怕我们担心，总是乐观地安慰我们说："烟是自己抽的，酒是自己喝的，得了病医就是了。"可我们心里都清楚，大哥这是积劳成疾累的。一是工作的重压。教了近四十年书，当了三十多年的村小校长，就在他查出病的时候，不但担任着百花村小的校长，还同时教两个班的数学课。二是生活的重压。他在他们家排行老大，大哥的父亲脚有点跛，不能做重体力活，当年两个弟弟、两个妹妹又还小，长大了一个个又出去读书、工作去了，老家土地主要靠大哥一人打理。我家的包产地，也主要靠大哥耕种，要知道，他同时还有繁重的教学工作。双方的老人需要照顾，双方的上地需要他耕种，双方的弟妹的学习、生活、工作都需要他帮助和关注。

大哥今年正式退休了，从他工作了近四十年的教学岗位上退了下来，弟妹们也早已成家立业了。他总算可以清闲一下，过一过含饴弄孙的生活，享受一下天伦之乐了。

这时，从隔壁传来歌声"哦大哥大哥/大哥你好吗……"。

我的大哥很好！他一定会很快好起来的！

2015 年 8 月于花园水城

家有病妻

跋山涉水访良医，家中有病妻。旧疴新疾自心知，恐无康复期。

勤劳作，细操持，偷闲赋小诗。至情至性不违时，病欺天不欺。

——调寄《阮郎归》

时间翻过了新千年，到处都呈现在一片喜悦之中，而我却生活在一片恐慌之中。妻总是无中生有地找碴儿，闹得我是惶惶不可终日，不知什么时候她会突然向我发飙！这种状况已持续近一年时间了，闹得我心力交瘁，我是处处忍让，考虑到三岁多的幼子，一忍再忍，可她却变本加厉。正当我不堪重负、忍无可忍下决心跳出这围城之时，一个朋友的一个小小动作提醒了我，他用手指了指自己的头："是不是这里出了问题啊？"我仔细回顾了妻近段时间的言行、神情，好像真有那么回事。

在她家人的帮助下，我和岳父强制将她带到县精神卫生院检查，诊断结果是中度精神分裂症。在向医生陈述病因时，我想到了可能是因为那个夭折的儿子，对她打击太大了。那是1995年的闰八月，我们全家都沉浸在得儿子的喜悦之中，我和妻初为人父、初为人母，喜悦之情无以言表。第三天的晚上，给儿子喂饱奶水后，我们带着喜悦和疲累，很快就进入梦乡。天亮时，我那可怜的儿子脸色青紫，气息全无。我抱起儿子飞快地跑到医院，医生也无力回天。诊断结果是窒息死亡。可能是婴儿喂奶后放置不当，倒奶引起的窒息。这对我全家而言，真的是天塌下来了！他们都可以泣、可以哭、可以嚎、可以呼天抢地，而我却不能！这之后，她常常呆坐发愣。

医生说，必须住院治疗。住院前要签一纸协议，其他内容早已模糊，但有一条至今记得：当病人病情发作无法控制时，院方可以采用绳索捆绑、电击等强制措施。签字时，我的手不停颤抖。经过医生精心的药物治疗、心理疏导，经过我和家人的细心护理，一个多月后她出院了。出院时，医生千叮咛万嘱咐：坚持吃药，根据情况可逐渐减少剂量，千万不能有精神刺激。这一个多月的亲身体验，让我真心体会到了有一个健全的大脑，是多么幸福的事啊。我常常羡慕那些吵架甚至大打出手的夫妻，这十多年来，我在妻面前，说话都只能轻言细语。

2007年6月，妻一直拉肚子，医生按照痢疾医治，吃药打针近一个月，这病总不见好转。到县第一人民医院做全面检查，确诊为直肠癌中晚期。一听到"癌"，我一下子懵了！但我决定了，手术一定要尽快做，纵然倾家荡产，也在所不惜。同时我还必须做好保密工作，不但不能让她本人知道实情，还要瞒住四位老人。我给家里其他人下了死命令，求他们不要乱说实话。我很轻松地告诉妻："你的病查清楚了，直肠上长了个瘤子，只要做一个小小的手术，就没问题了。"

手术前，我颤抖着在手术单上签上自己的姓名。妻被推入手术室，我呆呆地愣在那儿，时间仿佛凝固了一般。近四个小时过去了，当她从手术室被推出来时，我迎了上去，她那不再青春的脸毫无血色，眼睛微闭着，就像睡着一样。事后，医生说手术很成功，如果肿瘤再往下一厘米，就必须再造肛门，那就更惨了。保密工作也有条不紊地进行着，医生按惯例，在处方笺、检查单上都不出现"癌"字，都用"Ca"代替。我也三番五次给病友们打招呼，请他们千万别说漏了嘴。

出院后，她还要进行几个疗程的放疗、化疗。刚进行了一个疗程，我就向医生提出中止，我看到她太痛苦了，更重要的是怕她知晓自己的真实病情。

也许，真的是傻人有傻福吧！正因为她对我那善意的谎言深信不疑，才能好好地活到今天。每年都哄好几次她才去体检，常常是陪我去检查，她是顺便检查一下。还好，最近检查的结果，"Ca 抗原"还是呈阴性。

2013 年 8 月，妻很快地消瘦下去，我原以为是 Ca 细胞扩散，但检查后，还是阴性。我又安慰自己，也许是营养不良或是肠道吸收功能差引起的吧！情况越来越严重了，赶紧到医院进行全面检查。检查诊断结果是 II 型糖尿病，血糖竟然高达 26 点多，而正常指标是 6 点左右。马上办理入院手续，住院治疗，当晚，医生给我送达一份病危通知，在医生的全力抢救下，她终于脱离了危险，到第三天，她又出现了一次险情，我再次收到病危通知。总算她命大，挺过来了。出院后，每天测血糖、注射胰岛素、吃降糖药，这打针吃药不知要到什么时候！不知何时才能研制出治疗糖尿病的特效药啊！

现在，妻每天的功课包括：早晚各测试一次血糖，各注射一次胰岛素——用专用针刺破手指，将血滴到血糖试纸上，从血糖仪上读血糖数据。然后根据血糖数据，肌肉注射相应剂量的胰岛素。中午吃降血糖的药物——伏格列波糖片，晚上还要吃治疗精神病的药物——舒必利、安坦、冬眠灵。所幸的是，这些事她都能自理。

感谢生活，让我有机会见识精神病院的真实生活！让我认识了舒必利和安坦！

感谢生活，让我知道了什么是 Ca，让我体味到了善意谎

言的作用!

感谢生活,让我知道糖尿病居然还有Ⅰ型和Ⅱ型之分!

感谢生活,赐予我这样坚强、生命如此顽强的妻!

2016年6月于青竹居

链接:

撕裂伤口是为了更好地疗伤

——《家有病妻》创作谈

拙作《家有病妻》刊登在《三江文艺》(2016.04总第11期)上,也被数家报刊选载,得到了许多文朋诗友的肯定:"写出了真情实感!"也得到了大家的关爱和理解:"你能这样乐观地生存,确实不易!"但同时也收获了一掬掬同情和怜悯。虽然这只是极个别现象,但也是有违我创作此文的初衷的,在此想与大家分享本人写作过程中的一些感悟。

清人赵翼有诗云:"国家不幸诗家幸。"正因为国家有难,才成就了一个个伟大的诗人:屈原、杜甫、辛弃疾、陆游、岳飞、文天祥……俗话说:"忧愤出诗人。""磨难是财富。"正因为个人有过与别人不一样的曲折经历,经历重重磨难,遭过贬谪,有的甚至一贬再贬,才成就一个个伟大的诗人,像韩愈、刘禹锡、李商隐、苏轼、黄庭坚、柳永……罗列这许多,并不是我想与他们比肩,只不过常常用"天将降大任于是人也"来鼓励自己而已。

今人也有言,"家家有本难念的经""幸福的家庭都是相似的，不幸的家庭各有各的不幸"。我这"不幸"的家庭岂止一本"难念的经"！但要把这"不幸"，把这"难念的经"写出来，确实不易，确实需要足够的勇气。撕裂伤口，肯定是很疼的，更何况是自己撕裂自己的伤口，那必定是疼上加疼的。如果说这样只是为博取一掬同情和怜悯的话，那么肯定是大错特错的。创作此文的初衷之一，就在于有人误解我，他们"表扬"我是一个极富责任心的男人，同时送来一抹抹怜悯的眼光和一掬掬廉价的同情。说真的，我的所作所为只是做了我"作为一个人，作为一个男人"应该做的而已，没必要"表扬"。说实话，哪个男人不希望自己的另一半"上得厅堂，下得厨房"呢？我的那一半也曾经"上得厅堂"，也曾经年轻过，只不过随着时间的推移和情况的变化，成了"黄脸婆"，成了"病妻"了，我理应"不离不弃"，有什么值得表扬的呢？还有人觉得我像是生活在灾难之中一样。说实话，生活中确实有一些困难，有一些不如意，但绝没有他们所想象的那样凄惨，"子非鱼，焉知鱼之乐"。但我还是要感谢他们的善意和关心，我也深知，他们绝无半点恶意。但愿他们看了我的《家有病妻》后，能真正地理解我。

还有一个创作此文的动因，就是时下的婚恋观，导致离婚率直线飙升，我想用我的切身体会，告诉年轻人什么叫"相濡以沫"，什么叫"不离不弃"，这也许是我的一厢情愿吧。

《家有病妻》是揭自己的伤疤，是撕裂自己的伤口，但我撕裂伤口绝不是自虐，也不是哗众取宠，更不是为了博取廉价的同情。撕裂伤口，一是为自己疗伤。正如朱自清先生《背影》中所言："情郁于中，自然要发之于外。"我把自己的生活、感情写出来，晒出来，就是给郁积在心中的情绪打开一个缺口，让胸中的块垒得以倾泻而出。实际上，两三年前我就萌发了写写我的病妻、写写我的家庭生活的创作欲望，一旦搁

家山情深

笔，真的有长出一口气、神清气爽的感觉，也许那怀胎十月一旦临盆也不过如此吧！二是为他人疗伤。"生活中不如意者十之八九"，没必要为些许不如意就抱怨这抱怨那，"不如意"如我，都能如此乐观、阳光地生活，且生活得有滋有味，你们还有什么想不开的呢？有什么理由不好好生活呢？如果我的"不幸"能给他人做一参照物，唤醒他们的生活信心和勇气，让他们能乐观、阳光地生活，那真的是善莫大焉！功莫大焉！

家父冷清的八十寿辰

从戎六载归重庆，望江机械十年整。调换至空分，顾家累自身。

慈祥言语少，时与曾孙闹。四世喜同堂，双亲福寿康。

——调寄《菩萨蛮》

今天是农历正月十八，是家父八十岁生日。

年前就与兄弟姐妹们商量好了，要好好为他庆贺庆贺。跑了好几家餐厅都未订到位置，最后在"爱润港"订了二十二桌酒席，备三桌，并交了六百元定金。可谁知却遭遇到了新型冠状肺炎病毒的突袭，为了对抗疫情封城封路封村封小区，那些预设的美好的祝寿活动不得已全部取消。为响应号召，我们已宅家近二十天，中午的餐桌上，只有八十岁左右的老两口和五十余岁的小两口。

家父庚辰年（1940）正月十八出生于金堂县五凤乡上游村（现属五凤镇玉凤村），1960年2月参军，1966年2月退伍，入重庆望江机械厂工作十年。为了离家更近一点便于照顾家庭，他于1976年7月与四川简阳空分厂一工人对调，调入四川简阳空分厂工作至退休。父母与老姐一家一直在五凤老家生活，2016年秋才到金堂县城与我们生活在一起。

父母育有二子一女，我居中，上有一姐，下有一弟。姐和

家山情深

183

姐夫都在老家教书，因此与父母住在一起。弟弟子承父业，在简阳空分集团公司——也就是以前父亲上班的四川简阳空分厂上班，后改制。弟媳也与他一起工作，他们在简阳安家。我如今在县城附近的三星小学教书，住在县城绿洲国际小区。

虽然不能团聚为老人庆生，但我还是想给他整点好吃的。

前天，我问："老汉，你后天过生日，想吃点啥子？"他说："天天都在吃好的，用不着专门做。"说得也是，这十多天，为了抵抗疫情，很少出门，宅在家里无所事事，只有闷头弄吃的，除了春节的存货香肠、腊肉、腊鸡、腊鸭、腊排外，还变着花样地烧、炖、蒸、煎、炒。这样，既打发了时间，又更好地为父母尽了一分孝心。说实话，平时要上班、要写作、要娱乐，又有几时安心为他们做过几顿饭菜。过了一会儿他又说："要不炒个回锅肉。"我赶紧回答："要得。"说实话，这回锅肉也是我的最爱。最近主要考虑到老人的口味，做的都是一些清淡的菜品，好久未炒回锅肉了。虽然储备了许多蔬菜，但我看了看，却没有蒜苗。

昨天，我准备出门去买蒜苗。两天没出门，管制更严格了：必须到小区物管处开出入证，且每家每两天可以有一人次出门采购生活必需品，且在外不得超过两个小时。街上也更冷清，一些小街小巷的口子也封了，菜市场里也只有少许的商贩和顾客，街上和市场的人都戴着各式各样的口罩。

今天，一上午电话响个不停。中午的餐桌上，三菜一汤：姜汁鸡块、蒜苗回锅肉、一小盘香肠，酥肉韭菜酸汤。我看到老汉接连夹了好几片回锅肉，赶紧提醒他："少吃点，过几天又炒。"看着眼前这冷清的八十寿宴，想到过去不久的团年饭，四世同堂，满满的两桌人。高潮出现在发压岁钱环节，长辈都给晚辈发，老姐的孙女收到的红包最多。老年人给孙辈、曾孙发了红包后，老妈又拿出三撂百元大钞，分发给我们三家

各一万元。最近几年过年时，老年人偶尔也这样给我们发压岁钱。他们的理由是：钱存在那儿，迟早都是你们的，不如早点儿给你们好做安排。今年到了这环节却出现了点状况：老姐和兄弟好像事先商量过一样，都不领，说是要先给我一万，然后再三分。我坚决不同意，坚持要三一三余一，必须一致。这样弄得老妈是左右为难。姐弟的理由是，父母与我们生活在一起，要耗费我们大量的时间、精力和费用。还有平时家庭聚会、年货都主要是我在经办。我的理由是：此前若干年，父母与老姐他们一起在老家生活，家中开支也主要是姐姐两口子负担，我们两兄弟也没说要交钱之类的话。正因为有了姐姐、姐夫他们对老年人的照顾与陪伴，我们两兄弟才能安安心心地在外工作、生活。他们还是没拗过我。只不过过后，老姐和兄弟媳妇以另一种方式，各拿了些钱给我夫人。

午饭过后，老汉让我给他照相，以做纪念。这时我才发现，他今天穿戴得整整齐齐。照了几张后，他要老妈与他合影，老妈却不愿意，然后又拌了几句嘴，由此我又想到我以前填的一首词《渔家傲·家有二老》：

高堂健在真正好，家中如有俩珍宝。濡沫一生时小吵。休烦躁，一旦未闻心慌了。

纵使当天如意少，进门强作欢颜笑。喜事多多常汇报。博一笑，数年过后余将老。

家父的八十寿宴虽然平淡而冷清，但却嗅到春天的气息。马上就要春暖花开了，到时我们再给他补办一个家庭宴会。待到他九十岁生日之时，我们再给他大庆。

2020 年 2 月 11 日于青竹居

喜欢买"相因"的老妈

时近傍晚，老妈推门进来，带进一屋的寒气。

"竹娃你看，我给你买啥好吃的了？"我虽已年过半百，但她在家里还是习惯喊我乳名。

我笑问："妈，你又买到啥子相因（老家的方言，意思是"价钱便宜"）了啊！"

"你小时候最爱吃的天鹅蛋！"只见她手里拿着几串糖葫芦。

"你买一两串就可以了啊，买这么多！"

"不相因啊，还是三块钱一串。刚才在小区门口买的，想到你爱吃，他只剩这几串了，就全买了。冷飕飕的，他也可以早点儿卖完，早点儿回家。"

老妈习惯把糖葫芦叫成天鹅蛋，但却比我老家天鹅蛋的形状、味道都差远了。老家的天鹅蛋，是一种糯米食品，但需经过多种工艺流程精制而成，形状酷似蛋形，故美其名曰"天鹅蛋"。它色泽光鲜亮丽，浑身粘上点点芝麻粒；质地外脆内软，外实内空；吃在嘴里香甜沁心，软绵爽口。

我的老家在五凤溪古镇乡下，小时候最盼望的就是随大人一起赶场（我们那里把到场镇赶集叫赶场）。如有机会跟随一起赶场的话，就是千方百计缠着大人给我们买天鹅蛋，好像用稚嫩的双脚丈量那七八公里的山路、铁路就是为了这区区几个

186

天鹅蛋似的。我还记得当初一个小伙伴因为大人赶场回来忘记买曾许诺的天鹅蛋而哭得昏天黑地、死去活来的场景。

父母从乡下搬来县城与我们同住也已几年了，但老妈依然保持了那种节俭的好习惯，常常买一些"相因"的东西回来。尤其是蔬菜，她习惯买那种菜农们自产自销的摆在路边卖的或堆在三轮车上的，她不喜欢到菜市场买小贩们的，更不愿意进超市去买。

记得有一次，她买回家一大袋豆米子（新鲜黄豆粒），品相一点也不好，况且前两天买的豆米子还未煮完呢。我问她："你是不是忘记了家里还有豆米子？"她说："没忘记啊！当时看到一个老态龙钟的老太太守在路边卖菜，只剩这点了，就给她全买了。"

还有一次，老妈领着一个背着半背篼莲花白的中年妇女到家里来。当那女人背着空背篼离开时，真诚地对我的老妈说："谢谢大娘！要不是你给我全买了，不知我还要守到什么时候呢！"老妈回答："用不着谢。我本来就打算多买点莲花白来做咸菜的，慢慢走啊！"接着老妈就忙活了起来：挑、捡、剥、洗、剔、切、晒……哪些是准备炒的，哪些是准备用来泡泡菜的，哪些是准备晾晒后做咸菜的，她都安排得妥妥当当。

就在前几天，她气喘吁吁地提回来两大口袋大小不一的萝卜，许多萝卜头还留有萝卜缨，估计有七八斤，一看就知道是卖剩下的，不过也还新鲜水灵。她见我那挑剔的眼光，赶快解释道："别人只剩这么多了，如果我挑买了，剩下那一点点怎么卖，我就给他全买了，况且还给我打了折。"

接下来的几天，我家餐桌上的菜肴就成了萝卜的天下：凉拌萝卜丝萝卜缨、爆炒萝卜丝萝卜缨、萝卜连锅汤、牛肉烧萝卜……在吃饭的过程中，她还给我们普及萝卜的药用功效：什么润肺生津啦，什么开胃健脾啦，什么止咳化痰啦。接下来又是一串串的谚语："萝卜上市，药铺关门。""冬吃萝卜夏吃姜，不劳医生开处方。""十月的萝卜赛人参。"

明天，老妈也许又会买一堆什么"相因"货回来！

但话说回来，如果是我遇到这些"相因"，也会像老妈一样照买不误的！

因你一句话　蓄了半生髭

——吾家有子初长成

"你为啥子要留胡子?"许多朋友都这样问我,也有更多的朋友、同事、熟人心中有此疑问。其实,胡子是一个笼统的概念,准确地说,我蓄的是"髭",所谓上胡为"髭"下胡为"须",《陌上桑》中有"行者见罗敷,下担捋髭须",这诗中的路人既蓄有"髭",也蓄有"须";李大钊、鲁迅蓄的是"髭";而《三国演义》中的关羽、《水浒传》中的"美髯公"朱仝、著名画家齐白石的飘飘长髯则是"须"。

现代生活中,留胡子的确实极少,尤其是在"小白脸""奶油小生""小鲜肉"盛行的时代,我那一嘴胡子,确也显得突兀。是的,自从我嘴唇上边长出了那毛茸茸的玩意儿后,就很少剃过,只是偶尔修剪一下。说实在的,我之所以蓄这胡子(髭),并不是像有些人调侃的那样——装老成,扮酷;也不像有些文友戏谑的那样——写了几篇文章,就想模仿鲁迅留胡子;也不像个别拔高我的人所说的那样高大上——"身体发肤,受之父母",不剃它,是表现了我有孝心。当初,只是随意地留着,理发时偶尔剃一下、修剪一下,并没有什么深意。可自从听了你的那一句话后,我就再也没有剃过它了,只是偶尔修剪一下而已。

那句话是儿子两岁时候说的。

记得那是一个炎炎的夏日,我去理发时顺便修了面,也将那胡子（髭）彻底剃除了。回家后儿子见到我时怔了一下，然后笑嘻嘻说："爸爸，我差一点认不出你了！"也许是作为他平时喜欢摩挲的玩物不在了，令他不适；也许是我的变化真的太大，吓着他了。总之，不管什么原因，我当时就做出了一个决定：从今往后，再也不会剃这胡子（髭）了。从此我就再也没有剃过它，只是偶尔修剪一下而已。

儿子出生于1997年8月24日，今年，已是他的第二个本命年——二十又四了。儿子也时有些稀稀落落的胡子，猛然间，我突然发觉，儿子长大了。就在半个多月前，我的妻子——儿子的母亲因病医治无效，永远地离开了我们！二十多年来，她重疾缠身——精神分裂症、直肠癌、糖尿病、胆总管结石，对于她的离开，我们虽然都早有思想准备，而当这一天真正来临之时，我却也差一点扛不下来，幸好有儿子一起扛，终于挺了过来。现在回想起来感到儿子真正的长大了。

他从母亲病重入院到后来的火化、停灵、安葬的十多天里，忙前忙后，一有时间就守候在母亲身边或母亲的灵位边。在这之前的十几天，我就给儿子郑重地谈过一次他母亲的病情，眼见她一天不如一天，也无可奈何地谈及他母亲的后事。这一次，他一接到我的电话，立即和公司说明母亲病重住院，请几天假回家照顾，待母亲病情好转时，即回公司上班。当病容满面的妻子见到儿子到来时，也展露出欢喜的笑容。儿子随时侍候在母亲身边：掺茶、递水、喂饭，帮她翻身，擦拭身体，为母亲倒屎倒尿。

那天凌晨四点，妻子再一次陷入深度昏迷中，我的心不由得再次沉了下去：她真的到了油尽灯枯的地步了。医护人员在全力抢救，儿子把我拉到另一间病房，神色黯然地对我说："要不要喊那小杨过来见见妈妈！"这也是我这两天来脑中闪现过好几次的念头，常常话到口边，又怕为难那个小女生。儿子口中的"小杨"，是他刚接触了一两个月的小女友，不久前儿子才给我透露过此事。如果他俩有缘、进展顺利的话，也许今年春节前会带回来见家长。此时此刻，我真真正正地感到儿子长大了！以前他妈妈好几次催他，要得朋友了、结得婚了，趁年轻好帮着带孙子。如果小杨能来，万一妻子因此而好起来，那真的要谢天谢地谢小杨了！就算她最终真的离我们而去，那也算了了她的一个心愿，少了一点遗憾——见到了未来的儿媳妇！

我欣慰地说："只要她愿意，赶紧叫她过来！"

儿子说："往天也给她说起过妈妈的状况，她也很想来看看。那我马上打电话把她叫起来，开车去接她。"

"你妈现在这种情况，你不能离开，喊她打的过来。"

经过医护人员与死神一个多小时的争抢，妻子悠悠醒来，感到儿子把一个女生的手和自己的手握到了一起，听到儿子介绍道："妈妈，这是我女朋友小杨。"听到小杨亲热招呼："唐阿姨好！我是小杨。"此时此刻，她那被病魔折磨得只剩下一张皮的蜡黄的黝黑的脸上露出了一抹欣喜的笑容。

妻子最终还是撒手离我们而去。此后，小杨跟随儿子一道跑前跑后，为这超前见面又匆匆离去的未曾"实名认证"的婆子妈尽孝！由此看来，儿子还是有眼光的。

经此一事，我由衷地感到，儿子真正长大了！儿子的妈妈永远地走了，他已是单亲了，我更不能随意剃除我的胡子（髭），不能再让儿子找不到自己的爸爸！

儿子长大了，我也变老了，人老了也就常常沉浸在对过往的回忆之中。

俗话说，黄荆条子出好人！我是崇尚棍棒教育的。儿子小的时候，我打过他一次狠的，且下手较重，想到那情节，虽然心中至今还隐隐作痛，但绝无后悔之意，打得好。

记得那是 2001 年秋季，我在金龙中学教书，住在学校内。那是一个周末，吃了晚饭，妻子服了抑制精神、辅助睡眠类的药物早早地睡下了——她从淮口精神病院出院不久，处于用药康复期。晚上 8 点左右，我与几个同事在校门口的值班室内围坐小娱乐——搓麻将，四岁多的儿子与小朋友们在校园内玩。不知不觉到了 10 点多，才猛然想起：儿子呢？他既没来说过回家或去哪儿，也没来打过照面。我赶紧起身回家去看，家中只有儿子他妈在沉睡，我又急急忙忙到有小孩的几个同事家问了问，都没有儿子的信息，而其他小朋友都在家。我的第一感觉是：儿子出事了，儿子他妈肯定要垮了！于是，住在校内的同事以及他们的家属，都自发地帮忙在校内的教室、操场、厕所搜寻。有的到校外的街道上、游戏室、网吧寻找，终是一无所获。这时一个细心的同事提了一句："他得不得回他外婆家？"我岳父母也住在金龙街上，离学校不远。我不是没想过这茬，但总觉得如果去了他外婆家的话，他们肯定要打个电话，虽然我那时经济拮据，但也拥有了一部"摩托罗拉"二手手机，岳父和我家里也都安有座机。儿子出事的事我还没来得及跟他们说，暂时也不敢跟他们说，怕他们承受不起。刚才在街上寻找时，还从岳父家门口过了几次，也没想到敲门问问。经人提醒，只身赶往岳父家，敲开门，只见儿子在外婆床上睡得酣酣的，我拉起来就是一顿胖揍，纵然外婆以身相护、泪眼相求，我也没有丝毫心软。

时至今日，儿子每次回家或离开时、外出到达目的地后都要电话或微信向我通报一声，道声"平安"。

常言道，活到老学到老。既然要学，就要交必要的"学费"。目前，许多老年人为保健养身交了为数不少的"学费"，我也在前两年因一时贪念交过 1000 多元的"学费"。

儿子读小学二年级的时候也交过一次"学费"。我已记不清当时交的200元钱是什么费用了，只记得我把两张100元的红票子给儿子，让他自己交给老师，儿子的外婆和妈妈都觉得不放心。果然出差错了，中午儿子放学回来怯怯地对我说："爸爸，钱放在文具盒内，掉了!"我听了后，也没怎么埋怨他，只是说了应该及时交给老师。倒是我，被岳母和妻子好一顿数落。临了，我又拿出200元钱给儿子，让他下午交给老师。我这一做法马上迎来一波更强烈的冲击波，可我立场坚定："如果不让他自己去交这个钱，我们任何一个人去帮他交这个钱，那这'学费'不是就白交了。"外婆还是不放心："万一又掉了呢!"我满怀信心地说："掉了又拿，掉了又拿，直到他把钱交到老师手上为止!"下午，儿子一到学校，就把钱交给了老师。时隔多年，我与时任他们学校的校长聊到此事，他异常激动："你当时咋个不来找我呢，我一定理抹出来。"我说："没必要，就当儿子交的'学费'。"

时至今日，儿子再也没交过类似的"学费"。

时光荏苒，儿子一天天地长大了。高二暑假，他在县城一家德克士打了第一份暑假工，首次挣到800元工资时，给了奶奶200元、妈妈200元。他还趁寒假主动去做县城灯会维护秩序的志愿者。儿子也送过我好几件礼物，给我印象最深的是一款紫砂茶杯，他是用了心思去网上定制的：他了解我对"竹"的偏爱。杯子内胆是紫砂，外边竹制外壳，杯身有字"冷对秋波"，那是我的笔名、网名，杯盖有环状排列的五个字"可以清心也"，这五个字，从任意一个字开始读，都能成句，也各有意蕴。儿子实习时自己按揭了一辆电瓶车，说实话，只要他说了，这购买电瓶车的三五千元我还是会爽快地给他的。儿子工作后，为了便于工作，准备去购置一辆汽车，当初商量时，他坚决只要我给付30%的首付款，然后由他自己月供余款。最终，考虑到儿子刚参加工作，我还是给他首付了50%。

2017 年 5 月，我被确诊为鼻咽癌，在成都华西医院化疗、放疗期间，虽然我能自理，他还是经常抽空过来照顾我、陪伴我。

儿子长大了，有时一天未修面，就觉得他胡子拉碴了——看来他还遗传了外公的络腮胡子基因。虽然我终身蓄胡髭，但却并不希望儿子也像我这样蓄髭蓄须般难看，只希望他思想成熟，形象年轻、帅气。

2021 年 6 月于青竹居

脚对鞋的诉说
——拙荆百日祭

不知不觉间，你已离开我 100 天了！虽然对于这个结局，我早已有思想准备，但这一段时间以来，我常常往事萦怀，伤感、悲戚……

时光定格在 2021 年 5 月 26 日 6 时 22 分，你纵有对生活的千般不舍、万般无奈，还是永远地闭上了双眼。许多朋友、亲戚、弟兄姊妹在安慰我节哀的同时，多数都会加上一言半语：

"她病了这么多年，这对她来说，也是一种解脱！"

"我们都清楚，你也尽力了！"

"你也终于解放了！"

……

诚然，你这一合眼，对久病、重病缠身的你来说，确实是一种彻底的解脱，这样的结果未尝不是好事。可这对我来说，虽然也有一种如释重负之感，但更多的还是悲伤、不舍、歉然……

在许多熟悉我的朋友的眼中、口中，我都是一个善良的有责任心的好人，其中一条重要的原因就是我对你的不离不弃。但我自己觉得，这只是我作为一个丈夫应尽的职责而已！作为一个男人，重情守诺，理当如此。也许有人在想，你这说的是冠冕堂皇的假话、套话。但我要慎重地告诉你，这确实是我内

家山情深

心的真实想法。我记得，三十年前有一次你随我回老家，母亲听了我的住宿安排后，沉下脸对我说了一套一套的，我只是回了"我晓得"三个字，这既是对母亲的承诺，也是对你一生的承诺。我还记得，十多年前，在你母亲——我的岳母临终之际，我对她的"只要有我黄基竹一口吃的，绝不会少你女儿半口"的承诺。我只是做到了我该做的而已。

在有些人眼中，我在这场婚姻中太亏了：我是教师，有稳定的工资收益，我有本科文凭，是当地小有名气的作家。而你是下岗工人，初中文凭，多种疾病缠身。从他们的言语、神态中不自然地流露出对我家庭生活和精神生活的怜悯、同情。时下流行的话说"年龄不是问题，身高不是距离"，而我却要说，收入不是问题，文凭不是距离。

俗话说，鞋子合不合脚，只有脚最清楚！脚舒不舒服，只有脚自己知道，诚如《庄子·秋水》有言：子非鱼，焉知鱼之乐！

我们是 1991 年元旦步入婚姻殿堂的。当时还没有时下婚礼主持人常有的婚礼誓词：无论是贫穷还是富有，疾病还是健康，或任何其他理由，都爱她，照顾她，尊重她，接纳她，永远对她忠贞不渝直至生命尽头。我虽没有赌咒发誓"我愿意"，但我却做到了，从那时迄今已三十个年头了。

在这三十余年的相处中，脚在这鞋中的感觉还是相当宽松的。脚想对鞋说：谢谢你的坚强和自立！

你是一个超坚强的人。在我的记忆中，你虽然经历了那么多病痛、手术，却难得听到你呻吟一声，更没有喊过一声"痛"。记得你的三次临盆，都是很顺利地自然生产——第一次是 1995 年 9 月，我们的第一个儿子出生，可惜的是几天后夭折了，你的精神也因此受到强烈刺激。第二次是 1997 年 8 月儿子黄一凡出生。第三次是 2000 年 5 月你意外受孕，但你又因其他疾病住院而耽误了最佳终止妊娠时机，因当年你生病住院期间服用了大量的抑制精神类药物，不敢也不能让他来到这个世上，最后只好引产。你每次临产之前，我都如临大敌。这主要是受太多影视作品、文学作品以及人们口口相传的女人生产是过鬼门关之类的影响。但每次，我都白白地浪费了许多精心的心理准备。感觉你就像无事人一样谈笑之间就把孩子生下来了。2007年7月，你被确诊为直肠癌中晚期，在术后住院治疗的一个多月时间里，没有听到你一声呻吟，没喊一声"痛"。在后来的几次生病住院期间，也没有听到你哪怕一声喊"痛"的声音。当你每次从死神手里挣脱出来睁开眼时，总是那种坦然的微笑。纵然是到了生命最后一刻，也是那么坦然面对。

你是一个超自理的人。你在被病痛折磨的这二十多年时间里，生活一直能自理，还做了许多家务活。这三十余年来，我很少洗衣做饭。你就是在辞世前几天未倒床之时，还自己去菜市场买菜、做饭。在你患糖尿病这近十年时间里，每天两三次测血糖、注射胰岛素，都是你自己施为。纵然是到了油尽灯枯之时，也从未让我帮忙。不是我懒，不是我不为，不是我不愿为，是你不需要也！

在这三十余年的相处中，脚在这鞋中的感觉还是相当自由自在的。脚想对鞋说：谢谢你的大度和大智！

无聒噪之乱耳。三十余年的婚姻生活，年轻的时候，也曾小吵小闹，自从你生病之后，我是连大话都不敢说，甚至夸张一点说是连"大气"都不敢出，生怕影响到你的精神状态。我非常羡慕那些能够大吵大闹甚至大打出手的夫妻。俗话说：夫妻之间，床头吵架床尾和。能打能闹，的确是一种幸运！这样也好，我们之间也少了许多口角之争，我也才能静下心来思考，也才能静下心来写一些自己喜爱的文字。

无家务之劳形。在这三十多年的生活中，我可以夸张一点说是"十指不沾阳春水"，洗衣，是你和洗衣机的事；买菜、做饭，基本上是你的事，偶有兄弟姊妹、亲戚、朋友来家做客时，才由我亲自下厨；打扫卫生、拖地也没我啥事。

无黏腻之愁心。俗话说，距离产生美！人们也常说，夫妻相处之道，应该给予对方以适当的时间和空间。在这方面我可以说硬气话，许多男人可能都没有我自由自在。我工作上的事，你基本不过问；我与文友外出采风旅游，你也从不打听；我打牌搓麻将，你也从不抱膀子；我与朋友醉酒当歌，你也从不细问。感谢你的宽容和对我的充分信任！

无婆媳之怨怼。婆媳关系是中国家庭中最难处的关系，没有之一。虽然不像曾经难倒众多男人的难题那么极端——当老妈和媳妇同时掉到水里时，是先救老妈还是先救媳妇？对身处这漩涡中心的男人们来说，确实常常被弄得身心疲惫、心力交瘁。而我，却没有身处这个漩涡的体验。我婚姻的前二十多年，老妈和老爸他们没和我们生活在一起，他们在五凤溪老家和老姐、姐夫他们生活在一起。在此，我也要特别感谢老姐和姐夫，正因为有了他们在老家对父母的悉心照顾，我们才能安心在外生活、工作。直到2016年秋，由于姐夫生重病，我做了许多思想工作，才动员父母来到县城与我们生活在一起。对如何处理好老妈和妻子的婆媳关系，如何做好漩涡中心的男人，我也有一定的思想准备，并预设了诸多方案。但她们这五六年共同的生活却告诉我，我又白费心机了。一个年老的婆子妈和一个多病的媳妇，相处得相当融洽，纵然婆子妈有时啰唆一点，媳妇也不会多言多语；当媳妇生病住院之时，年老的婆子妈还是照顾病人的主力。

无脂粉之费金。唐朝诗人元稹在《遣悲怀三首·其二》中有"贫贱夫妻百事哀"。你在20世纪80年代末下岗后，虽然也做过一些小生意，但都未有起色，后来由于身体因素，也就放弃谋事了。一家人都靠我那点微薄的工资生活，你日常的汤药费也不是个小数目，确实显得很拮据。俗话说，"嫁汉嫁汉，穿衣吃饭"，吃饱穿暖是没问题的，但要说吃穿的质量，我就不敢说硬话了。还好，你也不好穿衣打扮，再说，我也没这种能力供你花费。说实话，这三十多年来，我连件像样的首饰都未曾给你买过。现在，我高级职称评了，工资也涨了，房贷也还清了，儿子也工作了、也处对象了，好日子也来了，可你却走了！

在这三十余年的相处中，脚在这鞋中的感觉还是相当舒适的。脚想对鞋说：谢谢你的终身相许、一生相伴，谢谢有你！

最后，以仿唐朝刘禹锡《陋室铭》拟一《寒居铭》作结：

居不在宽，容身则行。才不在高，有书不贫。斯是寒居，幸有拙荆。悉心理家务，出入着布裙。不举齐眉案，亦有小温馨。闲适敲键盘，抒衷情。无聒噪之乱耳，无黏腻之劳心。婆媳无怨怼，素颜不费金。心里云：何待来生！

2021 年 9 月于青竹居

家山情深

199

有情芍药含春泪

怕相思,却相思。心事迷离君可知,十年说与谁?

雨成诗,雪成诗。相见旋成离别时,重逢哪有期!

——调寄《长相思》

又到芍药花开的时节,那深红浅红的花瓣,层层叠叠,在碧绿叶子的衬托之下,更显妩媚动人,蜜蜂和蝴蝶在花丛中翩翩起舞。那年,我们漫步在芍药盛开的花园中,你依偎在我身旁,呢喃细语,正如眼前这蜜蜂般嘤嘤嗡嗡。

昨夜的一场小雨,将芍药打扮一新,红的更红,粉的更粉,绿的更绿。那花瓣上晶莹的雨滴,或许是露珠,在初升的太阳照射下,闪闪烁烁的。"有情芍药含春泪",这诗句真的太美了,芍药带雨含泪,脉脉含情。这"泪",是你的相思之泪吗?是你的幽怨之泪吗?

那夜,我们邂逅在微风细雨小雪中。分别已十年,四目相对,你虽浅笑嫣然,却早已脉脉含情。几句苍白的问候,谁也不敢提那芍药花丛的誓言。我只在内心低吟:"雨成诗,雪成诗。相见旋成离别时,重逢哪有期!"

芍药花开,春也将尽了,"牡丹落尽正凄凉,红药开时醉一场"。这时光,就这么不经意间流走了。

刈草清馥动乡愁

漫步天府花园水城，一片赏心悦目，道旁、水边遍植花草树木，金堂真不愧为宜游宜居的花园城市。

偶尔，会随风飘来一阵阵特别清新的芳草清香，不，不只是清香，还夹杂有一种沁人心脾的味道，是饱含花草树木汁液的芬芳。仔细搜寻芳香的来源，原来是园丁在修剪花草，特别是园丁用割草机修剪草坪的时候，那芳香更为浓郁。这气息、这味道，让我搜索枯肠也找不到一个恰当的词来形容它的万一，对！就用"清馥"吧！那阵阵清馥，直接拨动了我的心弦，触动了我内心深处的某根神经，让我深深感受到一种久违的熟悉的气息。

这青草气息，把我拽回到四十多年前五凤溪的小山村。那里有山有水，有坝有沟。山是龙泉山南麓的钟鼓山、蒋家山、乌棒梁子。水有大河和小河，大河是沱江，傍村而流；小河是石板河，穿村而过，在村头汇入大河沱江。小河与大河的夹角形成一大片田坝，叫曹家坝，那时遍种水稻。坝子边沿是一道山梁，形状极像乌鱼，我们家乡土语称乌鱼为乌棒，因此管这座山梁叫乌棒梁子。梁子对面是蒋家山，两山夹一沟，叫刘家沟，沟中也多是水田。这里的山山水水、沟沟坎坎，到处都留下了我童年的深深的印迹。

这刈草的清馥，让我想起了当初与那些青青的野草打交道的日子。下午放学回家后，几个农家孩子一起，背上背箕，拿上镰刀、锯齿镰，走向河边沟边、田间地角，去完成大人们安排的家务活。

割猪草。当时，山村家家户户都养猪，当时没有什么现成的饲料售卖，更不要说什么"三月肥""四月肥"的饲料添加剂了。准备喂猪的青饲料，主要是我们小孩子的任务。除了家中土地里自产的苕藤、厚皮菜、天星米及其他青菜叶之外，还要到河边、沟边去割野草做猪饲料，我印象最深的是一种叫水蓼子的野草，主要生长在水边湿润的地方，嫩绿的，猪们特别喜欢吃。这猪草，还必须切短、剁碎，稍不留意，就会把手弄伤，我的手上至今还留有当初的伤痕。

扯兔草。如果家中喂有兔子，那么扯兔草的任务也是小孩们的。许多野草，既可以喂猪，也可以喂兔。记得兔子最爱吃的一种野草叫奶浆草，它一般生长在山坡上。每当划破它的茎、叶时，就会流出如奶水一样洁白的汁液，这也许是它得名的原因吧！我们扯兔草比割猪草干得有劲得多，一是工作量小得多，二是卖了兔子皮的钱，一般是归我们小孩做零花钱的。

积青肥。当时的山村，没有那种叫化肥的东西，种庄稼全靠农家肥。除人畜粪便外，人们还需要将一些野草、老烂的菜叶经过沤泡，使其腐烂发酵作为肥料，割野草的过程也就叫积青肥，当时我们叫"找蒿蒿"。找蒿蒿就比割猪草和扯兔草容易多了，有时一割就是一大把。记得有一种青蒿，生长得蓬蓬勃勃，特别嫩绿，只是猪、兔都不吃，只好拿来做青肥了。还有一种红花草，一簇簇茂盛地生长着，开着小红花，畜禽们也不吃，也只能拿来做青肥，长大后才知道它有一个可怕的名字，叫断肠草。

割蓑草。山坡上、山岩边，多的是岩蓑草，那是卖不成钱的，我们所要割的能卖钱的蓑草生长在山草丛中，要去仔细搜寻。当时，这蓑草的用途还很广泛，除了当地人们拿来搓绳子、编草鞋等外，更主要的是作为造纸的重要原料，五凤溪街上专门有收购蓑草的门市。割蓑草卖，是我们当初零花钱的主要来源。

与野草们熟悉后，我们也就认识了一些草药和野菜。有时候也扯草药去卖钱，如金钱草、车前草、灯笼花（蒲公英）、癞格宝（癞蛤蟆）草、鸡屎藤等。当初那些被视为能帮人果腹、度饥荒的野菜，像猪鼻拱（折耳根、鱼腥草）、马齿苋、绵绵草、灰灰菜等，如今早已摇身一变成为人们餐桌上的奢侈品了。

这刈草的清馥，更让我想起当年收割稻子的时节。我的家乡虽然是山村，但因为有了曹家坝和刘家沟，所以水稻种植也较广。每到水稻收割季节，不只是大人们脸上洋溢着丰收的喜悦，我们小孩子也同样欢呼雀跃。一大块水田，大人们弯着腰往前割水稻，我们小孩子也成群地在稻田对面的田埂边候着，随着稻子一排排割倒，四周弥漫开来浓郁的新割稻草的清香，那些生活在稻穗上面的昆虫的活动面积也被逐渐压缩，渐渐地向我们身边聚拢，我们就忙碌起来，嘻嘻哈哈地捕捉这些昆虫。当时的农田里很少使用化肥和农药，伴生着种类繁多的昆虫。我们主要捕捉的是油炸蜢，长得清亮、绿油油的，捉到手将它串在提前准备好的稗草梗上，然后拿到柴火上去烧烤，只听见一阵"哔哔剥剥"的声音，油香四溢，馋得我们口水直流，不管不顾迫不及待地塞进口中，以慰藉那清淡无味的口腔，填充那缺油少荤的肠胃。时隔多年，我才意识到我们当初的残忍，那昆虫们也是一个个鲜活的生命啊！但比之当今的那些让它们断子绝孙的农药来说，我们又算是"小巫"了。但纵有千般理由万种原因，我还是要慎重地向那些被我们涂炭的小生灵深深地忏悔，深情地道声："对不起！请原谅！"

如今，人们早已过上了衣食无忧的富足生活，也更加注重对环境的保护和对生态的恢复，这清新的草香，一定会更加浓郁芬芳。

青竹居杂俎

白岩山野趣

野　游

"半缘修道半缘君"，阳春三月，邀三五文友，徒步白岩山，不为寻幽，不为揽胜，也不觅古，只想与春天来个亲密接触，与白岩山来个"只在此山中，云深不知处"。

漫步山中，邂逅那千年银杏、万年硅化木。与摩崖石刻对视，与千佛白岩对白。闻花香、聆鸟语、抿山泉、赏野花、挖野菜。此情此景，沐风浴雾，暂可忘忧、忘尘、忘烦恼。

野百合

春回大地，野百合的春天也快来临了，是的，野百合也有春天！你看它那苗壮的幼苗，正努力地生长着。我小心翼翼地清理它周边的泥土，掘起，捧在手心，准备带它回城，种在我书斋旁的阳台里，伴我读书，伴我写作，伴我入眠，伴我余生。

我自由自在地生长在我的白岩山，听风沐雨，你这丑陋之人，却野蛮地将我挖起，将我带离这生我养我之地。你说让我去体验一把都市的繁华。可你知道吗，我的春天在我的白岩山！

野　葱

我知道，你有名字，叫苦蘵，但我却始终不愿喊你的名字！那会让我联想起中药、疾病、痛苦。你就是野葱。

你具有"葱"的形态、神韵，滋味尤美，清香扑鼻。摆放在路边、市场坝、超市的那"葱"，是你的本家近邻吧？可他们却满身的市侩气息，满身残留着农药、化肥，哪有你纯洁、清新、自然！

野　果

白岩山给我印象最深的野果是火棘，我们把它叫作"救兵粮"。深冬之时，成熟的火棘果一簇簇、红艳艳的，煞是好看，只是颗粒太小，味道带涩。夏天还有味道酸甜的刺梨子。

此时是春天，无缘品野果。但家果却还有，那些果树上还稀疏挂着几颗黄金果、脐橙、柠檬。同行的山主表态："喜欢就摘！如果你们不摘，也可能白白地浪费在这枝头上。"于是我们就毫不客气地动起手来，心道，摘下你，吃下你，是超度你，让你不枉在这世上走这一遭！

野　宴

"佳肴野蔌，太守宴也"，而山主梁国林一家为我们安排的丰盛的野宴，肯定远远超过昔日那"太守宴"。野葱馍馍、野葱炒鸡蛋、野韭煎豆腐、凉拌枸杞芽、沙参粉皮子炒回锅肉，凉拌鸡块、土豆红烧鸡，这入菜之鸡，虽然不是野鸡，但也确实是他们自己放养的跑山鸡。饮品也丰富。白酒是他们自己酿的苞谷酒，果酒是他们用本地特产黄金果酿的黄金果酒，茶是就地取材的岩蓑草茶。

"宴酣之乐"，亦"非丝非竹"，乃是大家洗耳恭听李德富先生半酣之后的神侃：白岩寺的传说、汉代崖墓、唐代摩崖石刻、黄金果的传奇、国林合作社等白岩山的前世今生。

野　营

白岩山山高林密，入住"茂情林"帐篷旅馆，确实别有一番情趣。虽然已是春回大地，但山间的夜晚却还寒气逼人，文友们热情高涨地幕天席地地聊天，谈诗论词摆聊斋，数星星看月亮。

夜已渐深，可大家都还无一丝睡意，似乎在期待着什么！

野　望

登顶白岩山，一脚踏三县，这里是金堂县、龙泉驿区、青白江区三地交界之处，举目四望，见群山起伏、沱江如带，远处淮州新城的通用航空机场工地建设如火如荼。

我们所立之地叫九重天，也叫九重殿，脚下瓦砾四散于路边地角。回望山下来时之路，从进香沟往上，一层一层的台地，从一数到九。眼前仿佛出现了一拨一拨的人流，他们面容虔诚，从进香沟一步三叩首来到一重殿、二重殿、三重殿……最后上到这九重殿。朦胧中，白岩寺殿宇重重、青烟袅袅、钟磬悠悠。

链接：

喝火令·冬临五凤白岩山

曲折羊肠路，盘旋到顶峰。白岩山上雾蒙蒙。残瓦掩埋荒草，尝庙宇重重。

世事谁能料，青丝寂寞翁。一怀愁绪萦心胸。错过桃红，错过碧葱茏，错过菊黄秋韵，只独剩寒风。

白果蝶变

　　属于淮洲新城的白果街道——此前名白果场、白果公社、白果乡、白果镇，每次回老家五凤溪，我都要经过此地，也曾数次专程去游玩采风。

　　2015年初夏的一天清晨，我和几个文友相约来到白果镇，在温柔的艳阳下漫步在白果的千亩荷塘边，此时虽未到荷花鼎盛时节，但一碧如洗的荷塘中已有些许粉红的、洁白的荷花点缀其间，更多的是如箭的花蕾。一片片的荷叶上，布满了晶莹的露珠，在阳光的照射下反射出耀眼的光芒。由此联想到宋杨万里的"小荷才露尖尖角，早有蜻蜓立上头""接天莲叶无穷碧，映日荷花别样红"。虽然现在是清晨，但还是由这荷塘想到朱自清的《荷塘月色》："曲曲折折的荷塘上面，弥望的是田田的叶子。叶子出水很高，像亭亭的舞女的裙。层层的叶子中间，零星地点缀着些白花，有袅娜地开着的，有羞涩地打着朵儿的；正如一粒粒的明珠，又如碧天里的星星，又如刚出浴的美人。微风过处，送来缕缕清香，仿佛远处高楼上渺茫的歌声似的。"古今有那么多赞美这荷花、荷叶、荷塘的妙语，此情此景，真如李白在黄鹤楼上的感叹："眼前有景道不得，崔颢题诗在上头。"

　　游人三三两两，前边一个小姑娘的手机里正传来近年来流行的凤凰传奇演唱的《荷塘月色》："我像只鱼儿在你的荷

家山情深

塘……游过了四季荷花依然香，等你宛在水中央……"那甜美的歌声，那柔媚的歌词，那优美的旋律回荡在这荷塘边，令人心醉神迷。

随后，我们一行来到白果场镇上。如今的白果场镇早已今非昔比，依然不变的是街道上保留着好几株枝繁叶茂的华盖四溢的古老的黄桷树，我们这儿乡音常说成"黄果（桷）树"。

我小时常常以为他们把名字取错了，不应该叫"白果乡""白果场"，而应该叫"黄果乡""黄果场"。

我的老家在五凤乡上游村（现在属五凤镇玉凤村），紧邻白果乡的代家坝（那时叫红旗村，现在属白果镇罗盘村）。"赶场"是我们小时候最盼望的事之一。我们家到白果场的路程比到五凤镇的路程要近些，我们那儿的村民也常常赶白果场。我也常跟随母亲赶白果场。赶白果场的那些吃零食、看热闹的事儿虽早已淡忘，但那处处可见的高大、古老的黄桷树却留在了我的记忆最深处。那黄桷树，无私地撑出片片浓荫，烈日下，赶场的乡民在树下驻足，安享这片刻清凉。我记得还不止一次地问过母亲："这么多的黄果（桷）树，咋个叫白果呢？应该叫黄果（桷）啊！"母亲也回答不上来。时至今日，我虽曾查阅档案资料、搜索网络、访问宿儒，但还是未考究出这"白果"的确切来历，只是听人说是当年文武宫中有几株高大的千年银杏（银杏俗名"白果"），也有人说是附近某个寺庙里有几株千年银杏，等等。

当年，我们赶白果场要坐渡船过沱江。沱江将白果镇一分为二，白果场在河东，河西的乡民要赶场就必须坐渡船过河。沱江白果段有两个渡口：一个是胡家坝到白果场的白果渡口，也叫莲花渡口；另一个是往下游一两公里处代家坝到对面傅家坝的代坝渡口。与我们相邻的代家坝就处于河西片区，我们赶白果场主要是从代坝渡口坐渡船过河。当年，我们随父母一道，从家里出发，经代家坝，过代坝渡口，再经傅家坝，最后到白果场。如果沱江稍微涨点水的话，代坝渡口就停渡，要想赶场，就只好再往上游走，从白果渡口过河，因为白果渡口的渡船比代坝渡口的渡船要大些，如果江水继续上涨到一定程度，白果渡口也只好停渡，这种时候，真的成了"隔河一千里"了。

随着2017年10月白果沱江大桥建成正式通车，当时成都现存最大最繁忙的渡口——白果渡口（莲花渡口）也正式"退休"了。

2018年6月29日，我们"韩滩诗社"一行四十余位文朋诗友应淮州新城区域内的白果镇党委、镇政府邀请，来到白果镇采风，为白果镇的文化建设建言献策。

我们乘坐的中巴汽车一大早从金堂县城出发，进入淮州新城境内时，在这些很少出门的老年诗友眼中，淮口真是发生了翻天覆地的变化。一路上，他们惊叹交通之便利，惊叹处处起高楼，惊叹沱江两岸高规格的湿地公园建设。汽车一直把我们送到白果镇，经过白果大桥，把我们送到河西岸的通用航空机场。在通用航空机场，我们聆听了讲解员在屏幕前对机场近况和远景规划的详细解说后，跟随他参观了他们的模拟组装车间，从飞机零部件到组装飞机，他给我们上了生动形象的一课。参观结束后，我们徒步来到刚才汽车经过的白果大桥。

站在桥上，虽然炙烤在初夏的艳阳下，但因有习习河风的吹拂，并没有炎热之感。桥下是宽阔的水面，因桥的下游几公里处，修筑有白果水电站大坝，致使水面提升、拓宽了许多。桥上时不时有车辆和行人通过，这座桥，连通了沱江的东西两岸，方便了两岸百姓的生产和生活。面对此情此景，当时我赋词一首《浣溪沙·咏白果大桥》：

古渡莲花退舞台，长虹如练踏波来。荷香弥漫紫薇开。

时下一桥通两岸，曾经咫尺是天涯。码头无语展襟怀。

如今的白果镇区位优势明显，是淮洲新城的重要组成部分之一；交通便利，五福大道穿境而过，成南高速开口白果，白果大桥连通河西、河东为一体；通用机场落户白果；白果荷花花香四溢……

离开白果大桥，我们一行还参观了位于沱江东岸的杨溪湖湿地公园和沱江博物馆。

这里，随着成都市委、市政府"东进"战略的实施，我们坚信，未来的白果，不仅是一树树丰收的银杏果，还必将是一株株硕果满枝"黄金果"！

2018 年 8 月于青竹居

游星宿山

　　我们一行人驱车沿竹苍路（金堂竹篙—中江苍山）来到广兴镇桂花村，这里与中江县冯店接壤，属于丘陵地貌，地势起伏，浅丘连绵。我们远远地就能望见此行的目的地——星宿山。山顶有座星宿寨。所谓山，其实不能算是山，只能算是小山丘，并不很高。远远望去，山上林木葱茏，山顶树林更见浓郁，几角屋檐、几面墙壁若隐若现。

　　我们沿着台阶往上走，因山势舒缓，阶梯也不陡。虽是夏日，因昨夜的一场小雨，天气凉爽，空气清新。阶梯两旁果树丛丛，桃子已采摘，李子树上挂满了快要成熟的李子。野果也不甘示弱，灌木丛中刺梨子探头探脑。爬到半山腰，望见气势雄伟的拱形寨门，拱顶上从右到左排着"星宿寨"三个大字。我们来到寨门，寨门有两米多宽四米多高，门洞深两三米。寨门左边有一小土地庙，土地神端坐庙内，庙门外还有许多燃烧后残存的香蜡、纸灰。从门洞往里看，台阶还在往上蜿蜒。

　　过了寨门洞，来到寨内，周围寨墙残存无几。再踏上二十余级台阶，来到一个平台上。这里有一排房屋，屋内塑有三尊菩萨。站在这里，回望山下，风光一览无余：山丘与山沟起起伏伏，几片鱼塘相连，波光粼粼。成片的碧绿的荷塘，几株白荷花点缀其间，成南高速如带伸向远方。

　　再上几级台阶，来到山顶庙门前，左右各有一株黄桷树，

家山情深

213

枝杈上到处挂满香客们的许愿红布条。庙门楣上书"星宿庙",门两边有联。走进庙门,里面是一座四合院,院中间一株高大的黄桷树,同外边的一样,周身挂满红布条。上方是正殿,两旁有联:"天下事了犹未了,何妨以不了了之;世间事法无定法,然后知非法法也。"这是移自新都宝光寺的对联,只是其中还有两处错误。殿中供奉有几个不知名的菩萨。左厢房是厨房,右厢房有客房,也塑有两尊菩萨。布置了些字画,但都显得很粗糙。

山上有寨,寨中有庙,均以"星宿"命名之,这里位置偏僻,却有如此含意隽永、文雅的名字!寨内外之村民,也许并不知道什么二十八星宿,什么参商二星,什么水浒寨三十六天罡星、七十二地煞星,什么星宿老怪……至于星宿寨的来历,有人说它是兵寨(哨卡),因为此地扼守遂宁到成都最近的古道;有人说它是百姓避匪的寨子;有人说它本来就是土匪啸聚的地方;也有人说这里是夜观天象的好去处,林林总总,不一而足。

听寨中老人讲,此寨有数百年历史,20世纪50年代,山顶上还古木参天,庙宇楼阁井然,是村民们烧香拜佛的场所,也是孩童们在山上砍柴、放牛的地方。"文革"时被毁。改革开放后,村民们重修房屋,重塑菩萨,重燃香火。可是,2008年"5·12"汶川大地震又将其夷为平地。灾后,不屈的村民再次重修庙宇,重塑菩萨,香火燃得更旺。每逢庙会之日,香客居士甚众,有时席开近百桌。

下山的时候,迎面遇到一队吹吹打打敲锣打鼓的村民,我们赶快避到一旁,只见他们很吃力地抬着两乘花轿,轿中分别坐着菩萨,我原以为是从外地请的菩萨,一问,都不是,是刚从附近化缘回山。这时我才注意到,一人拿着本子和笔,一人身挎一个鼓鼓的皮包。像他们这样兴师动众地化缘,我还是首次见到。不知城里那些貌似和尚、尼姑的化缘者见到他们时，会怎样汗颜？

　　下到山脚，回望山顶，树木、房屋都被一团氤氲笼罩。我想，这山、这寨、这庙，一定会罩着这一方百姓吧！

徜徉"人"形寨

初夏午后的赵家镇，烈日当头，让人感觉到异常闷热。直到车辆开动了好一会儿，才舒服点儿。

车沿金堂大道飞驰，不一会儿就到了天星洞村地界，下了大道，就开始爬山，到了村委会后，支部书记王长兴与我们会合，骑辆摩托车为我们带路。他指着远处山顶上的移动信号铁塔对我们说："那里就是我们要去的人形寨。从另一面看过来，就像一'人'字，也像一个人的形状，那铁塔，正在人的头上。我的家就在那下边。"山路越来越陡、越来越窄，弯路越来越多、越来越急，路况越来越差。开始还是柏油路，后来就是泥土路了，幸好我们乘坐的是一辆越野车。在越野车都无法行走的情况下，我们不得不下车步行登山。

山上林木不是很葱郁，但长满火棘，我们这儿也叫它救兵粮，此时已结满了许多青籽。我想，一旦到了晚秋、冬季，那一丛丛火棘一定红得特别耀眼。

越往上，越凉爽，快要到山顶的地方被一些丝网围了起来，听到许多鸡鸣和狗叫，王长兴给我们介绍："这儿相当于'人'的肩膀，刚才我们车开上的地方是山寨的南门。"然后他叫主人把门打开："这是宝山家庭农场的胡总，在这儿流转了150亩山地搞养殖。"胡月富介绍说："啥子总啊，我叫胡月富，以前饲养的主要是山羊，但它们要乱啃林木、山草，对生态破坏太严重了，我现在饲养的主要是跑山鸡，我这鸡还注册了'火棘'商标。刚才大家也看到了那么多的火棘，这围子里更多。这一圈里养的是蛋鸡，我的'火棘'蛋销路好得很。上边一圈养的是公鸡。另外，我还种了十多亩草，准备过段时间再圈养山羊。"

再往上走，公鸡的鸣叫声越来越大，越来越多，有的鸡戴着一个像眼镜的东西，胡月富说："给鸡戴眼镜，免得他们打架！但戴上，有的又掉了。"这时，确有几对鸡在打架，有的鸡，身上的毛被撕扯得七零八落，连肉都露了出来。他说："我的鸡偶尔撒喂点粮食，主要让它们自己在山间找食，吃草吃虫吃火棘，所以，我的鸡一般长到四五斤。每到年底，供不应求。"

一路往山顶爬，王长兴边走边说："以前这儿长期住有土匪，传说三国时期张飞还在这儿驻过军，刚才那养鸡场据说就是他当年的练兵场，民国时期国民党也在这儿驻过兵。你们看，到处都是瓦片。"我随手捡起几片端详，总想从这些瓦砾上找到一点过去的信息。

我问："你们以前捡到过瓦当没有？"

"什么瓦当？"他说。

"就是屋檐最前边那匹瓦，有的下边还吊一块三角形或树叶尖形状，起挡雨水作用的。"

"没捡到过。"

"捡到过其他有文字或图案的砖头、瓦片没有？"

"也没有。"

到了山顶的铁塔下面，前边是陡崖，他往陡崖下指了指，那儿就是他的家，再往前100多米，就是山寨的北门，往东是东门。他又往左边指，那一丛树林特别茂盛的地方就是西门，又叫永安门，四个寨门，只有这个还留有名字，其他都只是方

家山情深

位名。这边就是"人"的另一肩膀，我仔细看了看，这边也可看作"人"字的"一捺"，那边是"人"字的"一撇"。

整个山寨的修筑因山就势，从四个寨门到山寨顶，都还有相当长的路程，且很多地方易守难攻。怪不得这儿历来被兵家和土匪当成安身立命之所。

站在山顶四望，不远的龙宝山山顶，圆圆的，郁郁葱葱，被一条条起伏的山脊簇拥着，真如众龙所抢之"宝珠"。比这"人"字形寨顶还要高许多的，据说是金堂县第二高峰，仅次于栖贤的老牛坡。回望山下，金堂大道纵贯全镇，赵家镇平坝区域一望无际，在初夏的暖阳下更见生机勃勃。

仓山的雨

一袭秋风草渐黄，一阵秋雨天转凉。

凉风习习，我们低语着漫步在仓山古镇那古色古香的街道上，今天不是周末，游人不多。

一道宏伟高大的黑色门墙出现在我们面前，这就是古街上赫赫有名的帝主庙，大门由一道主门和两道侧门组合而成，主门门楣上方有"帝主庙"三个篆体大字。整个门墙全由黑色砖块和石头混砌，上面雕刻有精美的动物、人物和花纹等图案。走进帝主庙，雕刻精湛的巨大的柱子映入眼帘，柱头上的龙盘花、龙舒身、龙展翅、龙夺宝、双龙戏珠……雕绘得栩栩如生。庙内布置有精美的漆器和浮雕，每一幅作品都叙述着一个神话传奇故事，如"八仙过海""姜太公钓鱼"等。

我一边游览，一边指指点点地向你卖弄对帝主庙的一知半解：很多外地人常常犯两个错误，一是认错字，把庙名认成"帝王庙"。门楣上的那三个篆字，人们很容易把那"主"字误认成"王"，还在于人们通常熟悉"帝王"，却很少听说这"帝主"二字。二是会错意，认为它既名"庙"，肯定是座供和尚参修、住持的寺庙，可它实质上是座会馆，它是"湖广填四川"时迁入仓山的湖北麻城籍"帝主会"会众修建于清代雍正年间的会馆。

会馆坐南朝北，复合四合院布局，中轴线上依次为牌坊式山门、戏楼、耍楼、正殿，中轴线两侧建筑为左右迴楼，前窄后宽呈八字形，占地面积为 1947 平方米，会馆内尚保存有"麻城县帝主会"等碑刻。帝主庙古建筑群保存基本完整，气势宏大，是为数不多的四川会馆建筑的代表性作品，也是方圆数百里民众进香朝拜的首选之地。帝主庙是仓山镇现存最完整最宏伟的古建筑之一，历史上几经变迁，数度改造，历尽磨难。1940 年，帝主庙被改造为甘露中学，随后又有军队进驻，"破四旧"时遭到更为严重的破坏，随后又被改成了粮库。在打造仓山古镇的过程中，帝主庙终于获得重生。

我们走进与帝主庙里相连的禹王宫，遗憾的是禹王宫毁损严重，如今仅保存中殿（观音殿）和正殿（禹王殿）及部分左厢房。禹王宫修建于明万历年间，坐西向东，原建筑为复合四合院布局，总占地为 2037 平方米。如今，山门、戏楼、前院回楼、厢房等建筑均已被毁。仓山古镇的会馆庙宇众多，另外还有朝龙寺、大旺寺、城隍庙等。

上九节的古镇热闹非凡，大乐广场上，演奏开始了，硕大如磬的脚盆鼓由缓而急地擂出一段应山击水的引子，紧接着铛铛、镲镲的轻扣慢和，似有细浪微风，凤翥龙翔……突然，数十副巨钹携雷挟电而来，霎时间鼓钹齐奏，铛镲交鸣，自是惊涛拍岸，天崩地裂，暴雨倾盆……如是激扬反复，渐后雨住云收，天地复归宁静。与乐相应，舞蹈队不断变化，造型犹如凤凰飞舞、大鹏展翅、比翼齐飞……表演极富地方特色。

"仓山大乐"是这块土地发掘出来的瑰宝，被称为音乐活化石。仓山大乐以其乐器大、乐队大、曲目丰富、乐舞独特而著称。乐器大，因而演奏起来音色浑厚、音量宏大、气势磅礴。乐队由一大一小两部分组成，既能表现北方大锣鼓粗犷、浑厚、豪放的特点，又能融合南方小锣鼓的隽秀风格。据传仓山大乐起源于商周之际，周文王打了胜仗，将士们以盾牌相击，奏乐狂舞。这青铜盾牌奏出的音乐震撼了文王，文王下令铸青铜大钹以代盾牌，这就是周大乐。南北朝时期，一周姓的宫廷乐师颠沛流离来仓山定居，大乐因此由仓山的周姓后裔流传至今。仓山大乐属民族民间吹打乐的锣鼓乐类，乐队所使用的盆鼓直径1.4米，大钹一副4~8公斤重，马锣、苏钹、铰子等也很大。乐队分为两个部分，以头马锣、盆鼓、大钹组成乐队的主体，与之配合的另一部分称凤尾，则由铛铛、苏钹、铰子等组成。据说最早的大乐舞队全是男士，唐大乐才融入女舞。乐舞队均不限人数，如广场表演，多可逾千人。这仓山大乐还曾进京表演、上过中央电视台呢。

古镇的上九节人气爆棚，既有气势恢宏的仓山大乐的视听盛宴，也有婀娜多姿的太婆龙灯的精彩呈现。

这时，只见一群穿着红艳艳的衣服、满头银发的太婆们舞着龙从古镇的一头走过来，一大一小两条母子龙。"好！舞得太巴适了！"看着太婆们矫健的身手，将龙灯舞得很有气势，游客们连连称好，不但将巴掌拍得啪啪响，还不断地将镜头对准太婆舞龙队。这支仓山太婆舞龙队已经有近三十年历史，总共有二十七个队员，全部由太婆组成，年纪最小的五十八岁，最大的已经八十二岁，这支队伍不但在当地很有名气，还曾到大英、德阳等地演出过。

我们来到朝龙寺前。朝龙寺依山而建，背负火焰山，下承郪江，建筑雄伟，层次分明，金碧辉煌，人们常常称它为"小布达拉宫"。我们撑伞在陡峭的阶梯上拾级而行，由此想到布达拉宫那些一步一叩首的朝圣者，想到那些虔诚的佛教徒，也许真的能精诚所至，金石为开。

我们走出庙门，下到朝龙寺下的广场，回望朝龙寺，烟雨朦胧中透出一种神秘感，从寺庙中传来隐约的诵经之声和钟磬之音。此情此景，面对这"小布达拉宫"，不得不令人想到那布达拉宫的曾经之主，有天下第一情痴之称的仓央嘉措，想到他的那些凄美绝伦的诗句："住进布达拉宫，我是雪域最大的王。流浪在拉萨街头，我是世间最美的情郎。""那一世，转山转水转佛塔啊，不为修来生，只为途中与你相见。"而最令我钦佩的却是他的"不负如来不负卿"那游刃有余的角色转换能力。

六盘水不是一条河

    成都的盛夏，炎热、憋气，也许是处于四川盆地的原因吧！每当这个时候，人们总想跳出盆地，到盆地周围山区或其他凉爽的地方避暑。

    近几年的盛夏，我也相继去过汶川的三江镇、黑水的达古冰川、阿坝的稻城亚丁等地躲避酷暑，且效果奇好，心情绝佳。今年我又想到了逃避炎夏时节的办法，就是几个朋友相约，准备去贵州的六盘水一游。六盘水别名"凉都"，是西南有名的避暑胜地。

    记得六盘水这名字，还是因六盘山之名。读书时候，就因伟人那首《清平乐·六盘山》而对六盘山充满了向往之意，至今对那词还能随口吟诵：

    天高云淡，望断南飞雁。不到长城非好汉，屈指行程二万。

    六盘山上高峰，红旗漫卷西风。今日长缨在手，何时缚住苍龙？

    当得知有六盘水这一地名时，我总感觉它们之间存在什么因果关系，也许这六盘水就是六盘山下的一条河流。可一了解，并不是那么回事，六盘山在宁夏、甘肃交界处，而这六盘

水，却在贵州西部，真的是风马牛不相及的事，但无论如何，这六盘水之名被我记住了。

正因如此，我对六盘水也更关注了些。几年前，我还曾在六盘水市的《凉都雅韵》上发表过几首词。

想到既然是旅游景区，住宿的事好解决，到时找一个靠近六盘水河边的民宿就可以了。临近六盘水市区时，在网上搜索了一个"水街古镇"，到了后却找不到合适的住处。一打听，这儿河流多，水多，却并没有一条叫"六盘水"的河流，之所以叫"六盘水市"，是采用的截头组合取名法，当时截取"六枝特区""盘县""水城县"之头而成。

原来，1964 年 6 月，当时的国家计划委员会、煤炭工业部按照三线建设的总体规划，认定地处贵州西部的六枝、盘县、水城矿区蕴藏着丰富的煤炭资源，为便于开发管理，特设立六盘水地区。1978 年 12 月 18 日，六盘水地区改为六盘水市，辖钟山区、六枝特区、盘州市和水城县。看来，望文生义确实会误导许多人。

实际上，在我国的地方命名上，也有许多地名是按照截头组合取名的，大到一些省名，比如：福建，就是由福州府（今福州市）和建州府（今建瓯市）各取首字而来；江苏，取江宁、苏州两府首字得名；安徽，则取安庆府、徽州府两府首字得名。小一点的近一点的，如成都市代管的简阳市（原简阳县），也是由原来的简州、阳安合并而成的，名字也取首字组合而为简阳。成都市成华区，是由旧时成都县和华阳县各取首字组合而成的。

这六盘水市还有一个与众不同之处，它有一块处于毕节市内的区域——大湾镇。

大湾镇是由当初三线建设时的矿区管理遗留下来的，和宝贵的煤炭资源有关。六盘水出现行政区划是 1967 年 10 月，只管辖六枝特区、盘县特区、水城特区（由矿区改制而来）。当时水城特区有两个矿，就位于现在大湾镇。如果大湾镇不属于六盘水管辖，对矿区管理是非常不方便的。所以从经济发展的角度考虑，大湾镇就划给了六盘水。在此之后，六盘水经历多次行政区划上的变化。到了1987年，水城特区被撤销，设钟山区和水城县，大湾镇隶属于钟山区。

　　既然城区不好找住宿，还是到景区去找住宿吧！因是旺季，还实在不好找，最后好不容易在千户彝寨找到一家民宿。千户彝寨位于六盘水市水城县玉舍镇，处于六盘水野玉海国际旅游度假区内。本拟订四个房间，但这家只剩三个房间了，我们一行七人，先订下房间，到了再视情况具体安排，考虑到是处于风景区内，就定了两晚的住宿。车辆一路行来，这儿不愧是凉都，真的是凉风习习，有如成都秋天时节，到民宿时，正下着小雨。

　　店家热情地招呼我们，我们把物品搬到房间外，准备具体安排住房，三间房，两个标间，一间是大床，三对夫妻，一个单身男士，最初的方案是三位女士住大床间，四个男士住两个标间，这也是较为合理的安排。我们几位也是多次出游过的，这位单身男士与我们其中的一位女士是高中同学，这时这位女士突发奇想，邀请这位男同学与他夫妻二人同房，大家一下子就起哄了，最后也就这样定下来了，我和夫人住一标间，他们三人住一标间，另一对夫妻住大床房间。安定下来后，互相串门，特别对他们三人，嘻嘻哈哈地提了好些"荤"的注意事项。

　　一夜无话，第二天早晨起床后，大家又是嘻嘻哈哈地向他们三人询问了许多关心的细节问题。他们三人也没闲着："为了给你们两对提供机会，我们三人可是做出了巨大的牺牲，各自睡在床上动也不敢动。"

早餐后，我们沿着千户彝寨的街巷来到后山顶，对面山顶是希幕遮广场，广场上耸立着相传为彝族始祖希幕遮的大型雕塑。两边山体之间有高空玻璃桥相连，我们小心翼翼地走上玻璃桥，胆大的、胆小的、吓得大声叫嚷的、哭喊的，桥上的人们形态各异。

向桥下望去，千户彝寨风光尽收眼底，从玻璃桥上离开一踏上实地，心里一下子就踏实多了。我们来到希幕遮广场，近距离瞻仰希幕遮的雕像，看了对他的汉文介绍，向他深深地鞠上一个躬。

我们沿着梯道下到山脚，参观了彝族博物馆，由衷地感到我们中华民族大家庭中重要一员的彝族同胞，有着那么辉煌的历史和那么厚重的民族文化传统。下午，我们在彝族风情街闲逛。

第三天，我们驱车来到天空之恋景区。我们走过索桥，桥下是峡谷，不敢往下看。我们来到悬臂式的观景台下面，小心翼翼地沿着悬臂慢慢往上走，登上观景台，真的是云海可触，远处是连接贵州和云南的北盘江大桥，对面就是云南的宣威市。我们去看了看天空之恋景区内的悬崖酒店价格，觉得还是去入住我们人间之恋的酒店实惠些。

下午，我们驱车从六盘水市返程。

人物速写

　　学生时代，魏巍的《我的老师》令我至今难忘。我的人生中也际遇了许多优秀的老师，像初中语文老师李德富、辞赋老师杨源仁、诗词老师蔡淑萍等。生活中，遇到了许多诗友文友，也遇到了许多值得尊敬的尊长。

五凤溪的李老师

  1982年秋季开学，走进我们五凤中学初三一班的是一位新的班主任、语文老师，他就是李德富老师，刚从白果中学调回来。李老师三十四五岁，常梳一个"背飞"式发型，讲起课来十分投入，口若悬河，表情丰富。尤其是讲解古诗文时，他更是眉飞色舞、摇头晃脑，"之乎者也"满天飞。就是讲现代文，他也常用"……者，……之谓也"，至今我还记得他那陶醉的神态。他虽然只教了我短短的一年，对我的"毒害"却是终身的：因为他，我喜欢上了语文，且偏好古诗文；因为他，我爱上了文学；因为他，我教了二十年的初中语文，且对古诗文教学情有独钟，凡上古诗文课，我一般不看教材和教案。

  李老师还常常讲他以前学生的事，而且是不厌其烦地讲，以至于时隔三十年的现在，那些学哥学姐发愤读书的动人故事我都记忆犹新：邢光杰、代玉兰、赵献安……虽然有的至今也未曾谋面。后来我才晓得那叫"榜样激励法"。我也相信，在我的学弟学妹中，我也是被敬爱的李老师"榜样"的对象，至于他是如何进行艺术加工的，我就不得而知了，因为我也曾受到"啊！你就是黄基竹嗦"的礼遇。

  李老师，生在五凤溪，长在五凤溪，教书在五凤溪，退休后还是没离开五凤溪，我想，就算他百年之后，同样还会继续守望着他心爱的五凤溪。

李老师是古镇一景。

在五凤溪古镇的老街和贺麟故居之间的道路上，人们常常见到一位行色匆匆、精神矍铄的古稀老人，经常有人向他问好，他也不时地向路人打招呼，他就是李老师。

在关圣宫，在南华宫，在贺麟故居，在半边街，在茶楼酒肆……常常见到他的身影，常常看到他口若悬河地向游客们推销他心爱的五凤溪。无论是官方团队，还是民间散客，只要有李老师的地方，他就毫无悬念地成为气场的中心，人们的心思、眼光，自然而然地随着他的引导很快进入五凤溪古镇的情境之中。

古镇被李老师越"吹"越火。

时下，五凤溪古镇真的火起来了，许多人一说到五凤溪古镇，就会联想到这位年近古稀的老人。

成都文旅集团让五凤溪古镇重放异彩，但李老师这位文化人，让五凤溪古镇更具文化魅力。

是他，用书籍，向世人宣扬五凤溪的文化内涵。凡是有关五凤溪的书籍，如《五凤溪》、《五凤古镇》、《一隅山江出五凤》、《金堂史志》（五凤溪特刊）、《我爱五凤溪》……哪本书没有李老师的心血？他还亲自著书立说，《闲话古镇五凤溪》让人们更好地了解五凤溪，更加爱上五凤溪。

是他，用语言，向世人宣扬五凤溪的文化积淀。他向专家、游客宣讲五凤溪的时候，总是面带微笑、神采奕奕、口若悬河、如数家珍，常常进入一种忘我的境界。他还将五凤溪的故事搬上"百姓故事讲坛"，搬上了电视荧屏。

是他，用行动，向世人展示五凤溪的文化氛围。在他的建议下，尚义廊桥的两头才镌刻上了对联。那些颇具文化内涵的街名、路名、桥名、店名，许多也出自李老师的灵感。在他的努力下，古镇增添了许多文化元素。最近，他正全力筹备组建"五凤镇文联"。届时，五凤镇将文风大盛，书法小组、文学小组、绘画小组、根艺小组、曲艺小组等将定期或不定期地开展活动，还拟出版报刊。有人跟他开玩笑，说他当了一二十年的工会主席还不够，又野心勃勃地想当文联主席！

李老师借古镇扬名立万。

先前，五凤溪古镇还"养在深闺人未识"之时，除了亲朋好友、学生同事、街坊邻居而外，许多人并不知道李老师为何许人也！当五凤溪古镇向世人掀开它那神秘面纱时，人们惊艳它的同时，发现还有一位这样的能人、奇人——李德富老师。他好像与生俱来就是与五凤溪古镇融为一体的一样，那么多的传说故事，那么多的掌故逸事，那么多的民风民俗……不知是怎样挤进他的大脑中，然后又从他的口中娓娓道来，从他的笔端涓涓流出的？五凤溪古镇的"粉丝"们都这样认为：李老师是古镇的活字典。

古镇让李老师老有所乐、益寿延年。

当李老师从教师岗位上退下来时，原本以为这个既不会打牌、下棋，也不会钓鱼的老头，会不知如何消费他那闲暇富裕的时光。恰逢五凤溪古镇粉墨登场，这事件，碰撞到他生命的另一个燃点，瞬间迸发出耀眼的光彩。可以这样说，他把自己所有的精力和时间，全都托付给了五凤溪古镇——导游、讲座、演讲、座谈、编书、撰写文章……我曾不止一次地向打造古镇的公司老总们表示谢意："感谢你们对五凤溪古镇的打造，至少可以让我们李老师多活十年！"

作为弟子的我曾大不敬地调侃自己敬爱的老师："李老师遭遇第二春了！"

当五凤溪古镇的二期、三期工程竣工之时，古镇也将再次迎来它的春天！届时，李老师又有得忙的了。可以这样说，李老师与古镇是惺惺相惜，两者相得益彰！

仁者源仁

天府花园水城金堂有个文学圈，文学圈中有群文化人，文化人中有个带头大哥叫杨源仁，现年七十有六，他拥有诸多的头衔和光环：县政协原副主席、中国民主促进会金堂县原主委、中华诗词学会会员、韩滩诗社社长、金堂首赋、"丐帮帮主"……另外还有这理事那理事，这顾问那顾问的，但在我眼里，他人如其名，就是一个"仁者"。

仁者劳心

杨老先生 1998 年退休，没好好休息几天就被大家拥戴坐上了"韩滩诗社"社长那把交椅，一直到今天。韩滩诗社是一民间文学团体，创办于 1986 年，以弘扬中华传统文化为己任，社员主要是一些离退休干部、职工，诗社没有固定的经费来源，活动经费主要靠社员们自筹和向企事业单位募集。2006年，社报《韩滩声》出刊了，这是金堂文化界一大盛事。这一办就是八年，由双月刊而月刊，由黑白版而彩版，每月2000 份，是一份带有浓浓乡情的精神食粮，全部免费馈赠给诗社社员及其他文友、社区居民，深受好评。

随着诗社的发展壮大，随着《韩滩声》不断改进，工作越来越繁，所需经费越来越多，在此，姑且不说杨老在诗社事务性工作及《韩滩声》的征稿、编辑、印制、发行等工作中所付出的艰辛。"巧妇难为无米之炊",为筹款,杨老先生长袖善舞:一是与赵镇玉龙社区联办《韩滩声》,使《韩滩声》有了自己的固定阵地。二是与企业联姻,获取稳定的经费支持。三是到党政部门、机关化缘,为诗社的大型活动找到依靠。有时,他会随意地走进某个领导的办公室,希望他帮《韩滩声》发点声。更多的时候,他是率性打个电话,某书记、某部长、某局长、某镇长就会听到杨老中气十足的、洪亮的、亲热的、关切的、慈祥的声音:"某某啊或小某啊(从不称呼官职,亲热地直呼名字,三字的,就把姓免掉,尾音还带点儿化音。或是只叫姓,前边加个'小',尾音也带点儿化音),我是杨源仁,你们上次开展的某项活动,整得太巴适了,就连某某领导都晓得了。感谢你们往年对我们诗社的帮助,今年还是赞助两吊钱嘛!你多赞助点也行,要不我哪天到你办公室来。"领导们一旦接到这个电话,无不唯唯诺诺,赶紧答应,尽快叫人将钱如数送达。害怕杨老真的登门拜访,到时再送几顶高帽子也许就不只是两吊钱的问题了。

杨老获得一"丐帮帮主"之雅号。

仁者劳力

杨老先生除了搞好"韩滩诗社"的各项工作外,还特别热心各项文化事业,凡是与文化、文学沾边的事,都能见到他的"芳踪"。

近年来,在桃花诗会、荷花诗会、迎春诗会、油菜花笔会、芍药花笔会现场,人们总能听到杨老那洪亮的豪爽的抑扬顿挫的动情的诗朗诵;在诗社集会、文联总结会、各种文学颁奖典礼、文学沙龙现场,总能听到杨老的妙语连珠的精彩发言;在各种送文化下乡、送教下乡、送春联下乡、校园文化、社区文化打造等现场,总能看到杨老忙碌的身影。

在杨老先生的主持下，近年金堂书香飘飘，如《诗韵金堂》《人文金堂》《金堂故事》，现正筹备出版《金堂山水》。

杨老在参加各类文化公益事业的同时，也没放松自身的学习。他的文化修养不断提升，尤其是他的辞赋创作更见精进，已出版诗赋集《韩滩横笛》。他的赋作题材广泛、多元，尤以"金堂三赋"最为著名：《魅力金堂赋》《诗意金堂赋》《印象金堂赋》。杨老常说："我写的多是命题作文。别人请我写赋，不管是公家还是私人，都是看得起我，我怎好推辞。但我最满意的还是有感而发的《蓉城冷酒馆赋》。"我们拭目以待，杨老一定会写出更多的精品赋作。

杨老不愧为"金堂首赋"。

仁者爱人

对文学新人，杨老先生是不遗余力地细心呵护、精心培养，希望他们在文学圈中健康成长。

四川师范大学文理学院有个绿野文学社，社长叫康梓涵，当杨老了解该文学社后，觉得他们是不可多得的文学新苗。此后，凡有绿野文学社来的稿件，他都亲自修改、校对，优先采用；凡有诗社活动或其他文学、文艺活动，他都尽量把这些小青年请到，让他们感受一下金堂文化氛围，也让他们给我们的活动带来青春与活力。杨老还组织县文学圈中知名人士与绿野文学社互动，到四川师范大学文理学院开展培训、演讲、文学沙龙等活动。

本地青年诗人王顺用，多年来，在他的成长道路上，得到了杨老先生长期的支持和帮助，他的诗集《走过四季》于2012年10月正式出版，书名还是杨老题写的哩。出书后，杨老代表韩滩诗社主动认购100本，还向其他亲朋好友、文友推荐。

成都文旅集团对五凤溪古镇的打造，把金堂的形象提升到了一个新的档次，公司中有个文学美女熊梅，也给金堂文学圈吹来一股清新之风，她既写诗，也写散文，其作品以静谧、闲适、细腻见长。在杨老的策划和助推下，她于今年春天，出版散文、诗歌作品集《花之语》。

杨老先生与我，亦师亦友，我俩是"忘年交"。现立于五凤溪古镇的《古镇五凤溪赋》，亦获老先生之良多点拨。我俩相识在《金堂史志》举行的一次作者研讨会上，他虽已七十多岁，但精神状态极佳，面色红润，很健谈。我们有相见恨晚之意。他从我的文章中洞悉我有些古文学功底，由此建议我试着写赋。我说："现在我已四十多岁，是否太晚？"他说："不晚，我是退休后才开始接触赋的呢！"他也为我详解写赋之心得，至诚至爱。随后还赠我《诗韵合璧》《历代赋学鉴赏辞典》《唐宋辞赋学研究》等，还把抄有几十首赋的珍贵笔记本借给我，但一再强调，这是借的，一定保管好，看后完璧归赵。2013年3月，我的《竹箫横吹》正式出版，在成书过程中，得到了杨老的全力支持，他还情文并茂地用"赋"的语言为书作序。我相信，杨老先生对我这份厚重的爱，会助推我在文学的道路上走得更好、更远。

杨老对人之爱，不仅限于文学圈，是一种博爱，是一种仁者的悲悯情怀。他常向各部门推荐青年才俊。只要被任用者，他们也不会辱没杨老的伯乐之名。他还经常帮助一些弱势群体、个体达成他们那卑微的愿望。

"爱人者，人恒爱之。"他的付出，也得到了应有的尊重。仁者爱人，仁者人爱！最后，让我用他诗友杨逸明先生为其所撰的嵌名联作为结束吧！

源清不肯随流俗，
仁厚偏能入画机。

感佩刘世亮先生赠联兼怀有寄

基培沃土春风化雨，
竹赞虚怀紫气凌空。

这幅卷轴悬挂在我的客厅正墙，每天数次凝眸。对联是癸巳（2013）年仲冬刘世亮先生专门为我撰写的一幅"鹤顶格"嵌名联，由钟博生兄为我挥毫。

从联语中，我既可读出先生对我的期冀和赞许，也可读出撰联者的博爱的胸怀。这"沃土"，是滋养我成长的文学沃土，我在这片肥沃的土壤中真正享受到了"春风化雨"般的滋润。在金堂的文学圈中，我之所以能有现在的点滴成绩，全得益于像刘世亮先生这样的文学前辈的提携、指点。同时，先生也希望我能像他们老一辈文人一样，将这接力棒传下去，也去滋润其他文学后辈。在文学生活中，我也是这样做的，尽自己绵薄之力，帮助一些文友，与他们共同进步。因为我名中用了"竹"这么雅的名号，先生也就谬赞我有"竹"那样的"虚怀"！实际上，我从联中读出的是先生所具有的"紫气凌空"的"虚怀"。

我常常在这对联前叹惋，先生昨天还在与我们谈诗论字，今天却已驾鹤西去了。

惊悉刘世亮先生仙逝的噩耗已是他走后的第二个月了。当时，韩滩诗社举行例行沙龙活动。活动中，许多诗友如我一样得知这一噩耗时，都不敢相信。当时都在埋怨他的家属和知情的诗友，为什么不知会一声，我们也好送他最后一程，不枉诗友一场！但那为数极少的几个人却说不要责怪他们，也不要去抱怨刘老先生的家属，这是刘老先生本人的遗愿："一切从简，不要惊动任何诗友！"我们也是从其他侧面听说的，我们也要遵从老先生的遗愿啊！从这件事也可见刘世亮先生"虚怀"做人的人生信念至死不变。

刘世亮先生是四川省诗学会会员、韩滩诗社社员，同时又任月九诗社社长十余年。他的近体诗词严格依照诗律词格，一生创作了许多脍炙人口的诗词，诗词作品散见于全国各级各类报刊，也曾数次获得各级各类大奖。可他却没有出版一本诗集，就是在他生命的最后时刻，文友们劝他将一生诗词结集出版，可他还是不同意，真是一大憾事。先生同时还是四川省楹联学会会员，他所撰写的对联，平仄合律，对仗工稳，联意隽永。可他也没有结集留存。先生无论是为文还是为人，都是那么低调虚怀。

刘世亮先生还写得一手好字。每当春节来临之际，他经常参与文联、诗社、老协等组织的送文化下乡活动，免费为乡亲们写春联。每当友邻们请他撰联、书联时，他还是分文不取。刘世亮先生为文为人都很低调，在生活中热情好客，经常请诗友们到家做客，当代著名女诗人蔡淑萍先生也曾到刘老先生乡下宅院喝过春酒，还即兴创作了一首《浣溪沙·喝春酒》：

> 曲径轻车丝柳斜，田园深处友人家。已齐春酒与春茶。
> 世事如棋看变幻，新诗有味咏桑麻。因风飞落碧桃花。

刘世亮先生的文品和人品，必将影响我以后的创作和生

人物速写

活。我再次驻足对联前，聊赋一首《蝶恋花》以兹纪念。

伫立楹联心怅惘。缕缕哀思，化作空蒙状。悲泪亦难留世亮。天人永隔长怀想。

尝聚小园新醴酿。搁管吟诗，丝柳轻轻飏。又忆刘郎涵雅量。遥遥拱手相酬唱。

英雄赠我以宝剑

2016 年的初冬时冷时热，时而霾雾弥漫。最近经历的事较多，心绪也被愁云惨雾所笼罩，时好时坏。

一个下午，我接到恩师蔡淑萍先生的一个电话，她说为了照顾小孙孙的学习，将搬回青白江长住。听到这个消息，我的心更加灰蒙蒙了——我将不再像以往那样经常面见她的慈颜，面聆她的教诲了。她接着又安慰我说，好在那边离金堂也不远，现在交通也方便，就十多分钟车程。

"时间定了没有，到时我来帮你搬东西。"

"下周末，已找好了搬家公司。我有些书，不便搬走，处理了又觉得可惜，你需不需要！需要就尽快来拿啊！"

"谢谢！谢谢老师！肯定需要。"

这之前她已赠了我好几次书：填词必备的《唐宋词格律》（龙榆生编）、她自己的诗词集《蔡淑萍词钞》《萍影词》，还有一些载有她诗词作品的《中华诗人》《中华辞赋》《岷峨诗稿》等杂志。

我第一次见到蔡老师是在 2012 年 5 月 25 日的韩滩诗社活动上。那天，我一大早来到"生态水城"临毗河边的露天茶园，会场简陋而随意，两株大树之间拴着毛笔书写的白底红字的"全国著名诗人蔡淑萍诗词讲座"会标。当我看到前边四个字时，想到的是李伯清常说的两个字"假打"。一张张字符在河风吹送下轻扬，会标下，坐着一个穿一件暗红色外套的头发花白的面容慈祥的老太太，在社长杨源仁先生的介绍之后，她便开始讲演。说真的，我从小就喜欢古诗词，许多古诗词都能倒背如流，对许多古诗词名家是如数家珍。但见诗人听讲座却是头一次，纵然刚才产生了那么一点不恭的想法，我还是很快地融入老师的讲座之中。那时我正随杨源仁先生学辞赋，平时写的也主要是一些散文、随笔之类，对古诗词也仅限于爱好而已，正如我在自己的文章中所言："爱好文学，喜爱古诗词，但不会作诗。"听了蔡老师的讲座之后，我产生了新的萌动，想学写古诗词。但我不敢轻言，初步将启动时间规划到退休之后。

后来我又见过几次。由我认识她，到她也认识我，再到有语言交流，再到相互了解。自此方知，那四个字所言不虚也。这也使得我的规划提前，蒙老师不弃，收我为徒，悉心传授我诗词创作之法，精心为我指点迷津。

过了一会儿她又打来电话："小黄，过来拿书时找个大点的车，你那电瓶车肯定不行，最好找个货三轮。"

第二天下午，我约了个朋友一起，坐他的小车到"金阳水景"蔡老师的住处。心想：小车后排和后备厢有那么大的空间。

我们把车停到蔡老师的小院门边，她热情地出来迎接我们。寒暄后，我把蔡老师向朋友做了简单的介绍，蔡老师抬眼四处望了望："你找的车呢?"我向朋友的小车指了指，她不置可否地抿嘴笑了笑。进入蔡老师的书房，电脑桌前的地面上整整齐齐地码放着好几摞书。

"小黄，这些书都送给你，你拿回去选一下，有用的就留下，觉得不行的也可送给别人，或者当废品卖。"

"肯定有用! 谢谢! 谢谢老师!"我抑制不住内心的喜悦，

连声说着。与我的估计差不多，车子能装下。

"小黄，先别忙搬，楼上还有。"我们随她上楼，一摞一摞的书占了房间的三分之一。

"地上的这些都是给你的!"

"都——都送给我!"我惊奇地睁大了眼，语无伦次地说着。

"都是给你的。"

"谢谢! 谢谢!"我有一种无功受禄、无法承受的感觉，但又无法用语言表达其万一。

我更多的是一种中大奖、如获至宝的感觉。曾几何时，我是多么渴望拥有更多的书籍啊! 但却常常因囊中羞涩而只能望书兴叹，只能逛逛旧书摊、浏览浏览"孔夫子旧书网"。当我徜徉在图书馆的书架之间时，也曾产生过孔乙己"窃书"的想法。这些，在我的《文摘·文拆·文裁》和《枕着书香入眠》等文章中都有较为详尽的描述。

"你拿回去选一下，有用的就留下，觉得不适合的也可送给别人，或者当废品卖。"她用爱抚的眼光瞄过地上的书籍。

"有用，肯定有用，我一定用好! 谢谢老师!"

"小黄，你不用这么客气，我还要谢谢你呢! 我也算是给我的这些书找到好的着落了。俗话说得好：宝剑赠英雄，红粉送佳人。"

我真有一种受宠若惊的感觉，说真的，我真的好想在蔡老师面前好好表白一番，将如何如何爱惜这些书，如何如何读好这些书，如何如何用好这些书，但我也清楚地知道，此情此境，任何表白都是苍白乏力的。此时是 2016 年 11 月 18 日下午 4：20。

我还是喊了个货三轮过来。在我们搬书的过程中，蔡老师一直陪着我们，看着我们一次次地上楼、下楼，楼上的书在逐

渐减少，车中的书在不断增多。她也一直在聊着。

"有些书有点旧，现在市面上早就没有卖了。诗词创作方面的书，你要多读、细读。"

"小黄，辛苦你们啦！我本想用绳子捆一下，搬的时候也方便些。"

"有些小说，你可以读着耍。金庸的武侠小说里边也有许多古典知识，莫言的小说也可读读。"

"《炎黄春秋》文笔不怎么样，但里边的史实好，资料性强。"

"小黄，你累不累，累了就歇会儿嘛！我又不能帮你们搬。"

"多读五代、宋词。现当代诗词名家的诗词集，有时间也可看看。"

"有些书画册也可浏览浏览，诗、书、画有相通之处。旅游图册可以帮助你了解各地风土人情。"

"小黄，坐会儿，喝杯水再搬。"

"我本想好好清理清理再给你，也多给你提些读书的建议，但时间又不允许。你拿回去后好好清理清理，归一下类，有些可以精读，有些可以略读，有些可以不读。"

"你们还细心呢，车子上也把书码得整整齐齐的。"

……

谢谢蔡老师！这些书，哪里是你不便搬走嘛，分明就是你对我这个后生晚辈的真情馈赠！

搬回家后，经初步清理，真是琳琅满目，既有古旧书，也有新书；既有许多平装书，也有精装本，还有珍贵的线装书、盒装书；既有袖珍的小册子，也有砖头般的大部头；多数是横排本的书，也有不少的竖排本书。我迫不及待、如饥似渴地翻阅这些书籍，有的书中还有蔡老师阅读后的批注，后经仔细清理、分类、上架，更是种类繁多。

写诗填词的工具书及古诗词作品类：《中华诗词微型工具书·快速填词手册》（上、下）、《人间词话》、《随园诗话》、《词学》、《李清照评传》、《中华曲谱》（上、下）……

世界名著类：《大卫·考波菲尔》、《悲惨世界》、《欧也妮·葛朗台》、《格林童话全集》、《海明威文集》（上、下）、《罪与罚》、《红与黑》、《苏菲的世界》、《圣经》（旧约）（新约）及其若干读本……

中国古典名著类：《红楼梦》《西游记》《水浒全传》《三国演义》《老残游记》……

现当代作品类：《老舍精品小说》（共21卷）、金庸的武侠小说系列、"三毛"散文系列、"二月河"的清代帝王系列（13卷）、王小波作品系列、莫言作品系列……

期刊类，主要是诗刊：《炎黄春秋》（98册）、《文史知识》、《随笔》、《岷峨诗稿》及其精品集《春雨集》（一）（二）、《四川诗词》、《书屋》（100册）、《诗潮》（40册）《中华诗词》及合订本……

也有许多当今的热门、畅销书籍。有些是蔡老师的文朋诗友赠送的有作者亲笔签名的诗文集、书画集，其中不乏当今文坛、诗坛大家。

蔡老师！是你让我的"青竹居"成为名副其实的书斋。蔡老师，你的善举必将改变我的一些生活学习习惯。蔡老师！你这一善举，也许会让你的学生——我在文学的道路上走得更远、更好。

2016年12月于青竹居

人物速写

链接：

蔡淑萍先生给我的一封信

基竹：

我说过，"评论"是我的弱项。只对你词作词句方面提了些修改意见，我想这比空洞的"评价"更有用些。

写词和作文一样，先是立意，就某境抒何情，就某事有何感，这一点是需要点胸襟的，即"才、学、识"中的"识"。在写的过程中，要想好自己在什么立场、什么角度，写眼中景、心中思。写实很重要，要注意层次。先写景，再抒情；先叙事，再议论之类。一般上下阕有分工，转折需合理。一韵一意。

要注意语言。疏密有致，几个字中不要意思太多。语言不能太直白、粗浅，也不能太含混。分清含蓄和含混不同，含蓄很有必要，含混要避免。总之，写词不难，注意念起来顺口，不拗就好，能写得言近旨远、语浅情深就好了。

关于语句方面的一些具体修改意见，只供参考，因为我不知道你的全部意思，或深层的意思，有可能不理解你的表达。但也可从个别字句的修改中，体会一下为什么这样改，改错了，还是改对了。总之，只是给你提供一个思路而已。

写诗词最难的是语言。写诗，得是诗语；写词，得是词语。你在这方面有相当的基础，望继续努力。

印书常免不了留下遗憾，但宜在自己力所能及的范围内少留遗憾。所以建议你将所有作品再通读一遍甚至几遍，不放过任何一点念起来拗口、不顺或不够美的地方，力求明白晓畅。

蔡淑萍
2019 年 10 月 29 日

244

神交流沙河

　　流沙河对我爱上文学和走上文学创作道路的影响是深远的。他的文学作品，给我印象最深的，既不是《草木篇》，也不是《理想》，更不是《就是那一只蟋蟀》，而是《这家伙》和《锯齿啮痕录》。

　　20世纪80年代初，我在四川省金堂师范学校读了三年书，在读书的过程中，喜欢看一些课外书，逐渐喜欢上了文学。因为流沙河是金堂本地作家，课本中又选有他的《理想》，因此对他的作品格外关注。一次偶然的机会，我读到了他的《这家伙》，他那风趣、幽默的语言，调侃、自嘲的语气给我留下了深刻的印象。师范临近毕业的时候，同学们大都准备了一个精美的笔记本作为留言本，互相临别赠言，有些同学在扉页上写下简短的序言性文字。我也照例准备了一个笔记本，也准备写一点开场白之类的文字。一天晚上，我躺在床上，灵感一闪，流沙河的《这家伙》触动了我，在脑中草拟一篇《这小子》，凌晨两点，打就腹稿，迷迷糊糊睡了一会儿，整个上午，课堂挤时间写、课间写，刚到十二点，脱稿。这可以说是我的第一篇所谓文学作品，现在有时候翻翻，我觉得还真有点流沙河《这家伙》语言、语气的风格，令人忍俊不禁。

　　参加工作后，我订了几年《青年作家》杂志，上面连载了流沙河的《锯齿啮痕录》，每一期我都认真拜读。如今我对这文章的内容的印象早已模糊，但他那乐观的心态却一直影响着我。至今还记得他在文中所写的一则劳动谚语："解匠解，解匠的东西两边甩。"想到那劳动场景：大热的天，灰尘弥漫，锯片与木头摩擦发出刺耳的噪声，拉大锯的工匠们光着上身，下身只穿一个"火炮儿"（四川方言，指内裤），汗流浃背地甩开膀子大干，其工作之艰辛由此可见一斑。从谚语中也可看出他那苦中作乐的乐观主义精神。

这些只是与流沙河先生的神交。我由于有缘结识了他的胞弟余勋禾先生，使得流沙河先生在我的头脑中的印象逐渐清晰起来。那是我初次涉入金堂文学圈时的事了，拙作《五凤溪"吃"的记忆》被《金堂史志》拟用，在作品改稿研讨会上，初识杂志编辑余勋禾先生，一听到这名字，就有种似曾相识的感觉，再听他们介绍，"流沙河是他哥哥"，猛然顿悟：余勋坦、余勋禾。在我进入金堂文学圈之后，与余勋禾老师交集就很多了。他是省作协会员、县作协副会长，在他的介绍推荐下，我成了一名光荣的省作协会员。他是县散文学会会长，他把我培养成散文学会骨干，并介绍我加入省散文学会。我们同时又是韩滩诗社的社员，他如今已是我们的社长了，我们经常一起切磋诗艺。他工作热情，不辞辛劳，待人和气。从弟弟身上，我们也可窥见其长兄流沙河的一些影子。

真正见到流沙河先生，是在 2015 年岁末。在金堂县图书馆，我终于见到了仰慕已久的流沙河老先生，以前只是在作品中、在电视中、在图片上见到过他的光辉形象。如今，当一个精瘦、头发全白、精神矍铄的老先生真真切切出现在面前时，其欣喜当何如？此次，八十四岁高龄的流沙河老先生回故乡金堂，向县图书馆捐书若干，并参加一系列活动。对此，我感悟颇深，当时就填了一首《画堂春·晤流沙河先生有感》，今附之于后，以飨读者。

　　尝因草木数蹉跎，历经廿载难磨。故园吟理想之歌，孰届沙河？

　　清瘦健谈矍铄，粉丝旧友繁多。赠书演讲似陀螺，演绎谐和。

　　今天下午，"米"寿的流沙河先生永远地离开了我们。先生，一路走好！

2019 年 11 月 23 日深夜于青竹居

　　链接：

流沙河题联五凤溪

　　在五凤溪古镇景区西大门，镌刻有一副流沙河先生所撰、亲笔书写的对联：

山属龙泉可赏春花秋果，
溪穿凤镇犹存故宅老街。

　　说到这副对联的来历和使用，还是相当不易的。从这对联的落款时间"甲申仲春"可以看出，题写时间是 2004 年春花烂漫的时节。当年，时任五凤镇党委书记的尹全红与分管文教卫生的副镇长刁觉民、当地乡贤宿儒李德富、热心五凤古镇文化的詹绪河等一道，充分意识到五凤溪古镇文化打造的必要性和可行性，就想到延请金堂本地文化名人流沙河先生到五凤镇来走走看看，对古镇文化打造提出真知灼见。众所周知，流沙河先生是一个有着浓郁金堂家乡情结的文化人，收到邀请，欣然前往。谁知先生在赴五凤的途中身体略感不适，陪同的家人建议他返程，但先生仍坚持前往。可先生的身体状况越来越严重了，要知道，先生当时已是七十多岁的古稀老人，况且先生的身体素质本来就不是很好。在家人和朋友的一再催促下，流沙河先生只好同意返程。事后，尹全红书记给先生传去了有关五凤镇的资料、图片，流沙河先生对五凤镇的文化打造提出了许多中肯的意见，并手书一联赠给五凤溪古镇：山属龙泉可赏春花秋果，溪穿凤镇犹存故宅老街。

事隔几年，成都文旅集团着手对五凤溪古镇进行打造。在一期工程接近尾声时的文化氛围打造中，想到景区西大门两侧需要镌刻一副能概括五凤特点的"高大上"（高端、大气、上档次）的楹联。当时大家积极建言献策，准备请一些文化名人来撰写，其中就提到流沙河先生，撰好后再请书法名家来挥毫。忽一人道："我记得流沙河先生曾为我们五凤题了一副联嘛，找出来看看，要不要得。"一语惊醒众人，大家纷纷表示可以考虑，且有一两个还对这对联有印象，言之凿凿："我有印象，肯定要得。"翻检出来一看，无论是从内容还是意境，都完全适合，况且还无须再找书法家挥毫，直接镌刻上去就行了。

为了加深大家对五凤溪古镇的了解，加深大家对流沙河先生题联的理解，笔者不揣冒昧，试析一二。

流沙河先生是文化名人，同时也是撰联高手，这副对联的"平仄、对仗"是完全符合联律的，在此就不再啰唆，单从对联的内容方面加以赏析。

上联"山属龙泉可赏春花秋果",讲述了五凤溪的地理位置——位于龙泉山。也写到了它一年四季如画的美景:春天的桃花、李花、油菜花……秋天的黄金果、椪柑、脐橙……

下联"溪穿凤镇犹存故宅老街"讲述了五凤古镇的特色:一条五凤溪穿镇而过,也讲到了古镇至今保留着许多老宅,如刘氏宅、陈氏宅、贺氏祠堂……还有许多老街,如金凤街、青凤街、玉凤街、小凤街、半边街……

难能可贵的是作为打造方的成都文旅集团公司和作为撰联方的流沙河先生双方接下来的愉悦合作。这联既然是先生为五凤古镇而题,那么五凤镇就有权使用这副对联。但文旅集团公司负责此项工作的财务总监熊梅女士考虑到尊重知识产权和尊重作者,还是想方设法地联系作者本人,得到作者的首肯,并给予作者一定的润笔。于是通过他的胞弟余勋禾先生联系到流沙河先生。当流沙河先生得知五凤古镇要将他这副对联镌刻在景区大门时,心里十分高兴,并决定提笔重新书写,要知道,先生此时已是八十余岁高龄了。

以前写的,除了一个"菓"是"果"的异体字以外,其他全是通用的简体字。而今呈现在大家眼前的镌刻在景区门柱上的对联,不但保留了这个异体字,还有好几个写的是繁体字:屬—属、龍—龙、賞—赏、鳳—凤、鎮—镇、猶—犹,这样一重写,确实感到好看多了。

流沙河先生的这副对联,确实为五凤古镇增色不少。

被保险也幸福

——善正堂医师傅正家抗洪记

　　傅正家五年前从医院退职后在水城绿洲路开了个善正堂诊所，通过几年的打拼和以前在职时所积累的人脉，傅老师的医术和医德赢得了越来越多市民的认可。

　　这几天傅正家心情糟糕透了，一场洪水让他的诊所损失惨重。今天一大早就和妻子一道来到诊所继续打扫卫生，清除污物，清理药品，一会儿，妻弟也来帮忙了。这时手机铃声响了起来，平时悦耳动听的音乐，此时听起来却显得特别刺耳，他一看是个陌生号码，本想不接，如今时常接到一些售房、推销、银行贷款等的骚扰电话，但又担心是病人打来的，耽误了治病，于是烦躁地摁下"接听"键："你那保险……"由于大灾过后，电话信号较弱，他模糊听到"保险"二字立即就厌烦地挂了电话。

　　7月11日，一场特大洪灾袭击水城，洪峰高达7810立方米/秒。实际上，政府有关部门提前一天就发布了多次预警通知，微信朋友圈也传得沸沸扬扬，只是这些都没有引起他的足够重视，总觉得自己诊所所在地势较高，洪水不可能涨到这里来。

　　下午3点过，就在洪水已经漫上街头时，傅正家还在为病人诊治。在朋友和病人的帮助下，他只来得及把玻璃柜和货架最底层的药品搬到高处，洪水就已经漫上街沿、漫进药店、没过脚背，他不得不忍痛关上门撤离。

　　傅正家在水中艰难地挪动脚步穿过绿洲路口，有些地方洪水已淹至膝盖。此时的绿洲路和金泉路，早已成了汪洋泽国，水中漂浮着各色的垃圾袋、纸板等杂物，远处万达方向接近绿洲桥的低洼处，水已没过汽车顶。路口设有禁止车辆通行的警戒线，虽然有武警官兵在维护秩序，但人们仍显得很慌乱，有些汽车还在蹚水开动，路两边也还停着许多车辆，有的车轮已淹没至半。几艘防洪抢险的救生皮划艇在远处穿梭，几辆武警的军车突突地开过，激起一路波浪。傅正家回头望了望自己的诊所，捡水浅的地方蹚水回家。

　　电话铃声再次响起来，傅正家一看还是先前那"保险"电话，干脆直接摁下"拒接"键。

　　7月12日早晨，傅正家按平常的习惯6：30从家里出发，此时洪水已退出街道，街上、路面遍布淤泥，一片狼藉，路边、街沿上还停靠着许多汽车。街道上的行人稀少，多数都戴着口罩跳跃着行进，他尽量沿着前人的足迹，躲避洪水肆虐后的各种垃圾和淤泥，尽量挑干净点的地方下脚，远远望见自己诊所时，内心犹如十五个吊桶打水——七上八下。傅正家推开诊所大门，一层厚厚的淤泥混杂着各类药物盒子、包装纸、处方笺……几个医用废弃物垃圾桶也漂移到其他位置。他目测了一下墙脚水渍的位置，大概淹了五六十厘米，由于当时时间紧迫，只搬了玻璃柜和货架底层的药品，第二层的药品多数被冲入了污泥中。他走到里间处置室，只见器械推车倾倒在地，满地医疗器械；再进入库房，堆码着的药箱全部泡汤，连冰箱都被水掀翻在地。傅正家心痛之余，首先想到的是尽快清除淤泥，打扫卫生。洪水正退未退之时是清除淤泥的最佳时机，搅动淤泥、垃圾，让它们随洪水自然退却。这时只能退而求其次了，应抓紧时间趁淤泥还呈流质状态时，打扫起来要方便得多。运气还不错，这儿虽然停了电，但还未停水，只是水量比平时小了许多。他摸出手机准备给亲属们打电话，邀约他们过来帮着清扫淤泥、打扫卫生，可信号太弱，一个电话也没打通。还好，这时姨姐、妻弟和妹夫都过来询问受灾情况，并积极参与打扫卫生，接着又有几位朋友过来帮忙。经过一上午的努力，清理了一大堆淤泥和垃圾，运到了门外，卫生基本上打扫得差不多了。见诊所门开着，时不时地有病人来找医生看病，但多数是买口罩。傅正家想了想，干脆在诊所外的桌子上摆了几打一次性口罩，并用纸条写了几个字张贴在桌子上：免费领取口罩，一人最多可取两个!

陆陆续续地有人来领取口罩，傅正家通常是让他们自己动手拿。街上时不时地有拿着铲子穿着雨靴的人匆匆走过，急急忙忙地奔赴各个清淤场地，有的戴着"抗洪抢险"的红袖箍，有的还扛着红旗，上书"五凤镇抗洪抢险队""青白江区抗洪抢险队""盼盼集团抗洪抢险队"等，他们有的还统一了着装，或深红、或橘黄、或迷彩……

下午，诊所来了一个因清除淤泥而手臂受伤的小伙子，傅正家小心地用碘伏给他清洗了创口，搽了消炎药，简单处理后让他到医院去缝几针，并一再提醒他要医生打破伤风针。听说他是锦江区来支援抗洪抢险清除淤泥的，说什么也没收他的钱。

想到这些，傅正家心情稍微舒缓了点。电话铃声再次响起来，他一看还是先前那"保险"电话，本想再次摁下"拒接"键，但转念一想，这么一而再再而三地打来，说不定还真的有什么事儿，就算是推销保险的，凭这执着精神，也应尊重一下对方，于是就耐心地接听。

"傅老师好！我是 XX 保险公司的业务员小李。"一个美妙的女声响起。

"你好！有什么事吗？不好意思，因为受灾停电，信号不好。"一听到对方喊出自己的姓氏，再加上有愧于先前的怠慢，于是他放缓语调耐心地与她对话。

"你的诊所进水没有？受灾情况如何？"

一听说到诊所受灾情况，心情又莫名地烦躁起来，语气也加重了些："受灾严重得很，莫非你们这时还能办理保险？能给我赔偿吗？"

"别急！别急！是你去年买了份财产'涉水'险，如果你的诊所遭了水灾，好来给你办理赔偿事宜！昨天打了好几个电话，都无法接通。"对方害怕他又挂电话，急忙说明意图。

"你耍我嗦，我没买什么保险啊！"

"你再好好想想，去年夏天，我连续来了三次，你最终才决定购买的这份保险。今年 7 月 30 日到期，现在属于保险期内。"

经过提醒，傅正家才猛然想起，确有这么回事。当时一个妙龄姑娘来诊所治感冒，然后就推销她的保险业务。经受不住那姑娘的软磨硬泡，想到自己儿子也在成都做营销工作，这年轻人与儿子年龄也相仿，想到这些年轻人在外面工作确实不易，于是他就选了一款便宜点的险种买了一份，至于是什么类型的保险、保额是多少、交了多少费用，自己早已忘得一干二净了。

"啊！想起来了。受灾比较严重，诊所内淹了五六十厘米，许多药品被泡，空调和冰箱也被水淹了。需要我做些什么？"

"你找一下保单和发票，我们需要核实一下，然后把受灾情况如实统计，最好拍照固定证据。下午我送份表格过来，你认真填写一下，我及时核对，尽快给你做出赔付。"

糟了！傅正家想起这些东西一般情况是放在诊断桌下边的

柜中，肯定被水淹了，昨天清理的时候也未见到。还有昨天只是忙着清淤、打扫卫生，也未想到拍照，清理出去堆放到街边的药盒、药箱，早已被清淤抢险志愿者们清理了。

"不好意思，保单和发票都被水淹了，照片也没拍多少，只是几个朋友用用手机随手拍了几张。"

"没事，实在找不到也没关系，我们这儿有存根。你诊所购买的是财产'涉水'险，保额是5万元人民币，所交费用是618.00元，保期1年，2017年8月1日至2018年7月30日。没拍照也没关系，我下午专程来定损，你先统计受灾药品、物品情况，注意，金额在5万元以内。你慢慢忙，下午我到你诊所来，再见！"

"谢谢你！辛苦你啦！下午见！"傅正家语气变得更加随和起来。

傅正家放下电话，这时两个穿白大褂戴着口罩背着喷雾器的女士走进诊所进行防疫消毒，通过交谈了解到她们是金龙镇卫生院的医生，遵照县疾控中心的安排参与洪灾后的防疫消毒工作的，以避免次生灾害发生。傅正家送走了消毒人员，专心清理登记被毁药品，加上空调、冰箱等，有3万多元的损失。这时妻弟说话了："再多写一些啊，凑够5万元嘛！药被洪水冲了，他们也无法核实的。"傅正家说："没必要，是多少就写多少！"

下午，小李来到善正堂诊所，认真勘查现场，测量水渍高度，拍照固定证据，审核所列的受灾药品、物品，虽然许多受损药品无法一一核实，但小李也未过多询问，倒是对有些未列入物品过问起来，像诊断桌、货架、烤火炉等也不同程度受灾，特别是墙裙被水浸严重，如果要重新装修的话可能要上万的资金，这样算下来，受损药品、物品折算金额为48512.00元。小李强调："这不是最终赔付的金额，还需依据公式进行多次核算、折算，公司总经理最后拍板。据我以往的经验，估计会有4万元左右。"就这样，傅正家也觉得很是过意不去了：有些东西清洗打整一下完全可以正常使用，墙裙也不必重新装修，打扫一下就行了。交费也不多，赔付却这么高。小李让傅正家把这些内容重新誊写到正式表格上，双方签字确认后，并要求他附上身份证复印件和一张本人的银行卡复印件，表示回公司后会尽快办理，最迟一周后资金就能拨付到银行卡上。

临别之时，傅正家多次叮嘱小李，过几天再推荐几款其他保险业务。

顾班顾生顾晓丽
——记金中外实校优秀教师顾晓丽

教室里静悄悄的，只听见学生写字的唰唰声和偶尔翻动试卷的声音，一个娇小的女教师挺着个大肚子坐在讲台边，慈爱的目光在教室里巡视着。顾晓丽心想：这是最后一次月考了，再过十来天，当孩子们踏进中考考场时，我也该当妈妈了。家人和学校领导都劝我早点儿休息待产，但内心确实放不下我的学生我的班，再说我身体各项指标都正常，自我感觉也良好。想到这些，顾老师脸上露出了幸福、甜蜜的微笑。谁知考试临近结束时，下腹部一阵绞痛，且一阵一阵加剧。"莫非孩子想提前出来看哥哥姐姐们考试！"她意识到这点赶忙向教室后边的监考老师示意让他过来。

这是发生在十多年前的场景了。当时我在五凤镇九年制学校主管初中部的教学工作，顾晓丽是我手下一员得力干将，是"理化教研组"组长，任九年级三班的班主任，同时担任九年级二、三、四班的物理学科的教学工作。从人性关怀的角度，我也希望她能早点儿休息，那么娇小身子，挺着个大肚子确实不易，但从工作角度，我又怕她提前请假。那次考试是九年级中考前的最后一次月考，我本来是坚决不安排她监考的，但她说离预产期还十来天，没关系的。最终我没拗过她，还是给她安排了监考任务，可谁知在考场上她却出现了临盆征兆，赶紧把她送到医院。还好，一切顺利。

如今，女儿谢雨珂早已长成一位亭亭玉立的少女，与当初的哥哥姐姐们一样，也读九年级了。

顾晓丽在 2012 年通过选拔进入金堂中学外国语实验学校，一直担任班主任和物理课的教学工作。每到一个新的班级，她都这样介绍自己："我姓顾，与诗人顾城同姓，照顾同学们的顾，顾全大局的顾；名晓丽，晓之以理动之以情的晓，美丽的丽。"在学生们面前，她常自称"爱你们的老顾"。虽然顾晓丽在这里仅仅工作了六个多年头，说到成绩，她不无骄傲、如数家珍：李昊哲，四川师范大学；胡孟健，川北医学院；文静，四川大学；张心悦、曾怡、廖常挺，西南科技大学；陈卓，北京交通大学；李丹月，浙江大学……

顾晓丽最满意的是刚送走毕业的 2018 届 2 班，这个普通班，张静以 601 分、李薛蕾 606 分的优异成绩考入金堂中学"小火箭"班，还有三个同学考入"大火箭"班。她为班级命名为"追梦赤子"，她在班主任寄语中这样写道：

梦想是什么？梦想是天空的一抹蓝，是春日的第一缕暖阳，更是沙漠中的一滴甘泉。有了梦想，才能远行！相信你们，在梦想的天空驰骋。但更希望你们有追求梦想的勇气、行动与坚持！加油吧！少年！

顾晓丽带领她的班和学生一起追梦。在李同学的眼中，顾老师是他人生中的一盏明灯。作为一个离异家庭的孩子，作为一个父亲入过狱的孩子，作为一个被同学们边缘化的孩子，在顾老师的细心呵护和精心教育下，慢慢融入班集体，最终考上了他理想中的高中。他在一篇随笔中这样写道：

"丁零零，丁零零……"一个个子小小的女老师走到了讲台上，她先扫视了教室一周，然后说："同学们，我先给你们看两张图片。"这时投影幕布上出现了两张图片，一张图片上面是脏、乱、差的教室，另外一张图片上的教室是干净整洁的。"这两张图片都是我们的教室，哪一张更好看？"同学们都没说话，这时老师说话了："我想我们每一个同学都会认为第二张更好看，所以以后我希望我们每一位同学都能各尽其责，努力学习。"接下来的日子里，顾老师开始挨个儿约谈班上的同学。不知怎地，还没轮到我，我竟有点儿小期待：她会和我说些什么呢？这天晚自习前，正在球场边观望的我被班主任"逮住"了。"李X，你过来一下！"虽然有点儿不情愿，但我还是过去了。"我听夏老师说，你的作文写得不错，这次去参加这个作文比赛吧！"老师手上拿着一张征文比赛的宣传单。"我不想参加，没意思！"说这话时，其实我的心里有点儿窃喜，老师竟然想到了我。接着顾老师不厌其烦地给我讲参加作文比赛的好处，我勉为其难地答应了。从这以后，我发现顾老师时不时就会表扬我，比如周记写得很认真，书写很漂亮。

这时，我发现班上的同学渐渐地对我好些了！我开始觉得生活和学习似乎没有想象的那么糟！我不再是孤独的一个人了。

顾老师上课经常对我进行提问："李X，你来对电路进行分析。""李X，你来判断电路故障是什么。""李X，把你的学案给我看一下。"顾老师上晚自习时，发现我的作业有问题，马上会把我叫过去，一点一点地教我：做这个动态电路，先把电压表蒙住，判断电路的连接方式……期中考试成绩下来了，我的物理居然得到了96分，我高兴极了！顾老师对我说："只要继续努力，一定会考上重点高中。"我从老师的眼神里看到了满满的期待和信任。

在老师的帮助下，我这个边缘人收获了越来越多的自信，在班上也没那么孤立了！同学打篮球有时也会叫上我。

……

我将来也要当一名老师，做一盏照亮别人的明灯！

现在，顾晓丽老师任七年级（2021届）六班班主任并负责历史课教学，同时负责八年级十八班和九年级五、八班的物理课。这次，她给自己的班命名为"逐梦轩"，在班上，学习小组也不是枯燥乏味的一、二、三，而是沉香阁、墨竹阁、砺寒阁……从这轩这阁，不难看出主人的良苦用心。

当我来到八年级十八班教室的时候，顾老师正在课堂上用手机自拍，接着又拿出了自拍杆，原来她是在教学生们光学成像原理，生动形象地向学生们演示了距离与图像大小的关系。

大课间时段，顾晓丽带着一群大孩子在操场上玩一个古老的游戏"老鹰捉小鸡"，许多学生比她都高出半个头了！此时，在我脑海中幻化出一幅美丽的图画：在一片绿草如茵的草地上，一只老母鸡带着一群鸡雏在草地上觅食、玩耍，小鸡们时而聚集在母鸡身旁，时而分散在母鸡的周围，母鸡时时"咯咯咯"地唤着孩子们。啊！对了，顾晓丽就是这样一位"抱鸡婆"式的好老师。

无论是"逐梦轩"，还是"追梦赤子"，顾晓丽都一如既往带领着她的学生她的班追逐梦想。在学校领导们的眼中，顾晓丽是一位很有上进心的优秀班主任、优秀物理教师；在家长们的心目中，顾晓丽更是一位令人放心的好老师，用家长们的话来说，"把娃娃交给顾老师，我们放心"。她在带领学生追梦的同时，自己也在不断地拓展和延伸，她在工作总结中这样写道：

我认真学习中学物理课程标准，认真钻研中考说明，在

人物速写

259

2016年县教材教法解读大赛中获得了"特等奖"，我还积极学习新的教学技术和教学手段，例如：微课的制作，希沃教学助手的使用，学习用平板助推物理课堂，用班级优化大师助推班主任管理。

近年来，顾晓丽通过努力，数次获得全县"533赛课特等奖"；2017届十五班中考全县第一名，被评为"县毕业班优秀教师"，同年被评为"县教学能手"；2018年全市物理学科实验视频大赛，获得"一等奖"……

顾晓丽的丈夫谢光辉也在金堂中学外国语实验学校教数学，夫妻在工作上互相支持，在家庭中互相照顾，他们妥善地处理好了繁重工作和琐碎生活两者间的关系。女儿谢雨珂也在金堂中学外国语实验学校九年级十五班就读。这金堂中学外国语实验学校让顾晓丽同时具有了多重身份：既是老师，又是家属，也是家长。他们一家，都在该校追梦，这里也是他们一家梦开始的地方。想到他们夫妻的姓名，戏成一联作为结束，上联从教师角度，下联从学生、家长角度抒发感情：

顾班顾生顾晓丽；
谢校谢师谢光辉。

从食用菌里长成的汉子
——记致富带头人高宗斌

　　20 世纪 80 年代中后期，我常常往返于工作之地长乐乡小学和老家五凤溪，其间就要从赵家镇（当时叫赵家乡）路过，常常看到一处处冒着烟的蒸煮木耳袋的食用菌高温杀菌炉；常常看到占了一半公路的晒席上晒着黄黄黑黑的人工黄背木耳；也常常看到一张张喜悦的刚刚富裕起来的农人的笑脸。赵家公路两边也在不断地发生变化——小洋楼越来越多。人们调侃地笑道，这些楼房都是从木耳里长出来的。

　　在靠近场镇的红星村（现在属翻山堰村九组）的路边，有一栋小洋楼，主人叫高宗斌。他从最初的黄背木耳栽培扩大到白平菇、姬菇、羊肚菌等食用菌的栽培。如今，他作为成都森园食用菌农民专业合作社成都隆翔公司食用菌有限公司的老总、作为金堂县赵家镇宗斌家庭农场的场主，一名食用菌种植大户，成长为一名当地有名的致富带头人，成长为一名顶天立地的汉子。

　　高宗斌出生于 1965 年 10 月，他从 1985 年开始种植黄背木耳，此前也做过建筑工、木工，到 1986 年，他就赚了 3000 多元，这可以说是他人生的第一桶金，是一笔不小的数目。要知道，我们作为当时令人羡慕的职业的教师来说，每月工资也才 56.5 元。他说："钱虽然是赚了点，但全靠一家起早贪黑，没日没夜地干，太辛苦了。"说着，这个五十余岁的汉子嗓子哽咽了，"幸好我们运气好，当时还有好几家亏得很惨的呢！"

1991 年，高宗斌在公路边修起了自己的小洋楼，他说："那时，公路两边还全是良田。"

后来，人工木耳市场因受各种因素影响而遭受沉重打击。在这种情况下，高宗斌又带头种植姬菇、白平菇、榆黄菇等，还好，每次他都有不菲的收获。

2000 年过后，他又重修了住房。2009 年，就在他家的背后，在金堂县赵家食用菌产业园中，他修建了厂房。

他说："2014 年，县、镇两级政府搭平台，在省农科所的食用菌专家姜邻、甘丙成的悉心指导下，我和石代勇带头试种羊肚菌。真心感谢政府，不但给我们政策、技术支持，还给我们以每亩 5000 元的经济补贴。"

在羊肚菌的种植中，他作为"第一个吃螃蟹"的人之一，再次获得成功。

如今，高宗斌的厂房和大棚加起来超过 30 亩，置身于他的厂房中，全是一些现代化的机器设备：自动拌料输送机、免锅炉环保节能灭菌锅、羊肚菌专用烘干机等。在这里，早已不见以前的砖头砌的烧煤的灭菌锅炉，食用菌也不必用晒席晾晒，靠太阳晒干了。

他说："2015 年购置免锅炉环保节能灭菌锅时，农化局还补助了 50 万元。"

可以这样说，在赵家镇，食用菌的种植，早已走出"刀耕火种、肩挑背磨"的时代了。

我们漫步在金堂县赵家食用菌产业园，到处是厂房和大棚。此时节，属于歇工期间，显得冷冷清清的。"过两个月，你再来看，将是另外一番景象。"高宗斌略显兴奋地说，"我可能同样要请 100 多名工人，我还是照往年的规矩，优先照顾留守的老人、妇女，残疾人员，争取多吸引青壮年回乡打工，引导他们回乡自主创业。"

他指着前边一处挂有"四川大祥百事达生物科技有限公司"大旗的厂门说:"这是一家有机肥生产公司,他用的原料主要就是我们食用菌种植过后的下脚料(生产过后的废料)。说实话,我们以前的下脚料全都乱堆乱放,随意撒向田间,造成极大的环境污染。"

听说,他和另两人合伙,又在赵家镇流转了 300 亩土地,准备再干一场轰轰烈烈的事业。我相信,高宗斌,这个从食用菌中长成的汉子,必将愈走愈远,愈走愈好!

硝烟远逝，柏杨蔚然已成林

——记志愿军老兵杨柏林

　　汽车穿过县城东部的龙泉山汤家沟隧道，不久就进入福兴镇境内，时间虽然已是春末，但乍暖还寒，道路两旁高大的白杨树的大片大片的叶子在春风中飒飒作响。进入浅丘地貌的乡村公路，一片片菜田里的油菜已结荚，少数荚尖上还缀着点点枯萎的油菜花。地势稍高的地方零散地分布着一座座民房。

　　我们寻到福兴镇东坝社区十组（原圆觉寺村十组）杨柏林家。这是一独栋川西民居式小瓦房，与周围的两三层的楼房比较，显得独具特色。走近小屋，房前一个池塘，塘中已冒出星星点点的荷叶，池塘边有几株垂柳，柳枝在微风中飘拂。房屋两旁和背后竹树环绕，几株柏树夹杂在竹林中，更显得郁郁葱葱。当杨柏林老先生出现在门口时，我们真的是不敢相信自己的眼睛，这哪里像是一个九十四岁高龄的老人，一身志愿军戎装，左胸别着五枚军功章，苍白的头发一丝不苟地往后梳着，精神饱满，热情地向我们打招呼，握手时力量实足。在交谈过程中，老人身板挺得笔直、思维活跃、言语清晰、表情丰富，时时伴有强有力的手势和肢体语言。在和他的谈话过程中，出现频率较高的几个词是"开动员会""听党的话""不给组织添麻烦""共产党好"。

少年别，历经苦难思乡切

　　1927 年 12 月 3 日，金堂县第八区（福兴区）福兴乡圆觉寺村杨光霖家一个小生命呱呱坠地，听到屋外呼呼的寒风，看到窗外在寒风中瑟缩的杨柳枝，想到自己贫寒的家境，心想，也许这第三个儿子会给全家带来好运。粗通文墨的杨光霖于是给自己五行缺木的儿子取名杨柏林，希望这小子一生平平安安，光耀杨家门楣，能给老杨家带来繁荣昌盛。

　　一家人生活虽然艰难，但随着杨柏林大哥、二哥的逐渐成长，也能帮家里干一些农活，生活越来越好了。可是到了他五岁那年，父亲却因积劳成疾突然去世。在遭遇了这样重大家庭变故的情况下，母亲仍然将他送进私塾。他说到这里时，还随口溜出几句《三字经》《百家姓》中的"人之初，性本善；性相近，习相远""赵钱孙李，周吴郑王"来。读了一年多私塾后，母亲又把他送到福兴场读国民小学，读到四年级时因家庭确实困难被迫辍学。

　　十四岁，本该是在父母膝下撒娇的花季年龄，可杨柏林却因生活所迫，不得不离开母亲，离开家乡，同几个乡邻一道去成都谋生。他们一行徒步翻山王庙，过赵家渡、姚家渡、石板滩，最后来到成都。杨柏林最终在新东门一织布房找到一落脚之处，每天干些打杂的事：扫地、劈柴火、煮饭等，要想学技术，那是门都没有。既没有工钱，也没有其他的待遇，只是管吃管住——略管温饱而已。

　　后来到了 1944 年，日本飞机从汉口飞来成都轰炸，成都愈加混乱。在这种情况下，杨柏林更是想家，更加思念家中的母亲，于是决定离开艰难生活了几年的成都，回到家乡。

人物速写

新婚别，义无反顾登军列

1949年冬天，杨柏林在母亲的安排下与同乡姑娘唐素珍喜结良缘。这个时段是杨柏林的黄金时节，新婚，又参加农民协会，并且加入武装大队，任民兵大队长，还配有武器。他们配合工作队清匪、反霸、减租、退押，还协助工作队参加禁烟运动，查封烟馆、收缴烟枪。后来他成了第八区区公所（福兴区）武装通信班的一员，他至今还清楚记得当时区长、区委书记的名字。他们当时的工作是保卫区公所，为区公所站岗，负责整个第八区的通信工作，确保上传下达：既要往下送信到金龙、赵家，又要向上送信到武装部等县上其他部门。

1950年，中央发出号召："抗美援朝，保家卫国。"杨柏林当时新婚不久，在家乡也有相对满意的工作和舒适的生活，刚开始根本没想到要报名参军。参加了区上的学习班后，他受到教育和鼓励，终于想通了，准备参军，可问题又出来了：如何给新婚的妻子、给老母亲交代？正如唐代大诗人杜甫在《新婚别》中所言："暮婚晨告别，无乃太匆忙。"经过领导和自己做工作，终于把她们的工作做通了，母亲还到区上当着警卫营干部的面教导他："好好干，听首长的话，好好学习。"

征兵工作队组织新兵在福兴区集中学习后，从福兴出发，走路翻过山王庙，在赵镇休息了一下。吃过午餐后，下午来到金堂县城（城厢），然后进行编队，把所有人混编：新老结合，编班、编连。经绵阳、广元翻秦岭到宝鸡，在宝鸡露营了一夜，他还清楚记得那地名叫张飞庙。他们在宝鸡进行了一个星期集训，把馒头晒干当干粮背身上，乘闷罐火车开赴东北。

战友别，至今满目雪染血

部队到了辽宁安东（今丹东）的鸭绿江边，与朝鲜新义州隔鸭绿江相望。那时，以美军为首的联合国军肆无忌惮地用飞机轰炸朝鲜新义州，火光映红了鸭绿江江面，战火烧到了中国边界，鸭绿江大桥也被炸断。他们身临其境，看得真真切切，大家义愤填膺，恨不得插上翅膀飞过鸭绿江与侵略者展开殊死搏斗。进行一个多月的整顿学习训练，主要学习了解用枪、伪装、掩护等技能，同时学习朝鲜生活用语，他至今还记得朝鲜语称"老乡"为"幺抱"，还发了两本书，朝文、中文对照。通过学习，战士们掌握了一些基本的朝鲜语言，了解一些基本的生活常识。在这一个月里，它让战士们意识到：我们当兵不是来享受，不是来游山玩水的，当兵是为了保家卫国。

杨柏林被分配到志愿军第 60 军 180 师 538 团 1 营 1 连炮排当战士。一天下午，战士们唱着"雄赳赳气昂昂，跨过鸭绿江"的《中国人民志愿军战歌》过江进入朝鲜，他们发现朝鲜后方留下的都是老弱妇孺，敌人的飞机更是肆无忌惮地轰炸公路、桥梁，破坏我们的运输线，而中朝军民无惧上空盘旋的敌机，在枪炮声中抢修大桥、公路。由于担心被敌机发现，战士们白天休息，一般都找有树林的地方，便于掩蔽，晚上修桥、修路、行军。敌机盘旋侦查时，战士们就匍匐在桥墩附近的掩体里。战士们每个人都背有饼和其他干粮，还有一个行军水壶。饿了就吃点干粮，渴了就喝点行军壶里的水，水喝完了，就随手在路边的河中、湖中、沟中用行军壶灌满水又继续行军。为了防止敌机发现目标，走夜路不准有一点光，更别说抽烟了。

他们到前线后，又进行整顿学习，总结"五次战役"的

经验教训，介绍当时战争情况。部队教育我们新兵，不要有恐美思想。

在无名高地上，杨柏林和战友们每人一把锹，自己上山挖防空洞搞隐蔽，手常常磨出血泡也不在乎。美军飞机常常呼啸而来，扔下炸弹、燃烧弹、生化弹，轰鸣而去。在敌军飞机肆无忌惮轰炸下，山头都会被削掉一两米，他们为了躲避敌军飞机只能挖地道、躲山洞。他们开始时看到敌机轰炸的时候还是有一些害怕的，但后来就习以为常了。

杨柏林荣获了几枚勋章，有和平万岁纪念章、抗美援朝纪念章等。

繁华别，生活有舍才有得

朝鲜战争签订停战协定后，1953年冬，杨柏林所在的部队回国。而此时国内的对敌斗争形势异常严峻，他随部队到沿海构筑工事，在江苏浦口荣立"三等功"一次。

1956年7月，杨柏林受组织安排，到浙江金华军校学习。在这里，他们系统地学习了军事理论。一年后，由于工作需要，他被安排到上海海关港务局工作。

在三年困难时期，国家精简机构，杨柏林响应党的号召，申请回乡支农，最终获得批准。他至今还记得，当时上海港务局为他们开欢送会的场景。

垂老别，回归乡村发余热

1962年5月，杨柏林带着300元的安家生活补助从繁华的大上海支农回乡。到福兴区报到，区上领导表示热烈欢迎。即使之前上海港务局领导给金堂县打了长途电话，地方也同意接收。由于没有合适的位置，只好安排他回生产队——回到他的圆觉寺生产队。生产大队安排他任支部委员，负责组织工作，后来又当民兵连长，接着又到福兴公社任多种经营办公室主任。

1966 年 3 月，杨柏林进入国营四川省金堂县食品公司福兴分公司（经营站）工作。经营站属于公私合营性质，人员复杂，党员少。由于杨柏林是党员，进过军校，有一点文化知识，又是从朝鲜战场下来的，所以一进经营站就担任了会计工作、管钱、管票，后来又任经营站办公室主任。要知道，在 20 世纪六七十年代，经营站可是个肥缺部门，由于当时是计划经济时代，所有生活必需品都是凭票供应，什么肉票、粮票、布票、油票……而经营站，就是卖猪肉的地方。作为经营站的会计、办公室主任的杨柏林，对肉票的发放、批条子是有一定权力的，可他却没有为家人、为亲戚朋友乱批过一张条子。聊到此处，他不无得意地笑着说："我今年九十四岁了，无病无灾的，可那些做多了亏心事的人，现在在哪儿呢！"

杨柏林在福兴经营站一直工作到 1984 年 3 月正式退休。

退休后的杨柏林回到圆觉寺村，过着闲适的乡村生活，弥补自己对家人的亏欠。他还时不时被请去给学生、给乡邻们讲朝鲜战场的故事。

对于妻子，杨柏林满怀爱意地说道：

我爱人叫唐素珍，是 1930 年 3 月 3 日出生的，她十九岁时嫁给我，没过多久我就当兵去了朝鲜战场，后来又在外当兵、工作，一生太对不起她了。她比我还能干，在村里当过妇女主任，她 1952 年就入了党，比我还早一年。对家庭的付出、对子女的教育，她也比我多得多。她是 2018 年 3 月走的，活了八十八岁，无病无灾，很安详地走的。

对于子女，杨柏林不无自豪地说道：

　　我们有两女一儿，都很能干。大女是 1964 年生的，当过教师，后来到广东，由于懂英语，在当时很受重用，如今还在广东生活。儿子是 1969 年生的，我退休后，他接班进了经营站，后来下岗也去广东发展，如今与儿媳一起在老家照顾我。幺女是 1973 年生的，现在安家在成都，她一直喊我去成都她那儿生活，但我舍不得老家、舍不得乡邻们。孙子、孙女们也都在成都等城市工作、生活，都在为国家做贡献，就是很少回来看我这个老头子。

　　对于目前的形势，他也说得头头是道：

　　抗美援朝的硝烟虽然已经远去，但美国等西方国家亡我之心不死，不但想在军事上压制我国，还总想在经济领域、政治领域打压我国。无论是烽火连天的革命战争年代，还是改革发展的和平时期，我始终以一颗红心向党为人民，以"不忘初心、牢记使命"的标准前进！我也要把我的红色记忆一代代传递下去，激励中华儿女在中国共产党的领导下，一定要把我们的国家建设得更加繁荣富强，我们的生活也一定会更加美好！

随笔杂谈

　　生活中有许多美景，只是缺少一双发现美的眼睛。正如一首歌中唱到的那样："尽管这世界给我满身的伤，我依然要赞美太阳。"无论如何，我们都要敬畏生活、乐观面对生活。

水城清水夫

天府水城——金堂县城赵镇，被誉为"东方威尼斯"，一座因水而生、因水而兴的现代化城市，毗河、中河、北河在这里汇聚成沱江。

水城的夜，是水融入光与声的幻景。毗河桥两边，无数的喷泉，随着音乐的节奏，向两边喷出时而舒缓、时而急促的水柱，各色灯光打在水面、水柱、水线、水珠、水沫、水雾上，犹如仙境。由毗河桥往下，与绿岛之间，有一组圆形喷泉，更是美不胜收。伴随着美妙的音乐声，喷泉高低错落，有的喷泉还会旋转、摇摆、扭曲，摇曳多姿。中间一水柱，随着音乐时高时低，遇到高音时，喷泉可达二十多米，十分壮观。由毗河桥往上走到金沙公园，人们还能观赏到对面的水幕电影。游艇在光影中穿梭，给这水城之夜平添几分秦淮河的风韵。

阳春三月周末，与几位文朋诗友在水城南滨路喝茶，天南海北地神侃。河风习习，波光粼粼，一只小船在水面游弋。起初，大家没在意，还以为是乘船游玩者或是垂钓者，仔细打量，才发现船上的两人身穿橘黄色的救生衣，不时从水面捞起漂浮的杂物。船到近处，我们看到船舱中堆积了一大堆白色塑料袋、零食包装袋等垃圾。船中两人，面孔较黑，看不出实际年龄，大概都是五十多岁的样子，敦厚老实。

现在水城的水面，确实比以前更清亮干净了，原来这不仅

仅靠游人的自觉爱护，更得益于这些辛勤劳作的"清水夫"。

"哥老倌，上来坐会儿，喝杯茶休息会儿啊！"

"谢谢！我们自己带有茶杯。不上来，有纪律。"

"你们做这活路好久了？累不累？"

"快两年了。累倒不是很累，就是工作时间长。这个季节不冷不热最安逸，热天只好一早一晚做活路，冷天最恼火。"

"你们以前是做啥子的？做这事工资高不高？有没有奖金？"

"我们原先都是种菜的。工资不高，也没有奖金。"

"你还保密嗦！你们负责哪些地段呢？"

"工农桥、平安桥到下面韩滩桥这段都归我们两人管。"

"还是有点宽啊！现在来我们这儿旅游的人越来越多，乱丢垃圾的多不多？"

"现在比以前好多了，但还是有少数人乱丢东西，主要是上头漂下来的，更可恶的是有些做生意的把岸上的垃圾直接往河里扫，甚至有人直接往河里倒垃圾，太缺德了。你们慢慢喝茶啊，我们还要往下边去。"

小船慢慢地划向那些星星点点的杂物，所过之处，还水面一片清亮干净的涟漪。

小船慢慢地向远处划去……消失在我们视线的尽头。

救救金堂的字库塔

前几天，我与几位朋友再次来到毗河边工农大桥头凭吊那即将逝去的字库塔。字库塔已严重风化、残损不堪，令人唏嘘不已。

流沙河先生在其《故乡异人录》中讲：家有良田百亩的何老太爷患有眼疾，视物模糊，每日背着写有"敬惜字纸"的竹篓，提着铁柄火钳，沿街拾字纸于篓中，再背到南街字库焚化，以此期盼能早日重见光明。文中所提到的字库，就是专门用来焚烧字纸的建筑。

字库，四川叫"字库塔"或"惜字宫"，其他地区亦有叫"敬字亭""惜字塔""焚字炉"等的。旧时，无论士农工商都珍惜字纸，尽管是一张废字纸（不必是诗文稿纸），也不准践踏，只许焚烧。这表明过去读书识字的人不多，书写并非易事，由此产生对书写文字的神圣、神秘感。敬而畏之，尊而崇之，甚至流传糟蹋字纸要瞎眼睛的说法。患眼疾者也就疑心自己是否做出了什么对文字不敬之事，因此也就出现了流沙河先生文中所描写的那样想做一些弥补，以为这样就能使自己眼疾尽快痊愈。字库（惜字塔）算得我国民间珍惜文化的佐证。据记载，字库塔出现于宋代，到元明清时已经相当普及了。当然，现在的字库也仅仅是历史的一个见证了，也没有人去使用字库了，即使有人把字纸在字库里"羽化成蝶"，我想那也是

一个仪式、一种祭奠。

过去，金堂的字库塔也很多，几乎每个场镇都有字库塔。五凤溪古镇字库塔位于现航空站所在的小山上，据传状元杨升庵曾在此化纸。淮口镇、福兴场等，以前都有字库。

据笔者所知，我县现存唯一字库塔，就是赵镇新生字库塔（因位于原新生村而得名）了。

金堂赵镇的新生字库塔，位于工农桥南头上游岸边，生态水城对面，陷于民居包围之中。它建于清道光十八年（1838年），迄今已近二百年，历经"5·12"大地震而未倒，但已严重风化，仅剩塔身三层，岌岌可危。字库塔坐西向东，石质三层楼阁式塔形，下层为六边形塔身，层层上收，六角攒尖顶（宝顶已消失）。通高6.07米。柱间上端均有蝶翼形枋板，上刻"双凤献寿"图。每层塔檐饰云纹和筒瓦、寿字纹瓦当，各层西向开门，门柱均有楹联。最下面一层正面有"字库"两个大字，左上边有一竖排文字，是建塔时间"道光十八年岁次戊戌又四月谷旦立"，两边柱上有联，有的字已不可辨认，经考证为：

倘点画仍完，愿去留心珍惜；

如简篇已坏，须来此处贮藏。

联文紧扣"字库"生发，只谈"珍惜"只字、"贮藏"残篇，始终不提"焚化"的结局，于平淡的叙述中抒发爱惜文字（延及只字片言）的深情。其余五边遍刻捐款兴建人姓名及捐款数额。

望有识之士加以保护！

洛带古镇的兴盛，也有重修的字库塔一份功劳。那座字库塔，既无字，更无联，与我县的这座字库塔相比，其内涵自然是没法相提并论的。我想，如果把这座字库塔维修好，稍加打造，定能助我县的发展一臂之力。

链接：

字库塔赋 (并序)

成都府金堂县城赵家渡有一字库塔，建于清道光十八年四月（1838年），年久失修，颓然于众民居中，风化严重，岌岌可危。心甚怜惜，慨而为赋。

三江汇聚，韩滩潮涨；人杰地灵，金玉满堂。物阜民丰，富饶膏腴之地；敬字崇文，教化礼仪之邦。捐锱铢筹善款，士农工商；搬砖瓦建字库，周吴郑王。竣工之日，轰动四乡；坐西向东，高近二丈；塔身三层，层层上收攒宝顶；塔周六面，面面镌字记功德。

夕阳辉映毗河，波光点点；字塔斜影江面，白鹭翩翩。黄发垂髫，背篓铁钳；俯首弯腰，沟沟坎坎；静静炉火，熔乡人之虔诚；袅袅青烟，化文字之尊严。仓颉有幸，只言片字咸化蝶；仲尼无憾，断简残篇悉飞天。

日晒风吹雨淋，字迹斑驳；竹扫藤缠蔓绕，檐残顶毁；摇摇欲坠，几无立锥之地；岌岌可危，颓然民居之中。时移世易，风光不再；龙游浅滩，虎落平川。书香悠悠，莅者了了；铜臭熏熏，蚊蝇竞逐。

乱曰：翁媪虽目不识丁，见片纸而拾焉；仕宦纵满腹经纶，睹颓塔而漠然。

随笔杂谈

277

枕着书香入眠

书是香的，不然怎么会有书香门第、书香世家之说呢！竹简、木椟、纸张是香的，书写、印刷用的颜料、墨汁也是香的，那夹在书页中防蠹虫的芸草更是散发出缕缕芳香。而真正意义上的书香，是书中那教人求真、教人向善的精彩纷呈的内在美。

一

年岁渐长，童年离我愈来愈远，故乡也离我愈来愈远了。童年时的五凤溪古镇，铁路桥上，一列列火车隆隆地飞驰而过。桥下，万头攒动，赶场的人们摩肩接踵。靠边的一孔桥洞洞壁上悬挂着一排排连环画，几张条凳和引桥的石阶上，坐着许多小朋友，手里捧着一本本的小人书，根本不受隆隆的火车声、鼎沸的赶场声的影响，自顾自地沉醉于小人书中。

二

初中毕业时，英语老师微笑着把我叫到她办公室，捧出一摞大大小小的课外书给我："这些书我也替你保管两三年了，现在还给你！"我嗫嚅地红着脸接过这些书，然后给老师深深地鞠了一躬，转身仓皇窜之。

三

读师范时，有段时间，我对《水浒传》简直到了走火入魔的地步，在课堂上偷偷看还不算，甚至在熄灯许久后，还躲在被窝里照手电筒看。以至在睡觉之前，头脑中满是那些英雄好汉的影子，如何如何出场，又是如何如何被逼上梁山的。当我看到梁山英雄受招安时，就觉得兴味索然了。后来我知道金圣叹腰斩《水浒传》时，顿时产生共鸣："斩"得太好了！

时至今日，只要你说出这一百单八将的名字，我就能不假思索地说出他们的绰号；只要你说出他们的绰号，我就立即能说出他们的本名。

四

我常常与收荒匠打交道，常常光顾"可再生资源回收站"，去翻捡那堆积如山的旧书报，纵然是臭气熏天，尘土飞扬，弄得满身臭烘烘、蓬头垢面，也乐此不疲、无怨无悔！当我满载而归的时候，那是农人秋后丰收的感觉，那是将军打胜仗凯旋的感觉，那是艺术家一件作品成功杀青的感觉，那是母亲怀抱着婴儿的感觉，那是情人们拥着恋人归的感觉……那是一种"淘尽黄沙始到金"的感觉。回家后，我会心无旁骛地进行处理：挑拣、剪裁、粘贴、归类、编写目录，一本本"文摘"应运而生。

我常常光顾二手书摊，也常常光顾"孔夫子旧书网"。我时常"捡漏"，运气好的时候，还真能"淘宝"。

随笔杂谈

279

五

我的床头柜上，散乱地放着许多书。我不知从什么时候起，养成了睡觉之前必须看会儿书的习惯。上床再晚，纵然是凌晨三四点，也要看会儿书才能入睡。有时，是有意识地看一些书；有时，是随意地翻阅一些书报；有时，看着看着，想起了什么，又起床敲几下键盘。直到两眼打瞌睡，随手将书一放，枕着书香，很快就进入甜蜜的梦乡。

就连午休时，也要翻一会儿书报，然后将报纸或打开的杂志、书覆盖在脸上，在书报的遮挡下眯上眼，鼻中吸入淡淡的墨香、纸张的芳香，安然入眠。

六

"红袖添香夜读书"，书本来就香，还要"添香"，再加上添香之"红袖"，那该是怎样一种惬意的生活！

七

如今，电脑、手机已基本普及，网络早已渗入我们生活的方方面面，网络文学也很盛行。在网上看新闻、看名著、搜古籍也很方便，但我始终钟情于纸质的书报，究其原因，电子书籍没有纸质书籍的那种氤氲的香味！

四十男人是脊梁

对四十岁的男人而言，美誉颇多：男人四十而不惑，四十男人一枝花，四十男人是精品，等等。我也年届不惑，有一种更深切的体会，那就是四十男人是脊梁！

四十岁的男人，犹如爬上坡路的超负荷牛车，也如逆水逆风行驶的载重航船，挺过了这阵，也许就是坦途，是金光大道，如果稍有差池，也许就会车毁船翻，沦入万劫不复之地。

四十岁的男人要承载亲情的重荷。

"孝"，是中华民族的传统美德！为人子，须尽孝道。"老莱娱亲"的故事可能很多人都熟悉，还有个故事：一个六十多岁的老头在路边哭泣，别人问他为什么哭，他说他爸爸打了他，别人又问他爸爸为什么要打他，他说因为他与爷爷顶嘴，不听爷爷的话。不管是为讨父母欢心的七十多岁的老莱子也好，还是故事中哭泣的老头也好，他们都是幸运的，七十多岁还有机会想方设法讨父母的欢心，六十多岁还有机会享受爷爷的骂、爸爸的打。而一般人就没有这样幸运了，四十岁的时候，父母、岳父母有的也许已经仙逝，他们已经品尝过失去亲人的痛苦。健在的一般也是七十岁左右的人了，过去是"人生七十古来稀"，现在虽然各种条件都好了，七十岁的人也不算是风烛残年，但由于自然规律，他们的各类器官日趋衰竭，身体避免不了会有这样那样的病痛，生命已进入倒计时。就算

长辈们已看破了生死关，我们也懂得了生老病死的自然法则，但要眼睁睁地看着他们时不时在病痛中煎熬，看着他们一天天衰老下去，想着不知哪一天，他们就会撒手而去，心里总有一种说不出的悲寂，总想尽可能地多陪陪他们，总想尽可能多地尽一点孝道，总想"常回家看看"。

这时候，他们上有父母要尽孝意，下有儿女要育成顶天立地。为人父者，谁不望子成龙？望女成凤？四十岁男人的子女们正是读初中、高中的时候，用一个词来概括此时的感受，叫"揪心"，如果摊上另类点的儿女的话，那更是"揪心死了"。什么教育的痼疾啦，什么读书有用无用啦，什么校园周边环境啦，什么电视、网络啦，什么"超女""快男"啦，什么文科理科啦，什么专科本科啦，什么早恋啦……

四十岁的男人要承载工作的重荷。

"三十不豪，四十不富，五十将近寻死路！"四十，是一个分水岭，是拱门的顶端，如果一个男人到了四十岁还一事无成的话，今生就免谈了。四十岁的男人，在工作中经历了二十余年的摸爬滚打，他们要么是党政部门的要员，要么是公司、单位独当一面的大将，要么是工作中坚、技术骨干。他们时时要面对上司的考验、同级的倾轧、下级的挤兑，还要面对无能者的嫉妒和各种新问题的挑战，他们还要感受"长江后浪推前浪"的压力。经商者，除了要拓展市场，想方设法把自己的事业做大做强之外，还要提防商业对手；业务中坚、技术骨干之辈，除了要尽全力做好自身的本职工作之外，还要为免遭淘汰而不断充电，还要对年轻人做好传帮带；就连平庸如我等之流，更要时时担心"今天如不努力工作，明天就要努力找工作"。

四十岁的男人要承载经济的重荷。

此时的他们处于承上启下的重要时段，是家庭的顶梁柱。

钱多有钱多的铺排，钱少有钱少的安排。家中的柴米油盐酱醋茶、水电气电话电视电脑物管要花钱；人情客往、礼尚往来要花钱；三朋四友打打小牌、喝喝小酒、吸吸香烟也要花钱；给父母养老送终是他们义不容辞的责任，老人的衣食住行、伤风感冒要花钱；哺育儿女是他们责无旁贷的义务，让子女接受更好的教育，享受更好的生活要花更多钱。此外，养房、养车更要花大把的钱。真是"钱钱钱，命相连"。

四十岁的男人要承载人情的重荷。

那些事业渐入佳境者，都被亲戚朋友寄予厚望，把你本身的能力和"勾兑"能力无限放大，甚至亲戚的亲戚朋友、朋友的亲戚朋友有求于人时，都会想到你这平时八竿子打不着的亲戚朋友，入托、入学、转学、升学，就业跳槽，谋职谋权谋钱。你如果想推辞的话，简直没门，他们就像附骨之疽一样甩也甩不掉。要办好一件事，确实不那么容易，有时为了一件小事，都必须耗费大量精力、财力、物力，更重要的是动用各种关系。事情办成了，你将欠下许多新的人情。事情办砸了，你除了要欠些新的人情以外，还会招致这些所谓的亲戚朋友的抱怨甚至反目成仇。

四十岁的男人要承载情感的重荷。

诚如人们所言，四十岁的男人确实是一个人一生中最精彩的时段，是事业的巅峰期，也是智力的高峰时期，是一枝花，是精品。因此，他们常常成为一些懂事或懵懂的女孩、成熟或不成熟的女人倾慕和追逐的香饽饽。四十岁的男人深刻而理性，当然也不排除偶尔有个别优秀女人会震动他们的心灵，这也是他们梦寐以求的际遇。一旦遇到了，四十岁的男人却又很少流露自己的真情实感，他们常采用"不主动、不拒绝、不负责"的"三不"政策，他们首先想到的是保护自己的一切不遭到破坏。

　　此时的他们，也极易发生婚变，原因是多种多样的。近二十年的婚姻生活、琐碎的家事，早已将他们的棱角磨平，早已熄灭了那曾经熊熊燃烧的激情。社会的变革、思想的开放、情感态度价值观的改变，使外面的世界越来越精彩。家中的老婆，就算风韵犹存，也早已是徐娘半老，怎敌得过外边不断更新换代的"美眉"，尤其是那些精品女人，更不用说那些令他们心力交瘁的失败的、死亡的婚姻。突破围城的，也好不到哪里去，同样要面对许许多多的现实问题。

　　四十岁的男人，是活得最累的男人。在社会中，他是中坚，怯懦不得；在家庭中，他是柱石，动摇不得，老与小成掎角之势，使得四十岁的男人扶老携幼，左顾右盼。众多的角色，得演得不亢不卑；众多的面具，要戴得不偏不倚；众多的台词，要说得不激不励，十八般武艺，一应俱全。为不负众望，为不辱使命，为不虚此生，他得使出浑身解数，较量角逐，身心交瘁。四十岁的男人，也是极易倒下的年龄，英年早逝者，四十岁左右的男人居多。

　　脊梁若断，躯体何存？望四十男人好自为之！

　　　　　　　　　　　　　　　　　2009 年 10 月于松枝小学

有种幸福叫被惦记

国庆节，我应邀参加了学生的同学会。那些是我二十年前教了三年语文的一个初中班的学生。

二十多天前，我接到一个学生的电话，说他们准备在 10 月 2 日开同学会，请我无论如何要参加，我也很爽快地答应了。接电话后，我着实兴奋了一阵子，要知道，那可是我所教的第一届初中班的学生（当时我还教另一个班的语文课），虽然我没当他们的班主任，但那个班却是我教学生涯中最得意的班级之一。那年，我和他们同时到这所乡镇初级中学（之前我在小学任教），我二十二岁，他们十二三岁。他们初中毕业时，我二十五岁，他们十五六岁，我们一起度过了三年美好的时光。教学活动我已记不太清楚了，因为教了那么多届的学生，教与学雷同之处太多。但一些生活琐事我却依稀记得，他们集体送我的结婚礼物，我至今还保存完好，那是一个棱柱形的玻璃盒子，正面透明玻璃上有个大大的"囍"字，里面是立体的塑料绢花"喜鹊闹梅"，塑料花背后是能反光的镜面玻璃。

二十多天来，我又陆续接到一些那个班学生的电话和短信。

几天前，我为他们每个同学准备了一份礼物——我的第一部作品集《竹箫横吹》，并在每本的扉页上盖了两枚印章：一

枚是我的闲章"松梅之友",一枚是我姓名的篆章。

头天晚上,我翻出了他们的毕业照:有几个是近年来经常见面的,有几个是这二十年来见过一两次面的,更多的是毕业后一面也未见过的。所幸的是,看着照片,名字还记得一部分。

当天早上,本想睡个懒觉,慢慢地去参加,毕竟他们开的是"同学会"而不是"师生会",先让他们同学之间"疯"一阵子,老师稍微晚点去更妥当些。可我却一大早就醒了,再也睡不着,干脆起床,揣上他们的毕业照,提起为他们准备的礼物,也顾不得老师的矜持早早出发了。

再相见时,我四十五岁,他们三十五六岁。二十年……二十年……二十年……说不完的还是二十年后见面的喜悦!在正式的发言时段,我只说了一句:"感谢!感谢同学们还记得我!"

在中午的觥筹交错中我醉了!

2013 年 10 月 4 日于教师公寓

雕根之趣

　　每次到乡下，不管地方熟与不熟，只要有时间，我都会房前屋后地到处逡巡，看看有没有入我法眼的树圪笔（树根）。村民见我东盯西瞅的，还以为是遇到了不法之徒呢，大多会不自然地多盯我几眼。每遇这种情况，我都报以善意的微笑。如有打上眼的，就想方设法搞到手，多数时候能如愿，因为对于他们来讲，只是少了一灶火而已。有时在路边、沟边、山坡上发现有象形的树根，如没有看见其他的人，也就顺手牵羊地拿走。"拿个树圪笔不能算偷……顺手牵羊捡个树根！……艺术家的事，能算偷吗?"呵呵，孔乙己"说"得太在理了!

　　我做根雕已有十余年了，时断时续，严格说来，我这也不算什么根雕，只是使树根稍微光滑一点而已，还是一块树圪笔。我既没有什么美术基础，也没有艺术细胞，更没有拜过师学过艺，只是自己摸索做着好玩罢了，所以我的这些树圪笔不叫根雕，根雕是多么高雅的艺术啊！我把它们叫作雕根，意思是经过粗加工的树根，乐趣也在这雕根的过程之中。犹如"钓鱼"之乐，不在乎"鱼"而在"钓"一样的道理。

　　要雕根，首先要有可雕之物，就如文章开头所写的那样，找根、选根，这也是讲机缘的。机缘凑巧的话，也许就成为一件不朽的艺术品，要不，它就永远只是一个树圪笔而已，最终只能用来填灶眼，为煮饭、炒菜增加一抹温度。在老家，我也到山坡上挖过一些树根，但收效甚微。运气最好的是遇到塌方

随笔杂谈

或搞修建挖山，那样露出来的树根既完整，又新鲜。完整便于选择构思，新鲜便于剥皮、整形。找树根的过程，也就是一个构思的过程，从不同的角度看它像什么，如果这样或那样处理后，又像什么。就算什么也不像，暂时看不出什么名堂的，搁置一段时间再来看。有时，拿着或面对着一个树根，左看右看、上看下看；时而眉头紧锁，做深思状，甚至发痴发呆；时而喜笑颜开，如获至宝。其次是修枝、整形，将多余的须、根剪掉，削掉，锯掉。在动工具之前，往往还要再把树根翻来覆去看许久，看看还有没有更理想的构思，因为一经去除，再也无法复原，有可能造成天大的遗憾，对那种认为可去可留的根须，保留为上。再次是去皮。有些干树根的皮与木质几乎成为一体了，要分离它们还真不易，有时又怕伤到木质。有好几次，树皮没去掉，倒把人的手指皮去掉了。新鲜的树根去皮容易得多，因此，凡收获新鲜的树根，就算一时半会看不出它像什么，也要先把皮去了再说。接着是造型。根据构思和设想，对树根进行砍、削、锉、雕、刻，在这个过程中，新鲜的树根处理起来要容易得多。有的也需进行适当的填补、粘接，但这只能作为万不得已时的补救措施。如是新鲜树根，需等它干透后再进行补救。然后是打磨。基本成型后，就用砂布或砂纸进行打磨，先用粗砂，再用细砂。如此，我也真正深刻领悟到了"琢磨"的本意。如是湿的树根，需干透后再打磨。最后一个步骤是上漆。我的根雕上的都是一种透明的清漆，呈现出来的是有光泽度的木质本色。

我们这儿有句俗话，叫"黄荆条子出好人"，意思就是要教育好娃儿，适当的身体上的惩罚还是必需的。"黄荆条子"是本地山上常见的一种叫黄荆的灌木枝条。这种黄荆是多年生木本植物，它的树圪篼不但木质坚硬、细腻，而且形状多种多样。因此，我这儿的树圪篼，不管是成品还是半成品抑或毛坯，多数都是黄荆的。

有一件"驼鸟"就是一株黄荆的根。那年暑假我回老家，连续几天的暴雨，一处山体滑坡，一株黄荆连根滑了下来，我取下其根运回家，没看几眼，灵光一闪，就将其加工成一只"鸵鸟"。它现在一直站在我的电视旁边。

"辟邪"有点像爬行动物，又有点像一种鸟，其实就是个树圪笩，因它是桃树根，据说桃树枝可以辟邪，因此我就给它起个名字叫"辟邪"，它理所当然地搁在进门处鞋柜上的博物架上，守门辟邪。

有件挺着个大肚子的断嘴烂尾巴鸟，我给它取个名字叫"官鸟"，并赋打油诗一首：

> 大腹便便为哪般？
> 鸟中亦有鸟当官。
> 东窗一日事发了，
> 嘴折尾烂实难免。

有几次，我也把我的这些树圪笩搬进教室，让学生们写观察作文，并给他们讲这些树圪笩的故事。后来，我发现有几个学生也如我似的在房前屋后逡巡起来。也有个别情商高的学生见本师有如此嗜好，就送来几个树圪笩，我也冒着被举报收礼的危险笑纳了。

也有朋友建议我拿去出售。不管他们是取笑、嘲笑也好，开玩笑也好，还是真心实意也好，我都笑着婉拒之：舍不得卖，此乃无价之宝也！它的珍贵在于它的唯一性和不可再生性。但我还是送了几件给朋友或朋友的孩子。

再过若干年，它们肯定是价值连城的古董！

2015 年 3 月于青竹居

随笔杂谈

戒烟百日杂感

"你居然戒烟了？"朋友质疑我。"没戒，只是暂时不抽了。"在此之前，我还不敢说硬话。今天刚好一百天，我可以自豪地宣布：我终于把烟戒掉了！

我从 1986 年 8 月参加工作时正式注册为烟民，之前试尝阶段不作数，到 2015 年 3 月 31 日戒烟，历时也已二十八年又八个月，真可谓历史悠久矣。

20 世纪 80 年代中后期，正式注册为烟民时，国松（8角）、白芙蓉（1 元 5 角）、五牛（2 元 2 角）等是我们低收入者的首选，而阿诗玛（4 元 5 角）、红塔山（6 元 5 角）等高档香烟我们就只能偶尔为之。时光到了 21 世纪，成都卷烟厂的娇子系列进入我们的生活：蓝娇（12 元）、红娇（15 元）；还有玉溪卷烟厂的盖玉（20 元）和软玉（21 元）；还有云烟系列：紫云（10 元）、软云（22 元）。而精娇（42 元）和中华系列：硬中（45 元）、软中（65 元），我们就很少问津。如今，更有那高端香烟，动辄 100 元左右甚至数百元一包。随着时间的推移、经济的好转，香烟品种也越来越多，也越来越高档，由最初的平嘴到过滤嘴，烟盒也不断变化，由软而硬，再由硬而软。偶尔吸过外烟，如良友、"555"，也吸过雪茄烟，如巴山雪茄、长城雪茄，还吸食过真正的叶子烟。

我吸烟不但有历史，而且有文化。我曾在文中自我定位：

"性嗜烟酒牌也。"我也曾撰写过《烟品与人品》《香烟琐谈》等文章，还曾自题小像："黑牙黑髭黑头发。"黑牙者，吸烟所致也。

有人说：戒烟太容易了，我已是第 N 次戒了！

不戒烟的理由太多：国家那么大的税收，我这是支持国家财政收入。香烟业从业人员众多，我是为国家解决就业难题，为国分忧。吸烟是消费，能有效拉动 GDP。"酒开路，烟搭桥"，吸烟是为了更好地处理人际关系。烟味 + 酒味 + 汗味 = 男子汉气息。吸烟有助于思考。伟人、名人，如罗斯福、鲁迅、福尔摩斯也吸烟……

戒烟的理由却很少，最普遍的理由是医生建议戒烟，其次是真情所迫戒烟。

而我本次戒烟，却源于一场误会。3 月 30 日，我浏览手机短信，被一条短信惊呆了："储蓄卡 3 月 12 日 10 时 13 分完成了一笔连连银通交易：- 1099.00。"我首先想到的是钱被盗刷了，然后就想到问题肯定出在儿子身上，前段时间把卡号和密码告诉过儿子，他说打游戏能挣钱，确实也有几十元钱进账，我当时心里还暗自高兴过。晚上想了许久，1000 多元，这可是我月工资的三分之一啊！思前想后，觉得这不能全怪儿子，他毕竟只有十七岁。我自己也有责任，当初不是默许他打游戏的嘛！当银行卡进账时，不是也暗自高兴过嘛！于是我就决定戒烟一个月，把这 1000 多元钱节约回来，以示惩戒自己。第二天，我就打电话把情况告诉儿子，并宽慰他，也把自己戒烟的决定给他说了，把短信也转发给他，叫他仔细查一下，并告诫他天上是不会掉馅饼的，世上没有免费的午餐。儿子几天后回家，说到这事，我说还要感谢这次事件，把烟戒了。儿子说到他查的结果是京东商城购物款。我猛然醒悟，自己确实在网上京东商城买过一件 1000 多元的家具。急忙去查，确实只有这笔支出。通过反省，原因有三：一是那段时间太忙，心绪乱，"先入为主"，也就没有想到去查询。二是"连连银通"几个字误导了我。三是以前京东购物都是货到付款。想到自己错怪了儿子，急忙把情况给儿子说明，并表示歉意，同时决定延长惩罚期：终身戒烟！

这一百天来，香烟又提价了！《增广贤文》有言："无求到处人情好，不饮任他酒价高。"我现在是"不吸任他烟价高"！

这一百天来，咽喉比以前清爽多了，牙齿也没以前黑了！

这一百天来，朋友还是那些朋友，也没见减少！倒还增加了些新朋友。

这一百天来，也曾出现过戒烟综合征：疲惫、烦躁、六神无主……

这一百天来，也曾产生过放弃的念头！

阿基米德说，只要给我一个支点，我就能撬起整个地球！我说，只要给自己找个理由，再大的烟瘾也能戒掉！

2015 年 7 月于青竹居

漫谈发型

文学作品中的经典发型，让人久久回味。在冯骥才先生的笔下，傻二那一条"神鞭"可谓随心所欲、出神入化、八面威风。这既荒诞又神奇的辫子功，总算让大清国民吊在后脑勺的屈辱的长辫子扬眉吐气了一回。金庸的《倚天屠龙记》中，明教四大护教法王之一的"金毛狮王"谢逊，满头金发，魁伟雄奇，文韬武略，性烈如火。虽然，他曾因种种原因滥杀无辜，但文中所表现出来的他与张无忌间的父子情比男女情更是小说的重点。"是谁解开了麻花辫？是谁违背了诺言？"每当听到郑智化这哀怨的歌声时，也令我想起我的初恋，想起我的"马尾巴"。

足球场，历来就不只是球星们展示球艺、球技的地方，同时也是他们展示发型的场地。足球场上球星们的发型千奇百怪，"辫帅"古力特，"荷兰三剑客"之中场核心。"鸡冠头"也叫"莫西干"发型，从贝克汉姆开始流传。外星人罗纳尔多的发型，有点克隆我们中国的"阿福"发型，与我们这儿为小孩儿理的"一片瓦""撮箕头"类似。2006 年德国世界杯足球场上，光头齐达内那一撞，更让他那颗"光头"蜚声世界。足球界两个最知名的光头裁判——韦伯和科里纳，都是一样的光头，都是足球场上的焦点，更都是执法过世界杯决赛的顶级裁判。

　　生活中，发型的变化，也可从一个侧面反映出社会生活的变迁。

　　在我最初的记忆中，20世纪70年代末、80年代初，逢场天的五凤溪，赶场的人摩肩接踵。几个理发摊都是一派忙碌的景象：一张椅子，一个洗脸架，一个洗脸盆，一张黑黢黢的洗脸帕，一套简陋的理发工具，剃头匠忙得是不亦乐乎，每个摊位都有好几个等候的。那时候，人们对发型也没有什么特别的要求。发型主要有两种：一是剪短发，就是现在所说的"学生头"，也就是自然发型。二是剃光脑壳（光头）。老年人一般都剃光脑壳，不是他们喜欢光头，想扮酷，而是从节约出发。如果剪短发一个半月一次的话，那么剃光头就有可能两三个月才剃一次。理一次发一角钱，一年下来，就能节约好几角钱。而且理发也只是男孩和男人们的专利，女孩和女人们是不用专门理发的，头发长了，在家里用剪刀互相剪短就行了。女人们的发型也很单一，女孩或年轻姑娘用橡皮筋或红毛线扎辫子（麻花辫子），一般是两条，独辫很少，或是在脑后束一马尾。中年妇女一般剪齐耳短发，老年人扎发髻（梳鬏鬏）。扎辫子也好，剪短发也好，额前都有一抹刘海，那一抹刘海，不知谋杀过多少男人的眼光。

　　关于理发，有两件事我至今记忆犹新。一件事是我在一张报纸上看到的，首都北京，理个发居然要二角五分钱，觉得简直不可思议，太贵了，我们这儿剪个脑壳才一角钱。另一件事是我读初一的时候，被迫剃了次光头。原因就是我头上长虱子了，为了让虱子没有落脚之处，干脆剃个光脑壳。那个时候，生虱子很普遍，生活条件太差了，一个字——穷。当时还有句俗话："穷生虱子富生疮，背时倒灶生疔疮。"凡是有女孩、女人的家庭，除了有梳头的梳子外，还有一件必备品，那就是篦子。它实际上是一种特殊的梳子，其主要功用就是篦除头发里的虱子和虱子蛋。曾经有这样一个段子，问："与人最接近的动物是什么？"有人答："猴子！""猩猩！"也有人答："虱子！"

20世纪80年代末、90年代初，随着改革开放的深入，人们生活水平的提高，发型也就越来越多姿多彩。理发店越来越多，剃头匠也改称理发师了。辫子慢慢消失了，女子烫发逐渐流行起来了，到处都是卷卷头，还有爆炸式。男子的发型也多样起来，有的也留得长一些了，也流行烫发。到了90年代后期，女子流行烫发、削发，男子流行平头（板寸头）、大背头。

到了21世纪，种类繁多的美发店、造型各异的发型设计室，遍布大街小巷。离子烫和染发流行后，离子烫成了女孩的新宠，将自然弯曲的头发烫成顺滑的直发成为每个爱美女孩的向往，护发产品也从招灰的"头油"变成了品牌多样的焗油膏。

近年来，烫发染发开始引领新风尚，发型在设计上强调个性和独特，是否适合年龄和职业，是否与脸形相配，发色的明亮度、花型的大小、卷的方向都有了不同的标准，也涌现出一些诸如烟花烫、平板烫、挑染等新名词。"发"样年华自此进入一个真正的百花齐放、各领风骚的时代。随着发型的变化，头发的颜色也开始出现变化。一些中青年人认为黑色头发单调，缺乏轻快柔和的美感，于是他们大胆冲破传统美学观点，从最初的将头发染成黄色、金色、栗色、红棕色等，到后来的一撮白、绿、蓝，甚至有的人干脆一个头上出现几种颜色，也就是今天所说的"橘子瓣"发型。追求时尚与另类的都市人的"顶上风情"越来越丰富多彩。这些都指女性而言，反观男性，却出现一种返璞归真的现象，中青年男士追求一种自然发型，只有一些小伙子，把发型整得奇奇怪怪，颜色染得五花八门。另一些中老年男士也焗染头发，是将花白的头发染成黑色。

场地由剃头摊子而理发店而美发店再到发型设计室，对师傅的称谓由剃头匠而理发师而美发师再到发型设计师，服务由单纯的剪发、剃头到染发、烫发、护发、美发，费用也从一角、五角、一元涨到现在的一二十元，当然这只是指一般的洗、吹、剪，如果要烫、染、焗、护理的话，动辄几百上千。这些不仅是名称、用语、费用上的简单演变，也折射出人们观念的更新、时代的变革、社会的进步。

从"关门大吉"说开去

　　近日，我们经营了四年多的茶楼终于关门歇业了，我是全身心地轻松下来：现在好了，再不用看顾客的嘴脸了，再不用听顾客的唠叨了。这几年来，在这小小的生意场上，真的是战战兢兢、如履薄冰。诚然，顾客确实是上帝，但当你的付出与回报不成比例之时，或者已无法承载超负荷压力之时，"关门"未必不是件好事！请祝贺我"关门大吉"吧！生活中许多人说"关门大吉"都是一种幸灾乐祸的心态，一种嘲讽、挪揄的语气！请真心祝贺我"关门大吉"吧！谁说的只是"开张""开业"才祝贺"大吉"啊！

　　一段婚姻已经无法维持，确实已名存实亡之时，离婚未必就不是件好事！"新婚""结婚"固然可喜可贺，但当我们的朋友从婚姻的围城中脱困之时，希望我们也能送上一句真心的祝福：祝你离婚快乐！有的人将离婚率的高低用来衡量一个地区文明程度的高低确实失之偏颇，但是，如果离婚双方能心平气和地走进"离婚酒店""离婚酒吧""离婚水吧"，互致"祝你离婚快乐"时，我相信，他们的文明程度确实提高了。

　　一段感情无法维系之时，放弃何尝不是一种美丽！

　　一个新生命的诞生，可以迎来无数的笑脸。一个生命的逝去，也不一定全是悲悲戚戚。对那些寿终正寝的自然老死的人，儿孙们理应高高兴兴地送他们入土为安，要不怎么会有

"红白喜事"之说，所谓"白喜事"，当然指这些事，既然是喜事，理应高兴才是啊，生老病死乃亘古不变之自然法则。对那些病魔缠身、生活无法自理长期卧床不起、被病痛万般折磨的病人逝去，也应感到是一种解脱。首先，对死者是一种解脱。虽然人们常说，好死不如赖活，但当你真正体会到生不如死的时候，死亡未必是一件坏事！其次，对生者也是一种解脱。俗话说，久病床前无孝子！对这些病人的亲属来讲，高昂的医疗费用造成的经济压力，照顾病人所耗的大量时间和精力，眼见亲人痛楚带来的精神压力，无一不是一种沉重的负担！但这不能成为亲属放弃病人治疗的借口，只能作为安慰生者的一种理由。据语言学专家说，"安乐死"这个词是外来词翻译得最恰当的词之一，我也这样认为。"安乐死"来自希腊语，有"好的死亡"或"无痛苦的死亡"的含义，是一种给予患有不治之症的人以无痛楚或更严谨而言"尽量减小痛楚"的致死的行为或措施，一般用于在个别患者出现了无法医治的长期显性病症，因病情到了晚期或不治之症，对病人造成极大的负担，不愿再受病痛折磨而采取的了结生命的措施，经过医生和病人双方同意后进行，为减轻痛苦而进行的提前死亡。在此，我对那些将"安乐死"合法化的国家和地区致以崇高的敬意！将来，当"死得好"由诅咒的话变成祝福语时，我们的社会也就真正提升文明程度了！

"倒霉"是好事

　　几日前，我自制红豆腐：将豆腐切块后，在阴暗、潮湿的环境中放置一段时间，让它自然发酵、霉变，成了毛豆腐；然后用食用酒消毒；再裹上辣椒面，佐以花椒面、五香粉等；最后再装入瓶、罐等器皿中密封三五天，即可食用，实为下饭妙品。由于外面裹满了火红的辣椒面，所以叫"红豆腐"。毛豆腐用酒消毒后，可用白菜叶包裹制成"白菜豆腐乳"，也可制作"油炸臭豆腐"。

　　用酒消毒的过程，我们这里有个形象的说法叫"倒霉"。你看，那毛豆腐上的黑黑黄黄的长长的霉菌丝，只要往盛有酒的碗里一浸泡，那长长的"霉毛"一下就"被倒了"，毒也消了。"倒霉"还真是好事！

　　从字面来理解，"倒霉"也应是好事一桩，把"霉""倒掉"了，亦即"霉运"远离自身了，当然应该是好事啊！

　　但却常听人抱怨：真倒霉，职称又没评上！真倒霉，又输钱了！真是倒了八辈子的霉，尽遇到些不顺心的事。

　　"百度"一下，"倒霉"指不良状况，尤指关于健康、命运或前途的坏状况。常用于谴责或因痛苦而呼喊。起源于封建时代，读书人要做官，就要参加科举考试。据说明朝时，考试录取很难，如果录取了，就在门前立旗杆一根；如果考不中，就把旗杆放倒拿走，称为"倒楣"。"楣"本是门上的横木，这里指高杆。"楣"与"霉"读音相近，而且"霉"字亦有坏运气的意思，久而久之便发展成了"倒霉"。其原意也延伸为泛称各种不顺利或不幸的事。此"霉"非彼"楣"也。原来如此！

　　人生不如意事十之八九，"倒点霉"算个啥！就算你生活中"屋漏偏逢连夜雨，船迟又遇打头风"，"祸不单行"地"霉透了顶"，也要乐观面对，积极应对，不能一味地怨天尤人。古语云，否极泰来！

偏方·药引子·药罐罐

中医是中华千年文明的一个重要组成部分。从尝百草的神农氏到神医扁鹊、华佗，到医圣张仲景、药王孙思邈，再到著《本草纲目》的李时珍，以至后来的郎中和现在的中医师，他们治病通过一番望、闻、问、切之后，都要开药方。这些药方，都是他们根据前辈医书的记载和自己行医的经验，结合病人的实际情况开出的。也有一些民间流传不见于医药经典著作的中药方，叫偏方，它的一大特点是其疗效的不确定性和因人而异。偏方因其用药简单、价廉、疗效独特而受百姓的欢迎，在民间有"偏方治大病"和"小小偏方，气死名医"的说法。偏方在民间流传的特定环境中，往往被解读成"秘方"。

眼下，癌症患者特别多，许多患者认为自己得了绝症，就不相信科学，想着"死马当成活马医"，就听信一些偏方"以毒攻毒"，什么癞格宝（蟾蜍）啦，什么偷油婆（蟑螂）啦，什么毒蛇啦，都成了良药，其结果可想而知。

吃五谷，生百病，不要讳疾忌医，更不要病急乱投医。

有些中药，还需要药引子。药引子是引药归经的俗称，指某些药物能引导其他药物的药力到达病变部位或某一经脉，起向导的作用。药引子可以说是化学中的催化剂的作用，但作用不仅仅局限于催化剂，还有其他辅助作用，如增强疗效、解毒、矫味、保护胃肠道等作用，与中药、中成药适当配合，可收到相得益彰的效果。服用中药、中成药，多用白开水、酒、淡盐水、蜂蜜水、米汤、红糖水、葱白汤、姜汤等做药引子送服。也有些千奇百怪的药引子，童子尿的功效可能许多人都听说过，也许有的人还试用过。当然，有的是医生故弄玄虚，给病人以神秘感，让人觉得他医术高超。

鲁迅先生在《药》中写到的治痨病的"人血馒头"，他在《父亲的病》中也写了几味药引子：竹叶十片去尖、经霜三年的甘蔗、蟋蟀一对（原配）……这些药引子真的是奇葩得可以。文中还提到一个医案，即治水肿病的丸药——败鼓皮丸。这"败鼓皮丸"就是用打破的旧鼓皮做成。水肿病又名鼓胀病，用打破的鼓皮自然就可以克它。这医理，能服人吗？还有个与这有异曲同工之妙的医案，说有人得了痢疾，吃了好几个郎中开的药，都不见好转，朋友给他个偏方：干苞谷（玉米）芯三个，化灰，温水冲服，效果奇佳。有人问他朋友，医理是什么？朋友耳语："屙得厉害，苞谷芯能塞住啊！"莫非歪打正着？医案三是，有个朝廷重臣得了个怪病，太医开的药方中有味药引子是"龙须"，还好，皇帝把他的胡须剪了三根下来。如今如果需要"龙须"做药引子的话就麻烦了，现在一般民众都很少蓄须的，更不要说是皇帝，就算皇帝有须，是轻易能得到的吗？

看中医，服中药，还需要一个必不可少的器具——熬制药剂的药罐罐。正因如此，人们把那些长期患病的人称为"药罐罐"。在我们五凤老家，有个习俗，药罐罐可以借，但不能还。除了那种长期需要药罐罐的"药罐罐"，谁家也不会把这作为家庭必需品来添置。村民需要用药罐罐时，就打听，药罐罐在哪家？而不是问，谁家有药罐罐？借的时候，也不说"你家的"也不说"借"，如果说"借"，那不就成了他家之物了，而应说"拿"，谁家愿拥有这"药罐罐"啊！正确的表达应该是："把药罐罐拿给我用一下！"药罐罐就这样游走在村民家中，久而久之，这药罐罐也就成了公有的了，至于当初是谁家买的，已不重要了。后来，大家干脆把用过的药罐罐挂在门外显眼的地方。

笔者喜欢收集药方、偏方，现将两个妙方分享给大家，愿大家终身远离药罐罐。

链接：

快乐妙方

4杯爱，5勺希望，2杯忠诚，2勺温柔，3杯宽容，4勺信任，1杯友谊，1桶笑声。

用药方法：取爱和忠诚与信任充分搅拌，然后将温柔、善良和理解加入，添上友谊和希望，洒上大量笑声，同阳光一起烘烤，每日食用一份。

昆明华亭寺里，有张专治心病的处方，使人读后受益匪浅。

治心病方

药有十味：好肚肠一根、慈悲心一片、温柔半两、道理三分、信任要紧、中直一块、孝顺十分、老实一个、阴阳全用、方便不拘多少。

用药方法：宽心锅内炒，不要焦，不要躁，去火埋三分……

用药时要忌：言清行浊，利己损人，暗箭伤人，肠中毒，笑里刀，两头蛇，平地起风波。

抱鸡婆的控诉

我是抱鸡婆，有的又叫我抱鸡母，这是我鸡生中最值得骄傲和自豪的时段，我认真履职尽责地孵蛋，不但要保证每枚鸡蛋的温度，还要每天将鸡蛋翻转和调整位置以保证温度的均衡，这样才能孵出身体健康的子女。在带养子女期间，我努力用自己的双爪刨开土壤，让我的子女吃虫子，我教他们觅食，教给他们生存的本领。白天遇到鹰来抓小鸡的时候，我会迅速地将所有子女抱在怀里，护在鸡翼下，如果不小心受到鹰的攻击，我会尽全力去反击；晚上遇到黄鼠狼的时候，我也会毫不犹豫地啄它，大声喊叫。我尽心尽力地看护子女，爱护他们、保护他们。我有什么错？却被可恶的人类冠以许多侮辱性的说法，贴上许多贬义的标签。他们还强迫我们吃含有激素的有毒食品，更有甚者，这些万恶的人类还剥夺了我做母亲的权利，剥夺了我哺育子女、教育子女的权利，剥夺了我享受天伦之乐的权利。我要向仁慈的玉皇大帝控诉，请您来主持正义，还我以公道。

控诉之一：让人类停止栽赃诬陷，恢复我们的名誉

仁慈的玉帝，您可得为我们做主啊！他们人类女子无行，凶神恶煞，恶声恶气，张牙舞爪，却硬栽到我们身上，说是"抱鸡婆打摆子（疟疾）——又扑又颤"，我们有时是"又扑又颤"，但那是为了保护自己子女，这有什么过错？他们人类自私自利，打小算盘，"各人自扫门前雪，休管他人瓦上霜"，各顾各，这也赖到我们身上，说是"抱鸡母带娃娃——只管自家一窝"，我管好、照顾好、保护好自己的子女，难道我错了吗？连他们人类自己都说，婆娘是别人的好，娃儿是自己的乖。再说，我也没有能力去管别鸡的孩子。他们人类自己做事没有恒心，"三天打鱼，两天晒网"，却拿我们排泄来说事，"抱鸡婆屙屎——头节硬"，这简直是无理取闹。他们自己缺少办法，无法约束好子女和管理好下属，也把责任推到我们身上，"抱鸡婆不抱，掰断脚杆也不抱"。时下，无法无天之徒比比皆是，也说是我们引起的，"胆大骑龙又骑虎，胆小只能骑抱鸡母"。他们为了不被别人嘲笑只能骑我们，所以就潇洒走一回，走上一条不归路。可话又说回来，想骑我们就能骑得上的吗！

控诉之二：让人类停止肆意投毒，使我们回归自然

仁慈的玉帝，您可得为我们做主啊！他们人类为了自身的利益，最大化地利用我们为他们赚钱，赚昧心钱。他们在我们的食物中，添加一些含生长激素等有毒有害的东西，还把我们毫无"鸡"性的、惨无"鸡"道地分为"肉鸡""蛋鸡""种鸡"，并分别投喂，使"肉鸡"生长周期变短，提前出栏；使"蛋鸡"提前产蛋，长期产蛋；使"种鸡"提前性早熟，成为他们扩大鸡场的繁殖工具。让我们百思不得其解的是，这些愚蠢的人类，他们明知这样做的最终受害者是他们自己，可他们为什么还要这样做呢？

控诉之三：让人类停止侵权，恢复我们孵蛋的权利

仁慈的玉帝，您可得为我们做主啊！我本以为，能幸运地成为"种鸡",就能享受"抱鸡婆"孵蛋的待遇,可这些可恶的人类,他们不但在我们饲料中添加一种特殊的药物,使我们持续产蛋,而不能成为"抱鸡婆"。还残忍地将我们产下的蛋拿走,然后给一个叫什么"孵化器"的家伙去孵化。

控诉之四:让人类停止霸权,还我抚养教育权

仁慈的玉帝,您可得为我们做主啊!他们人类不但剥夺了我们孵蛋的权利,还剥夺了我们抚养、教育子女的权利。我们常常以泪洗面,没有妈妈的羽翼,孩子会不会被冻着?会不会有危险?没有妈妈的教育,孩子会不会觅食,会不会饿着?他们人类有个画家,画了我们一家的生活情境:一只抱鸡婆,乐融融地带着一群小鸡在觅食、玩耍,还好意思命名为"家"。玉帝你来评评理,我们现在哪还像个家?

综上所述,请玉皇大帝做主,判人类有罪,让他们为自己的虚伪、自私、自以为是、贪婪付出代价,还我们以公平、自然、尊严。

万能的鞭炮

中国，是世界"四大文明古国"之一，我们至今仍抱着"四大发明"沾沾自喜。火药，就是其中之一，国人将其制作成鞭炮（爆竹）、花炮（烟花），从古至今在人们的生产、生活中扮演着不可或缺的重要角色，上至国家重要庆典，下至普通百姓生老病死，都能见到它的身影。

逢年过节，放鞭炮；过生庆寿，放鞭炮；娶媳嫁女，放鞭炮；开工完工，放鞭炮；添丁添车，放鞭炮；夭折寿终，放鞭炮；升学升官，放鞭炮；从医院出来，不管是"立"着走出来的（病愈），还是"横"着推出来的（病逝），放鞭炮；从监狱出来，不管是经济犯，还是刑事犯，都要放鞭炮。

"爆竹声中一岁除，春风送暖入屠苏。"诗中所体现出来的除夕之夜，人们的喜悦之情溢于言表。现在除夕、春节，也是烟花、爆竹燃放量最多的时节。每年除夕之夜的跨年倒计时前后，全国不知要燃放多少烟花、爆竹！仅我们一个小小的金堂县城，就会"噼噼啪啪、轰轰隆隆"近一个小时。烟花、爆竹的燃放，要持续半月之久，到了正月十五元宵节，还会掀起一个小高潮。

过去，有这样一副辛酸的对联："咦！哪里放炮？啊！他们过年！"时下，这烟花、爆竹的燃放，也成了某些暴发户和土豪们炫富、斗富的一种手段。由此看来，从过去到现在，这游戏也主要是有钱人玩得多一些，一般民众也只是点到为止。

这烟花、爆竹，想说爱你不容易！弊端显而易见：不安全。从生产、销售，再到燃放，哪一个环节没有几个惨痛的例子。污染比比皆是。不必说生产过程中的污染，也不必说光和声的污染，单是燃放产生的气体、粉尘、纸屑等有害物质，对大自然就是一种重大的灾难。

想说恨你也不容易。这"禁烟运动"（某些节点禁止燃放烟花、爆竹）与那"禁烟运动"（公共场所禁止吸烟）一样，举步维艰，这"条例"那"规定"，收效甚微。俩"烟"都不可小觑，那么大的需求群体，那么多的从业人员，那么大的财税收入。

所幸的是，人们许多依赖鞭炮的习俗正逐步改变。人们燃放烟花爆竹，也一般都到指定地点，意思意思而已；过生日或婚礼，也有用电声爆竹替代的；扫墓挂坟，鲜花在不断地增加，鞭炮在逐渐地减少。

但愿，在今后的生活中，鞭炮不再这么万能。

阉割及其他

近日，重温张贤亮《男人的一半是女人》，无端地想到"阉割"一词。

小时候，常常去围观骟猪匠（也称刀儿匠）骟猪儿，只是为了看热闹。据说朱元璋曾给阉猪人写了副对联："双手劈开生死路，一刀砍断是非根。"这对联既大气也很隐晦，上联说阉猪是个技术活，一不小心就会要了猪命，有经验的阉猪人会避开猪的血脉要害；下联说阉猪的好处，阉掉之后，性激素不再分泌，可谓去掉是非之根，猪们才能心无旁骛、温顺老实地致力于长膘，可以降低养猪户的管理难度，增加养殖效率。

这阉割，还用于对奴隶、战俘的处置，也用于对性犯罪者的惩罚。在封建社会，也有对犯其他错误的处以这种刑罚的，如著《史记》的太史公司马迁。

凡此种种，无论是对猪的阉割，还是对人的阉割，都需用工具去除身体某部位的某个器官，这可称为物理阉割。总而言之，这做法太不人道了（对猪而言就是太不猪道了），可以说惨无人道（惨无猪道）。

现如今，为了打击性侵未成年人的犯罪，一些国家比如韩国、波兰、美国等实施强制或者非强制的化学阉割。

那些作为影响牲畜有效生长的障碍、作为歹徒为非作歹的工具，应该毫不手软地阉割掉。无论是物理阉割，还是化学阉

随笔杂谈

309

割，都是生理上的阉割。还有像莫言小说《蛙》中所讲述的对未完全成型的生命的"阉割"，也是一种生理上的阉割，而现实中更多的是心理上的阉割。

正如本文开头所提到的《男人的一半是女人》，故事并不复杂，讲的是章永璘被打成"右派"在场部劳作的事。他在八年前一个黑夜，看到芦苇荡里一丝不挂洗澡的黄香久，这成了章永璘不可磨灭的记忆。八年后他们两个在另外一个场部劳作时相遇，八年前的对视，两个人立即认出了彼此，在周围人的怂恿下，他们结了婚。新婚之夜发现章永璘只是"半个男人"，就像是被骗了的大青马一样。后来，在一次意外的抗洪救灾后，章永璘终于成为一个"完整的男人"。其间也还发生了许多故事，但最终两人还是分开了。

现实生活中，高标准的物质生活压力，高强度的工作节奏，高度压抑的生存环境，无不让人感到力不从心，又哪有心思去想其他呢！最终导致的是人性被阉割。

一些禁锢的标准化式的教育方式，何尝不是对人类思想的阉割。正如《三字经》所言，人之初，性本善。那么后来为什么又不"善"了呢？还有个段子：在一张白纸上画个圆圈，老师问这是什么？幼儿园孩子可以回答出无数种答案，小学生可以回答出十余个答案，而高中生就只有一个答案——圆。

这些只是对个体而言，大而言之，历史上对文化的阉割，更是让人触目惊心。

清代康熙、雍正、乾隆时期严苛的文字狱。这一时期是中国古代史上文化专制极为惨烈的时期。文字狱案及禁书案规模空前，就所杀戮的人数和所禁毁的书籍数量而言，前所未有。这一时期的文化专制政策的制定与实施，不仅给当时的中国带来诸多消极影响，而且使近代中国社会发展缓慢，使中国社会较西方主要资本主义国家落后一个时代。

凡此种种，足以令我们后世之人警醒。

称猫与称官

前几天回了一趟老家，老爸老妈又是杀鸡又是杀鸭，忙得不亦乐乎。可临近中午开饭时，却听见老妈气愤的声音："这个死猫、懒猫，又偷吃鸡肉。好久又要把你拿来称一下了。""称猫？"我此前也听说过几次，但总觉得这事有点玄乎，总不以为意。

我老家在五凤溪乡下，那儿许多人家都养猫。现在人们的生活条件好了，猫们也养尊处优，越来越懒惰，甚至忘了自己的本职工作，于是就导致老鼠越来越猖獗。为了不让猫们迷失本性，人们就祭起不知传于何朝何代的法宝——"称猫"，就是把猫拿来用秤称量一下。猫被"称"之后，就又会回归本性，履职尽责捕捉老鼠了。这"称猫"也是很有讲究的：秤，必须是杆秤，而不能用弹簧秤、天平秤之类的。称的时候，也不能用竹篮、口袋之类的装着猫秤，而是只能用秤钩勾着猫颈上的绳索来称，且必须把猫吊离地面，称出斤两（恳请动物保护主义者们噤声，这不是虐待，只当是猫伸了个懒腰而已）。

据老妈讲，还真的挺有效果的。我家的猫每次称了之后，第二天一早，不出第三天，就会向主人展示它的战利品。

由"称猫"联想到"称官"，把官们时不时地拿来称量、考核一下，能否让他们也由懒散、不作为变得勤政爱民；能否由贪腐变得清廉。只要方式方法得当，应该是有效果的。

封建时代，对官员的考核、称量体现的是皇权思想，"君君臣臣"，皇帝说了算。由皇帝定期或不定期地派遣大臣去巡查地方，监督、考查官吏。也有专门的巡按（又称按台），是中国历史上的官职，代表皇帝巡视地方，各府、州、县行政长官皆其考查对象，专门负责监察，一般不理其他事务，权力极大。唐天宝年间，派官巡按天下风俗黜陟官吏，巡按之名始此。明永乐时，以一省为一道，派监察御史分赴各道巡视，考查吏治，每年以八月出巡，称巡按御史。巡按御史品级虽低（监察御史为正七品官），但号称代天子巡狩，各府、州、县行政长官皆其考察对象，大事奏请皇帝裁决，小事即时处理，事权颇重。清初亦有巡按御史，顺治时废止。

新中国成立后，"称官"仅仅依靠中组部、中纪委和地方各级组织部、纪委，是远远不够的，必须紧紧依靠人民群众，通过各种舆论工具来监督、考核官们。近年来，不时有小偷偷出来的贪官，不时有微笑笑出来的贪官，不时有照片照出来的贪官……

由此又想到包公这只千年老"猫"，他是一只能避鼠的猫。

半斤八两话诚信

"半斤八两"是大家耳熟能详的一个成语，意思是半斤、八两轻重相等，比喻彼此不相上下，旗鼓相当。"半斤"本来应该是"五两"，怎么又和"八两"轻重相等呢？现在大家所熟悉的斤两是"十进制"，一斤等于十两，一两等于十钱。而旧制的斤两是一斤等于十六两。这也就是"半斤八两"的出处。

这"旧"也并不是很古老的事，改十六进制为十进制，可以说是几经波折，直到1959年6月25日，国务院才规定十两为一斤的。当时使用的木杆秤有两种，一种是十六两一斤的叫作老秤，一种是十两一斤的叫作新秤。与现在"斤、两"和"千克、克"并用类似。老秤的一两，人们习惯称作小两；新秤的一两，人们则称作大两。国家和集体部门使用的都是新秤，民间和集市交易则是两种秤并用。那时候人们之间的很多交易都是以物易物的，例如用豆子换豆腐，用芝麻换香油，用旧鞋烂棉花套子换针线，用地瓜干换酒，等等。每当有商贩来到村里，人们问价钱一般不是问多少钱一斤，大多是问怎么换。比如村里来了卖豆腐的（其实说是换豆腐的更贴切），想买豆腐的人便问：这豆腐怎么换呀？对方便回答一斤豆子换几斤几两豆腐。一涉及两，人们便会再问一句：是大两还是小两？如果是用现钱交易，这十六两秤的算账就是一大问题，因

为是十六进制，把一斤的价钱换算成一两的价钱是很麻烦的。那时候村里识字的并不多，会笔算或者珠算的人更是寥若晨星，更谈不上现代化的计算器了，大多只能靠口算和心算，往往一笔不大的交易，光算账就占去很多时间。所以有很多卖东西的不是论斤卖，像卖萝卜论把儿，卖蒜论瓣，卖白菜论棵，卖西瓜论个儿，等等，就是为了减少算账的麻烦。

这种常用的杆秤主要称量几两到几十斤的物品，再重些的物品需要用抬秤，可以称量几十到数百斤。如果更重一些的物品，就只有采用"曹冲称象"的方式了。称量精确到几钱几分的秤，叫"司马秤"，俗称"戥"，作为专门称量黄金和名贵药材的小秤，它是用名贵而且坚硬的木料做秤杆、用稳定的金属铜或玉料做秤砣，而且都镶嵌在精致的盒子里面，有些还配上象牙算盘。但一般中药铺用的小秤主要还是木杆秤。

把十六两定为一斤，有这样一个传说：秦始皇统一六国之后，负责制定度量衡标准的是丞相李斯。他很顺利地制定了钱币、长度等方面的标准，但在重量方面没了主意，他实在想不出到底要把多少两定为一斤才比较好，于是向秦始皇请示。秦始皇写下了四个字的批示"天下公平"，算是给出了制定的标准，但并没有确切的数目。李斯为了避免以后在实行中出问题而遭到罪责，决定把"天下公平"这四个字的笔画数作为标准，这四个字的笔画数正好是十六画，蕴含着人们对美好生活的向往。于是李斯定出了一斤等于十六两。

杆秤的刻度叫秤星。这十六颗星为一斤的老秤，还有个说道，不仅讲了老秤十六两一斤构成的依据，还展现了我们老祖宗鞭策后人在进行商业活动时必须遵守诚信的美德。"老秤十六两组成一斤"具体组成是：每一个"星"表示一两，十六两共有十六颗星：大熊座的北斗七星（天枢星、天璇星、天玑星、天权星、玉衡星、开阳星、瑶光星）和属于人马座的南斗六星（天府星、天梁星、天机星、天同星、天相星、七杀星），另外还有在人们心目中寄托美好愿望的"福""禄""寿"三星。"福""禄""寿"三颗星的加入起着规范计量活动必须诚信的目的，要求实施计量者在称量过程中要规规矩矩，必须足斤足两，否则克扣一两就意味着实施计量者损"福"，克扣二两者就损"福、禄"，克扣三两者"福、禄、寿"就自然全损……由此看出老秤"斤"的组成不仅仅是计量单位，它也告诫人们在计量过程中要坚持诚信的原则，不能缺斤短两。由此可见我们的祖先将"十六两组成一斤"独具匠心的智慧了。

随着时代的进步和科学技术的发展，杆秤基本上退出历史舞台，代之而起的是各类计量更加精准的弹簧秤、磅秤、电子秤。就连几十吨重的载重汽车都能直接通过地磅称重。

人们生活富裕了，可人心却不知怎么了！现在，有的市场上出现了一种奇怪的秤，叫"公平秤"，且有愈演愈烈之势。有朝一日，当这"公平秤"消失的时候，人们的生活才算真正地好了！

随笔杂谈

敬畏断章

敬畏生命，才知道来这世上一遭不易，才懂得珍惜生活。生命来之不易，但有时候又十分脆弱。珍爱自己的生命，也珍爱别的生命，理应"扫地恐伤蝼蚁命，爱惜飞蛾纱罩灯"。

敬畏神灵，才相信暗室亏心，神目如炬。当有人说"天知地知你知我知"时，不一会就会成为"地球人都知道的秘密"。当你自以为此事做得天衣无缝时，要知道"举头三尺有神明"，"纸是永远包不住火的"。

敬畏因果，才相信善恶有报，天道轮回，才会多存一丝善念，才会多做一些积德行善的好事。"若问前生事，今生受者是；若问来生事，今生做者是"，此之谓也。

敬畏敌人，才能够更有效地战胜对方。尊重对手，也是对自身的尊重。对敌人哪怕是一丝丝的藐视、蔑视，都会招致不必要的损失甚至会付出惨重的代价。

敬畏法律，才能够远离是非，远离囹圄。正因为你敬畏它，惧怕它，才会离它远远的，也就不会触犯它了。只有遵守规则，才能更好地与工作、生活环境和谐相融。正所谓"惧法朝朝乐，欺公日日忧"。

敬畏自然，敬畏我们身边的一切。

笑对生活

曾子曰："吾日三省吾身。"这一天究竟做过哪些事？是与非！对与错！"省"固然重要，但"悟"也是必不可少的，人来到这世上走一遭确实不易，人生一世，草木一秋，蝴蝶数日，昙花一现！我们有什么理由不好好珍惜生活呢！

活着，是一种幸运。

清晨，能从睡梦中醒来，说明还活着，这比什么都重要，是一种幸运。然后试着睁睁眼，动动手脚，伸个懒腰，说明自己还健康的活着，没有缺胳膊少腿，这是一种莫大的幸运。再想想今天该做的一些事，"一日之计在于晨"。多想想一些愉悦的事，纵然有些烦恼的事，也应想法解决，回过头来，想到自己还思维清晰的活着，这更是值得庆幸的事。战争、车祸、地震、海啸，随时在戕害我们的躯体，在剥夺我们的生命。

感恩，是一种美德。

我们要常怀一颗感恩之心，感恩父母、感恩老师、感恩天地、感恩社会，感恩我们身边的一切。

西方有首广为流传的诗，叫《我感恩》，读了这首诗，你会发现，生活中一切的不如意，其实都有积极的一面：

有每夜与我抢被子的伴侣，因为那表示他（她）不是和别人在一起；

有只会看电视而不洗碗的青少年，因为那表示他（她）

乖乖在家而不是流离在外；

我缴税，因为那表示我有工作；

衣服越来越紧，那表示我们吃得很好；

有巨额的电费账单，因为那表示我冷气吹得爽；

有一堆衣服要洗烫，因为那表示我有衣服穿；

一天结束时感到疲劳和肌肉酸痛，因为那表示我有个拼命工作的能力；

最后，感恩过量的电子邮件，因为那表示有很多朋友在惦记和想着我。

宽容，是一种涵养。

有个"六尺巷"的故事。清代康熙年间有个高官叫张英，家人因争宅基地给他来信。他接到信后淡淡一笑，回信："千里寄书为一墙，让他三尺又何妨。万里长城今犹在，不见当年秦始皇。"家人接信后，让出了三尺宅基地。邻居受到影响，也让出三尺。这样两家中间就形成了一个六尺宽的通道。张英这种宽宏大度、不为一己之私的态度，被后人传为佳话。

宽容是鲍叔牙举贤不记仇，是齐桓公不计管仲射向自己的那一箭。因为有鲍叔牙和齐桓公的宽容，才最终成就了齐桓公的春秋首霸。

宽容是楚庄王的绝缨会。正因为有了楚庄王的宽容，才会有唐狡的奋勇杀敌。也正因为有了楚庄王的宽容，才成就了他的春秋霸主地位。

宽容是蔺相如的忍让和顾全大局，才争取到廉颇的负荆请罪，也才有传诵千古的"将相和"。

宽容是光武帝焚烧投敌信札的火炬。刘秀大败王朗，检查敌人公文时，发现大量奉承王朗、辱骂刘秀甚至要杀死刘秀的信件。可刘秀对此视而不见，不顾众臣的反对，全部付之一炬。他不计前嫌，这把火，烧没了嫌隙，巩固了他的帝业之基。

"一只脚踩扁了紫罗兰，她却把香味留在那脚跟上，这就是宽恕。"安德鲁·马修斯在《宽容之心》中说了这样一句能够启人心智的话。

糊涂，是一种境界。

大家都熟知郑板桥"难得糊涂"的故事，正如他所写的那样："聪明难，糊涂尤难，由聪明而转入糊涂更难。放一着，退一步，当下安心，非图后福来报也。"

新都宝光寺有联："世间事法无定法，然后知非法法也；天下事了犹未了，何妨以不了了之。"上联告诉我们，做任何事，没有一成不变的方式方法，规矩法则也会因人因时因事而易，不停地在变化。做事要随意一些，不要拘泥于陈规陋习，不要太中规中矩了，"不是办法的办法"也许是一种最好的"法"。下联告诉我们，对有些事，不要过于计较，不要太较真，不要太耿耿于怀，得饶人处且饶人，依据"存在即合理"的原则，"不了了之"也许是最好的"了"法。

"吕端大事不糊涂"，对其他事情，他是揣着明白装糊涂。

放弃，是一种美丽。

古语云：明知不可为而为之，是为不智也。命里有时终须有，命里无时莫强求。追名逐利，人之常情，如太过分，则应放弃。舍得——有舍，才有所得。

有些人，为了得到他喜欢的东西殚精竭虑，费尽心机，更有甚者可能会不择手段，走向极端，也许他得到了他喜欢的东西，但是在他追逐的过程中，失去的东西也无法计算。他付出的代价是其得到的东西所无法弥补的，也许那代价是沉重的，其实喜欢一样东西并不一定要得到它。

如果真诚是一种伤害，我选择谎言；

如果谎言是一种伤害，我选择沉默；

如果沉默是一种伤害，我选择离开。

有的东西你再喜欢也不会属于你的，有的东西你再留恋也注定要放弃的。人生中有许多种爱，但别让爱成为一种伤害。有些缘分是注定要失去的，有些缘分是永远都不会有结果的，爱一个人不一定要拥有，但拥有一个人就一定要好好地去爱他。

明白的人懂得放弃，真情的人懂得牺牲，幸福的人懂得超脱！

幸好，是一剂良药。

在灾难和疾病面前，人类往往显得十分渺小和无奈。当我们遇到不幸时，不要总是怨天尤人，抱怨这抱怨那，怪这个怪那个，少说"如果"和"早晓得"。在尽最大努力减少损失和减轻痛苦的前提下，要面对现实，应随时想到有一个词叫"幸好"。

受了点轻伤，幸好没有受重伤；伤了一条腿，幸好没有伤两条腿；双腿没有了，幸好双手还在。生病了，幸好不是大病；瘫痪了，幸好思维还清晰。

总而言之，我们应随时保持一种良好的心态，笑对生活！